KB040097

이 책은 대한민국 문화산업의 최전방에서 끊임없이 스토리를 만들어내고, 선별하고, 또 스토리 메이커들을 만드는 사람들에 관한 책이다. 이 책을 읽은 다음에는 이제 당신 차례다.

스토리에 중독되다

ⓒ장예빛 2013

초판 1쇄 인쇄 2013년 4월 30일
초판 1쇄 발행 2013년 4월 30일

글 장예빛

펴낸곳 도서출판 가쎄 [제 302-2005-00062호]

주소 서울 용산구 이촌동 302-61
전화 070. 7553. 1783
팩스 02. 749. 6911
인쇄 정민문화사

ISBN 978-89-93489-32-3

값 12000원

"This work was supported by the National Research Foundation of Korea Grant funded
by the Korean Government (NRF-2011-330-B00107)"

스토리에 중독되다

gasse • 가쎄

스토리에 중독되다, 차례

스토리에 중독되다, 시작합니다

여는 말

"어제 뭐 봤어?""무슨 이야긴데"**"그래서 어떻게 됐어?"**

아침에 일어나 TV를 켜고, 뉴스를 좀 보다가 바쁜 와중에 드라마채널을 틀어놓고, 허둥지둥 밥을 먹는다. 학교로 일터로 향하면서 노래에 빠져 멍하게 혼자 뮤직비디오를 찍다가, 게임도 하다가, 아까 덜 본 뉴스도 보다 보니 도착했다. 열심히 할 일 하는 와중에도 포털을 검색해서 뭐 재미난 이야기 없나 하면서 블로그를 뒤져본다. 점심시간에는 어제 본 드라마 이야기도 하고, 주말에 무슨 영화를 볼지에 대해서도 간간이 정보를 모아본다. 대체 요새 뭐가 대세인지 알아야 또 이야기가 되니까. 집에 오는 길은 피곤하니까 웃긴 팟캐스팅을 틀고 듣다 졸다 하다 보면 집에 도착이다. 도통 잠이 오지 않는 밤에 책 한 권을 집어 들고, 두런두런

말소리가 필요해 백만 년 만에 라디오도 틀어 놓고 잠이 든다. 아침에 눈을 떠서 잠들기 전까지 도대체 우리는 왜 누군가의 어떤 이야기에 이다지도 많은 흥미를 가지는 것일까. 이야기 채집가도 아니고, 이쯤 되면 중독 수준인데, 그래도 또 내일이면 새로운 이야기를 찾고 있을 거다. "그거 무슨 이야긴데?" 왜 나만 몰라 하면서 말이다. 왜 우리는 이야기에 이토록 탐닉하는 것일까. 사실 이야기를 하고자 하고, 이야기를 듣고자 하는 것은 인간의 가장 근원적인 욕망과 맞닿아있다. 왜 그런 것일까. 진화심리학자들은 이야기는 생존을 위한 가장 강력한 도구라고 역설한다. 이야기에서 정보를 얻고 무엇이 내게 도움이 되고, 무엇이 위험한 것인지를 판별하는 능력을 키워간다는 것이다. 인간은 왜 스토리를 만들게 되었을까. 혹자는 그것이 사랑에서 출발한다고 말하기도 했다. 동굴에 그림을 그렸던 행위도, 모여서 춤을 추고 노래를 하는 그 행위도 결국은 내가 너를 사랑하기 때문이라고. 너를 이만큼 내가 사랑해서 그 사랑하는 마음을 보여주고자 들려주고자 하는 것이 바로 이야기의 출발이라는 것이다. 일리가 있다. 사랑하는 누군가를 생각하며 마음으로 떠오른 짧은 심상만을 모아도 짧은 서간문 정도는 만들어 볼 수 있을 테니 말이다.

진화심리학자들은 이야기는 생존을 위한 가장 강력한 도구라고 역설한다.

몰입, 완전히 동일시(identification)된 어떤 상태

인간행동과 기술에 관한 다양한 논문들이 실리는 국제저널인 International Journal of Human-Computer Studies의 2010년 판에 박남기와 그의 동료연구자들에 의해 연구된 흥미로운 논문이 실렸다. 게임에서의 스토리, 흔히 전사(pre-game stories)라고 불리는 서사가 있고 없음에 따라 몰입과 재미가 달라질 것인가라는 주제의 논문이었다. 대학생들은 두 그룹으로 나뉘어, 동일한 게임을 즐겼는데, 한 그룹은 게임의 스토리를 미리 제공받아 영상을 감상했고, 다른 그룹은 영상 없이 바로 게임을 즐겼다. 결과는 예상한 대로 전사를 부여받은 그룹이 압도적으로 높은 몰입과 재미를 느꼈다고 보고했다. 인류가 왜 어떤 콘텐츠를 보고 몰입하는지에 대한 문제는 학계에서도 논쟁적인 이슈 중의 하나다. 몰입은 물아의 어떤 경지로서 플로우(flow)로 표현되기도 하고, 푹 빠진 어떤 상태로 이멀젼(immersion)이라고 표현하기도 한다. 또 많은 콘텐츠가 새로운 기술과 매체를 통해 전달되므로, 스크린을 통해 영화를 보거나 드라마를 보는 경험이 매개된 경험이라고 했을 때 이때 느껴지는 몰입의 순간을 프레즌스(presence, 현존감)로 설명하기도 한다. 스크린이나 모니터로 경험하는 콘텐츠가 진짜 내 눈앞에서 펼쳐지는 일이 아니므로, 매개된 상황에서는 '내가 그 스크린 속에 있다 내지는 저 스크린 속의 인물이 나로 느껴졌다.' 등의 개념으로 프레즌스의 강도를 확인해 볼 수 있다. 대부분의 경우, 우리는 스크린을 통한 매개경험으로 주로 콘텐츠를 소비하는데, 어느 장면에서 몰입했는지를 살펴보는 방법들은 한정적이지만 존재한다. 이를테면, 무언가에 집중하느라 인지자원을 쏟으면, 주변의 상황을 살피는 능력이 감소하므로, 열심히 영화를 볼 때, 작은 소리를 들려주고 버튼을 누르는지 혹은 누르는 것을 깜빡하는지를 재 보는 것이 하나의 방법이다. 또는 우리 몸에 흐르는 전류를 측정함으로써, 얼마나 각성되었는지 즉 얼마나 그 경험이 강렬했는지 그래서 그것이 감동이든 충격이든 어떤 정서를 불러일으켰을 것이라 예상하고 이를 측정해 보기도 한다. 그렇지만 아직도 불분명하게 남은 부분은 우리가 어떤 것에 감동을 했는지 그 순간의 머릿속을 생생히 들여다볼 수가 없다는 데 있다. 어떤 영화를 집중해서 보다 보면, 내가 어느 순간 주인공의 입장에서 주인공의 마음이 되어 사건을 따라가고 있다는 느낌을 받을 때가 있다. 그러다 어떤 지점에서는 아예 나를 잊고 주인공의 시점으로 상황을 받아들이면서, 마음이 아팠다가 또 행복했다가 하는 묘한 체험을 하게 되는 것이다. 그 지점이 바로 우리가 흔히 '동화되었다'고 표현하는 지점이다. 주인공과의 동일시가 이루어지고, 그 동화의 지점에서 우리는 웃고 우는데, 이 과정은 카타르시스라는 마음의 자정작용을 불러일으킨다. 진짜 좋은 스토리를 접하고 나서 마음에 남는 울림의 흔적. 동시에 재미있다고 뇌에 새겨지는 재미의 흔적. 이렇게 흔적을 남기는 스토리는 재미를 만들어내는 패턴과 구조를 가지는 이야기들이다. 그 이야기를 끊임없이 찾는 이유는 그 기쁨과 슬픔의 재미를 반복적으로 느끼고자 하는 이야기에 중독된 우리의 뇌가 있기 때문이다. 그런데 우리가 그토록 이야기를 좋아하는 것은 알겠는데, 문제는 왜 동화가 되느냐는 거다.

진짜 좋은 스토리를 접하고 나서 마음에 남는 울림의 흔적. 동시에 뇌에 새겨지는 재미의 흔적.

너를 충분히 이해한다는 그 마음

진화생물학적 입장에서 이야기하고자 하고 듣고자 하는 욕망을 좀 더 구체적으로 파 내려가 보면, 마음이론(Theory of Mind)으로 설명해 볼 수 있다. 인간의 뇌 속에는 미러뉴런이 있어서, 이 뉴런을 통해 내가 직접 상대방이 되어보지 않아도, 상대의 마음상태와 생각을 우리는 추측할 수 있다. 꼭 우리가 영화 〈러브스토리〉의 올리버나 제니가 되어보지 않더라도, 그들의 사랑에서 슬픔이 우리의 마음으로 전이되어 오는데, 미러뉴런이 바로 이런 거다. 내가 경험해보지 않고도 상대의 경험을 십분 이해하는 것. 미러뉴런을 가장 제대로 사용하는 사람들은 누굴까. 사랑에 빠진 남녀가 아닐까 추측해본다. 구구절절 말하지 않아도 너의 눈빛만 보아도 너의 기분을 이해하니, 이건 뭐 매직이 따로 없다. 꼭 사랑에서 뿐만이 아니라 어떤 상황에서든 타인의 감정이나 상태를 공감하고자 하는 능력이 바로 인류를 진화시킨 원동력이라는 말이다. 충분한 공감은 한편 훌륭한 설득을 이끌어낼 수 있다. 이런 사회적인 뇌의 작동은 우리를 더욱 강한 생존의 기회로 이끈다. 설득적인 스토리로 사랑을 쟁취할 수도 있다. 말을 잘 하고, 그 이야기로 타인을 잘 설득할 수 있다면, 나의 편을 만들 수 있고, 그 편은 다시 나에게 힘을 준다. 어쩌면 인간 사회에서 가장 좋은 스토리란 타인이 듣고 싶어 하는 스토리일지도 모른다. 상대방이 듣고 싶어 하는 이야기를 하는 것이 내가 지금 할 수 있는 가장 좋은 이야기인 것이다. 타인으로부터 공감받기 위해서는 먼저 타인을 이해해야 하고, 알아야 하고, 그가 혹은 그녀가 무엇을 어떻게 느끼는지를 탐색해보아야 하는 것이다. 그래서 좋은 스토리를 만들기 위해서는 사람에 관한 관심과 관찰이 필수다. 수많은 작가들이 스토리를 사람, 사랑, 그리고 한 사람을 담고 있는 삶이라고 말하는 이유가 바로 이런 데서 연유했을 것이라 짐작해본다.

그래서 좋은 스토리를 만들기 위해서는 사람에 관한 관심과 관찰이 필수다.

어느 날 문득 나는 글이 쓰고 싶어졌다

사실 문득 든 생각은 아니다. 꽤 오래 생각해왔다. 무엇보다도 스토리를 만들어보겠다는 의지. 그게 구체화되어 꿈틀대고 나온 것이 가장 최근의 일이다. 써야겠어. 그냥 써내려가야겠어. 누군가에게 내 이야기를 간절히 하고 싶어지는 그런 어떤 순간이 우리에게 한 번쯤은 꼭 찾아온다. 마음속에 꼭꼭 묻어두었던 어떤 날의 감상, 흘려보내는 찰나의 순간들을 글로 묶어두고 싶은 그런 순간. 재미난 사실은 사랑에 빠지면 그런 순간이 더욱 쉽게 드러나는데, 더 진실한 마음으로 나와 타인의 이야기에 귀 기울이게 되는 순간이기 때문이다. 이건 순전히 스토리에 대한 개인적인 욕망이다. 나에게 있어 스토리는 사랑이니까. 내가 열광한 스토리들은 결국은 사랑에 관한 이야기들이었으니까. 물론 남녀 간의 사랑만을 말하는 것이 아니다. 어머니의 자식에 대한 사랑. 사물에 대한 애정. 인류에 대한 연민. 지구상에 70억 명의 사람이 존재한다면 한 사람에게서 뻗어 나가는 수만 가지의 사랑에 관한 스토리들이 존재할 것이다. 다시 나의 스토리로 돌아와서 생각해보면, 나는 늘 어떤 사랑에 관한 스토리를 만들고 싶었다. 아니 그 스토리를 누구에겐가 자랑스레 보여주고 싶었다는 것이 더 정확한 표현일 것이다. 모두의 마음속에 있는 그 사랑을 내가 내 방식대로 들려주고 싶었다. 내가 만든 스토리에 공감해주고 웃어주고 울어주는 그것이 나에게는 또 다른 의미의 사랑이기 때문이다. 이 책은 어쩌면 나의 가장 큰 열망을 담은 첫걸음인지도 모르겠다. 그렇다면 이 시점에서 또 다른 궁금증이 생긴다.

누군가에게 내 이야기를 간절히 하고 싶어지는 그런 어떤 순간이 우리에게 한번쯤은 꼭 찾아온다.

스토리는 예술인가. 스토리를 만드는 집단은 소수여야만 하는가

스토리를 만들 수 있는 사람은 특별한 사람들일까. 스토리에 대한 어떤 예술가적 재능을 겸비해야만 엄청난 이야기를 만들어 낼 수 있는 것인가. 우리는 압도당할만한 스토리에 빠져 감동 받게 되면, '저런 이야기는 아무나 못 써'라고 말을 하는데, 대체 정말 그런 엄청난 이야기는 재능 있는 소수만의 영역에서 나오는 것인지 정말로 궁금했다. 플라톤이 말한 것처럼 예술은 비이성적인 광기의 산물인가. 무언가 훌륭한 것을 창작하기 위해 우리는 반드시 이러한 비이성적인 광기를 가져야만 하나. 한편, 아리스토텔레스는 비범한 사람들이 가진 우울의 기질이 어디에서 연유하는 것인지 화두를 던지기도 했다. 과거 서양의 고대의학에서는 '4체액설'이라고 하여 인간의 체액으로 사람의 기질을 분류하였는데, 예술가적 기질을 가진 사람들은 흑담즙질(melancholio)을 과다하게 가진 사람들로 분류했다. 멜랑콜리도 여기서 연유한 단어이다. 체액설을 호르몬체계로 넓혀 해석하면 영 틀린 말도 아니다. 그런데 멜랑콜리하면 예술가인가. 예술가는 다 멜랑콜리한 성향이 있는가. 우울한 기질로만 예술성을 논할 수 있는 것일까. 일정 부분 상관관계는 있겠지만, 여기까지 생각하다 보면 의문과 더불어 불만이 고개를 든다. 체액을 선천적인 재능으로 친다면, 재능만이 모든 창작의 핵심이라면 그건 너무하지 않은가. 스토리 창작도 분명 작게는 문학의 범주에 크게는 예술의 범주에 더 나아가서는 창작이라는 한 분야와 교차되는데 이들 스토리 창작자들은 오직 재능을 타고나 작품을 만드는 사람인지 의문이 생기지 않을 수 없다. 같은 얘기의 반복인데 결론은 노력도 좀 보자는 이야기다. 일생일대의 대작, 고전을 만들고자 하는 것이 아니라면 우리는 모두 창작자로서의 어느 정도의 가능성을 가지고 살아간다. 예술도 그 시작은 문화의 일상성에 바탕을 두고 있지 않은가 하는 관점에서 말이다. 모두가 예술을 하자는 말이 아니라, 문화의 테두리 내에서 우리가 사는 삶 속에서 각자의 스토리를 만들어 보자는 말이다.

재능만이 모든 창작의 핵심이라면 그건 너무하지 않은가.

재능인가, 노력인가

인터넷만 돌아다녀 봐도 재능 있는 사람들이 너무 많음을 깨닫는다. 블로그에는 소설이 올라오고, 트위터에는 시인들이 넘쳐난다. 연애 고민이 이루어지는 게시판에서는 웬만한 드라마 한편의 이야기들이 쏟아지는데, 더 대단한 것은 그 아래 달리는 댓글에서 더 수많은 통찰과 진실이 보이는 것이다. TV 틀면 나오는 드라마, 영화, 광고카피보다 때로 그런 글 한 구절이 더 마음을 울린다. 왜냐하면 그건 진짜니까. 우리의 진짜 이야기라 그렇다. 그만큼 삶 속에서 고민한 한 마디이기 때문에 울림이 더 큰 거다. 우리나라 국민 한 명 당 하나의 스토리를 만들어서 원작을 모아보면, 어마어마한 이야기공장을 지어볼 수 있지 않을까 하는 생각. 밑도 끝도 없지만, 그런 일들을 이미 한국콘텐츠진흥원에서 "이야기 산업 활성화" 사업 등을 통해 꽤 오래 노력해오고 있다. 그런데 그런 곳에 내 스토리를 보내려면, 우리 모두 연습이 좀 필요하다. 의지는 물론이거니와 어떤 근성도 요구된다. 〈이야기의 힘〉, 〈스토리텔링의 비밀〉, 〈글쓰기 훈련소〉, 〈글 쓰며 사는 삶〉, 〈글쓰기 생각쓰기〉, 〈유혹하는 글쓰기〉. 〈베껴 쓰기로 연습하는 글쓰기〉, 〈하버드 글쓰기 강의〉. 스토리, 이야기, 글쓰기에 관한 수많은 책이 출간된다. 최근 글쓰기에 대한 우리의 높아진 관심을 반증하는 증거다. 굳이 100세 시대, 평생교육 이런 말들을 끌어내지 않더라도 앞으로는 개인이 자신의 스토리를 출판하는 일이 훨씬 늘어날 것으로 예상한다. 다른 게 창조경제인가. 이런 것이 크리에이티브 이코노미지. 이런 작지만 큰 움직임이 스토리산업에서는 엄청나게 창조적인 한 시장을 구축할 수 있지 않을까 생각해본다. 쓰고 모으고 또 쓰다 보면 말이다. 스토리 창작에 관심을 두거나 글로 무엇이든 표현하고자 하는 일반 대중을 비롯해서, 전문적으로 스토리산업으로 뛰어들고자 하는 사람들은 점점 더 늘어나고 있다. 그러나 불행히도 어떻게 시작해야 하는지에 관해서 알려주는 곳은 많지 않다.

왜냐하면 그건 진짜니까. 우리의 진짜 이야기라 그렇다.

그래서 직접 만나 들어보기로 했다

스토리 이면에 있는 스토리 창작과 관련된 사람들이 궁금했다. 한 명 한 명 만나서 묻다 보면, 내가 어린 왕자는 아니지만 일말의 깨달음을 얻을 수 있지 않을까 하는 아주 순진하고도 천진한 생각을 안고 출발했다. 일견 씨니컬한 결론도 함께 가지고서 말이다. 분명 뻔한 이야기를 하지 않을까. 다독, 다작, 다상량이라든지. 무엇이든 메모를 해라. 주변을 관찰하라, 그리고 써라. 이런 이야기들이 아닐까. 솔직히 내가 알고 싶은 것은 방법인데, 노하우라든지 어떤 묘책 같은 게 있지 않을까 하는 마음도 가지고 시작했다. 시작이 가벼워도 할 수 없다. 시작이 가벼우니까 할수 있다. 세상 수많은 깃털 같은 가벼움 속에서 많은 이야기가 생겨난다. 오히려 그런 말랑말랑한 뇌에서 재미난 게 터져 나온다고 믿는다.

시작이 가벼우니까 할 수 있다.

Playfulness. 우리가 잊고 사는 중요한 것

사람들이 아무 이야기나 찾는 것은 절대 아니다. 우리 모두가 재미난 이야기를 갈구한다. 또 그런 이야기에 자연스레 중독된다. 어른이 되고 나서는 재미난 게 급격히 줄어드는 기이한 현상을 매일 체험하고 산다. '뭐 재미난 것 없을까' 사실 인터뷰하는 전 과정 자체가 나에게는 너무도 재미난 시간의 연속이었다. 인터뷰를 정리할 때 좀 괴로워서 그렇지.

이렇게 무작정 달려드는 인터뷰지만 무엇이 나오든 이 책을 읽는 한 사람에게 단 한 가지라도 도움이 될 수 있지 않을까 하는 마음에서 스스로 용기를 북돋으며 나아간 작업이었다. 한 가지 미리 밝혀둘 것은 내가 찾아 나선 스토리는 꼭 어떤 거창한 서사만을 포함하지 않았다는 점이다. 아무리 짧더라도 한 줄의 카피 안에도 긴긴 이야기가 압축되어 있고, 한 자락의 노랫말에도 이야기는 숨이 있는 법이니 말이다. 그리고 날카로운 서사라는 측면에서 평론까지도 포함했다. 나아가서는 끌리는 스토리를 어떻게 판별해 내는지까지도 담아보려 애를 썼다. 그래서 이 책의 인터뷰이(interviewee)들은 스토리, 창작과 영감, 쓴다는 공통주제 안에서, 그 일을 매우 오랫동안 해 온 전문가들로 포괄적으로 묶인 분들이다. 한 분 한 분 조심스럽게 그리고 뻔뻔하게 컨택했다. 주변의 모든 인맥을 동원해서, 일면식도 없는 분을 찾아가기도 했고, 작은 친분이라도 이용해서 무작정 설명하기 시작했다. 맨땅에 헤딩했는데, 다행히도 그분들이 내 머리를 받쳐주셨다. 고마운 마음에 한달음에 달려가 묻고 또 물었다. 어떻게 꾸준히 잘 쓰는지를 알아보고자 질문하고 또 질문했다. 각각의 분야에서 지금 이 순간에도 새로운 이야기는 끊임없이 탄생한다. 그들의 스토리는 어떻게 만들어지는가. 대체 스토리를 만든다는 것은 어떤 의미인가. 나아가 스토리를 만드는 사람들은 누구인가. 누군가는 보이는 글을 쓰고, 누군가는 들리는 글을 쓰며, 또 누군가는 울리는 글을 쓰고 있었다. 대신 듣고 기록했지만 이 글은 그 누군가에 관한 또 다른 이야기인 셈이다. 한 명 한 명 설명하고 요약할 수도 있지만 그것보다는 직접 날것과도 같은 그들과의 대화를 찬찬히 넘기며 직접 엿보기를 권한다.

이 책은 대한민국 문화산업의 최전방에서 끊임없이 스토리를 만들어내고, 선별하고, 또 스토리 메이커들을 만드는 사람들에 관한 책이다.

이 책을 읽은 다음에는 이제 당신 차례다

이런 마음으로 읽어보았으면 한다. 독자가 아닌 작자로 다시 한 번 태어나는 새롭고도 짜릿한 여정의 출발을 함께했으면 하는 마음으로 시작한 책이니까 거기에 맞춰서 읽어준다면 더할 나위 없이 좋겠다. 거창하지 않지만 내 속의 이야기를 끄적여보는 것만으로도 충분히 의미 있는 시작이니까. 부담과 두려움을 벗어던지고 시작해보자. 결론부터 말하면 김새려나. 스토리 창작의 해답은 그리 먼 곳에 있지 않았다. 무엇인가 스토리를 창작하고자 하는 마음을 가진 당신이라면, 그 방법이 사실 크게 어려운 것이 아니라는 것을 이미 알고 있을지도 모른다. 다만 이 책은 그 일을 이미 오랫동안 해 온 사람들이 나에게 들려준 이야기를 어깨 너머로 훔쳐볼 수 있도록 만들어진 책이니까 이 많은 페이지 중에서 단 한 페이지에서라도 당신의 마음에 훅 박히는 문장이나 방법이 있다면 그러면 된 거다. 누군 뭐 날 때부터 작가인가. 갑자기 이 책을 보고 술술 소설을 써내려갈 수 있다든지, 단편 영화 시나리오 하나 정도 탁 만들어낼 수 있다든지, 혹은 심금을 울리는 노랫말을 뚝딱 만들어낼 수 있다고 말하자는 것이 결코 아니다. 그런데 적어도 내가 내 스토리를 써보고, 나아가서 그 길로 부분적으로라도 먹고사는 문제에 대해 한 번이라도 심각하게 생각을 해보았다면, 분명 당면한 과제가 있었을 것이다. 이야기가 그게 그렇게 쉽게 써지지 않는다는 것. 바로 그 지점에 서 있는 누군가에게 실마리를 주고 싶다는 생각. '아, 이 사람들은 이런 생각을 하고 사는구먼.' '이런 걸 나도 한번 해봐야겠네.' 하는 생각이 떠오를 즈음에는 무언가 당신만의 스토리가 분명 떠오를 것이다. 깨끗이 보라고 만든 책이 아니다. 빈 공간에 뭐든 써내려가며, 가지고 다니며, 손때묻은 만큼 너덜너덜해지길 바라는 마음에서 종이도 고심해 골랐다. 사각사각 적는 기분도 즐거운 기분이니 말이다. 문득 떠오른 스토리를 책 한 구석에 끄적이는 당신을 보고 싶은 열망이 이 책을 쓰게 만들었다. 끄적여라. 무엇이든 어떤 것이든. 자 이제부터가 시작이다.

끄적여라. 무엇이든 어떤 것이든. 자 이제부터가 시작이다.

문화콘텐츠의 낭중지추, 스토리콘텐츠의 가치와 전망

조은하 (강원대 스토리텔링학과 교수)

『사기(史記)』의 「평원군전(平原君傳)」에 보면, 진(秦)의 공격을 받은 조(趙)의 혜문왕이 평원군을 초(楚)에 보내어 원군을 청하기로 한다. 이에 평원군은 정예병을 선발하던 중 마지막 한 명을 놓고 고심하는데, 이때 모수(毛遂)라는 자가 자천한다. 평소 그를 염두에 둔 적이 없던 평원군은 재능이 뛰어난 자는 숨어 있어도 '주머니 속 송곳'처럼 밖으로 드러나는 법이라며 일축하자, 그는 이제라도 주머니에 넣어준다면 두각을 드러내겠노라 답한다. 평원군은 그 재치에 탄복하여 모수를 선발하고, 결국 그의 활약에 힘입어 임무를 성공적으로 마치게 된다. 이처럼 재기 충만한 자는 아무리 감추려 해도 결국에는 드러나기 마련인 만큼, 제 뜻을 펼치고 그 힘을 발휘할 때를 기다리는 일이 남을 따름이다.

굳이 먼 이야기를 끌어들여 시작하는 까닭은 작금의 문화 산업 위상과 콘텐츠의 기여가 이와 크게 다르지 않기 때문이다. 문화콘텐츠 산업은 원형적 문화 요소를 발굴하여 새로운 미디어 및 장르와 융·통합하는 도전적 시도를 통해, 문화의 자생력을 이해하고 제구력을 실천하는 창조적 경험의 장이다. 또한 다양한 현대적 문화가치를 창출하는 각광받는 기반 산업인 동시에, 특정 분야의 독점영역이 아닌, 각 분야의 통섭을 통해 시너지 효과를 이끌어 낼 수 있는 유기적 영역이다. 이에 따라 디지털 패러다임이 확산되면서 가장 신속하게 태를 바꾸어 디지털 환경에 적응한 문화콘텐츠 산업, 특히 스토리콘텐츠 분야가 문화적 헤게모니를 장악하게 된다. 스토리콘텐츠는 문화콘텐츠 산업이라는 '주머니' 속에 넣어둔 '송곳' 처럼 이제 때를 맞이하여 두각을 드러내고 활개를 치고 있다.

레이놀즈 프라이스는 이야기를 듣고 전하려는 욕구는 인류의 본질적 욕구이며, 그것은 식욕 다음이면서 사랑과 주거 안정의 욕구보다는 앞서는 두 번째의 필수적인 욕구라고 말한다. 수많은 사람이 사랑과 집 없이 살지만, 침묵 속에서는 그 누구도 견디지 못하기 때문에, 이야기가 곧 삶이라는 것이다. 그런데 기술이 발달하면서 스토리의 효과적인 전달을 위해 매체에도 양적 질적 측면의 변화가 불가피하게 되었다. 이것은 부정적이기보다는 긍정적이라고 할 수 있는데, 스토리텔링은 본질적으로 유기적이며, 당대의 다양한 매체와 결합하는 방식으로 자연스럽게 진화하게 된다.

물론 문자 매체가 등장하면서 'telling'은 시대착오적으로 폄하되는 듯하였으나, 전자 매체의 발달과 더불어 다시 부활하였으니, 현대 사회에서 거대 엔터테인먼트 산업은 고도의 다매체 스토리텔링을 바탕으로 발전하고 있다고 해도 과언이 아니다. 다만 아날로그 시대에도, 디지털 시대에도, 포스트 디지털 시대에도, 스토리텔링은 스토리텔링이다. 결국 좋은 스토리텔링을 위해서는 매체에 관한 연구가 선행되어야 하는 바, 최근 매체의 위상을 강조한 크로스미디어 스토리텔링이 부각되는 것도 그 일환이다.

스토리콘텐츠 개발의 근간인 스토리텔링은 기존의 '콘텐츠'와 새로운 '미디어'가 결합하는 프로세스에 대한 입체적이고 확산적인 접근을 허용함으로써, 적용 분야 및 영역을 막론하고 콘텐츠 산업의 성공 마케팅 요소로 주목받고 있다. 이제 더 이상 스토리텔링을 문화산업적으로 재매개하는 스토리콘텐츠 분야에 대해 모범생의 강박관념에 의거하여 'fabula/sujet(Tomaševskij, 1925)', 'story/plot(Forster, 1927)', 'histoire/discours(Todorov, 1966)' 등으로 설명하려는 시도는 시대착오적이기까지 하다. 그동안 학계를 필두로 문학 및 예술계는 물론 정·재계에 이르기까지 이야기의 문화적 힘을 활용하는 방안에 대해 다양한 방식과 정책으로 설파하고 추진해왔으며, 그 질적인 평가를 차치하고, 일정한 성과를 거두고 있기 때문이다.

'이야기'는 학계의 슬하에 둘 수 없을 만큼 성장했다. 물론 정책적으로 한국 고유의 신화, 전설, 민담 등 원형적 이야기 유산으로부터 현대적 의미의 문화 산업적 가치를 추출해 내려는 시도가 꾸준히 있어 왔다. 그런데 학자들이 고증을 토대로 소재들을 '발굴'하기만 하면 미디어 창작자들에 의해 '계승'될 수 있다는 사고방식은, 과거와 현재의 미디어 발전 과정에 대한 몰이해와 콘텐츠 생산 과정에서 발생하는 장르 충돌과 각색의 문제를 방치한 안일한 전시행정이라는 비난을 면하기 어렵다. 그만큼 시장성을 갖춘 소비재로서의 '이야기'는 학계에서 다루는 '이야기'와는 다르며, 달라지기 위한 이야기 생산 주체들의 기민하고 능동적인 움직임이야말로 지금의 문화콘텐츠 산업을 견인하는 구심점이다.

누구나 거론하며 탐낼 만큼, 이야기를 소비 가능한 상품으로 가공하여 유통하는 스토리콘텐츠의 시장규모는 기존 문화예술 및 기타 관련 산업 전반에 적용될 만큼 위력적이다. 동서고금을 막론하고 이야기를 만드는 생산 방식은 매우 다양하며, 이야기에 대한 소비자의 반응 또한 다양하다. 대중문화의 시대, 절대다수를 감동시키는 공통적인 이야기 요소를 강조하는 '광장형' 콘텐츠도 있고, 소수의 마니아나 극단적으로 이야기를 만든 사람에게만 유의미한 '밀실형' 콘텐츠도 있다. 그런데 여기서 중요한 것은 문화콘텐츠 '산업'에서 이야기가 가진 절대적 힘은, 편의상 분류 가능한 '밀실형'까지를 아우르는 개념이 아니라, 시장성,

즉 소비되는 이야기로서 '광장형' 콘텐츠일 때 가능하다.

이러한 시장성은 소통성을 전제하는 만큼, 소통 및 유통 가능한 이야기만이 문화콘텐츠 산업 현장에서 '스토리콘텐츠'로 자리매김할 수 있다. 즉 작가 혼자 자신의 방 안에 들어가 칩거하며 혼자만의 상상으로 창작하는 아날로그 시대와의 도발적인 종언, 장르와 매체를 넘나들며 다양한 현장 글쓰기를 가능하게 하는 멀티미디어적 상상력의 시대선언이야말로 스토리텔링 분야에 종사하는 기성 작가들과 예비 작가들의 꿈이다. 최근 매체 간 경쟁의 전략적 해법으로 장르혼종화 현상이 지배적인 만큼, 매체의 위상을 강조한 크로스미디어 스토리텔링이 부각되고 있다. 크로스미디어는 일정한 매체가 점유하여 활용하고 있는 매체의 고유성과 시스템 특징, 콘텐츠 요소 등을 다양한 매체 형식을 통해 공유하는 커뮤니케이션 방법으로, 이를 스토리텔링에 적용하여 소통 가능성과 각색 방법론을 체계화하고자 하는 의도를 가진다.

이는 단순히 매체의 기술적인 영역을 산업적 장르적으로 활용하는 데에 그치는 것이 아니라, 궁극적으로 기존 매체의 특성에 대한 충실한 이해를 토대로 다양한 콘텐츠의 생산 가능성을 극대화시키는 포스트디지털 시대 스토리텔링의 비전이라고 할 수 있다. 이처럼 크로스미디어는 일정한 매체가 점유하여 활용하고 있는 매체의 고유성과 시스템 특징, 콘텐츠 요소 등을 다양한 매체 형식을 통해 공유하는 커뮤니케이션 방법이다. 즉 디지털 미디어 시대의 도래와 함께 작금의 작가에게 요구되는 것은 시나 소설 창작과 같은 고전적인 텍스트 위주의 스토리텔링은 물론, 영화와 애니메이션 시나리오, 방송 프로그램 구성안 및 TV 드라마 각본, 컴퓨터게임 비평 및 기능성 게임 기획, 그리고 축제 및 이벤트 기획에 이르기까지 급변하는 문화 생태계 속에서 스토리텔링의 비전과 작가의 포지션에 대한 고민과 대비다.

우리는 모두 한 편의 이야기다. 때로는 기쁜 이야기가 되고, 때로는 슬픈 이야기가 된다. 만남은 내 이야기와 내 것이 아닌 이야기가 얽히는 행위, 만남으로 우리의 이야기는 더욱 풍부해지고, 더 좋은 이야기로 살아갈 힘을 얻게 된다. 일반 문학작품의 창작에는 '혼자' 하는 상상이 주효하지만, 스토리텔링의 창작에는 '함께' 하는 상상의 힘이 중요하다. 작가 혼자 자신의 방 안에 들어가 칩거하며 혼자만의 상상으로 창작하는 아날로그 시대와의 도발적인 종언, 장르와 매체를 넘나들며 다양한 현장적 글쓰기를 가능하게 하는 전투적 프로그램, 텍스트와 이미지와 사운드 등 멀티미디어적 상상력의 시대적 선언, 온라인과 오프라인을 연동하여 현실과 가상현실을 아우르는 '매체에 따른 스토리텔링'을 배울 필요가 있다.

'콘텐츠'로서 이야기가 표현 및 전달 '미디어'와 만날 때 어떻게 태를 바꾸어 연명할 수 있는지 이해할 수 있어야 한다. 예를 들어, 특정 장르로서 성공한 콘텐츠가 또 다른 장르로 각색되었을 때는 결코 성공을 확신할 수 없다는 것을 작가로서 이해해야 한다. 즉 스토리텔러는 콘텐츠 자체에 대한 이해뿐만 아니라 미디어에 대한 이해까지도 가능해야 한다. 물론 '등단'은 작가로서 공인받는 제도인 만큼, 스토리텔링 분야에서 활동하기 위해서는 시, 소설은 물론 영화나 애니메이션, 게임 등 다양한 매체와 장르에서의 등단은 필수라고 할 수 있다. 오히려 소설로 등단해서 소설가로 활동하는 것은 차라리 단순하다고 할 수 있을 정도로, 스토리텔링은 다양한 장르의 글쓰기에 공인받아야 한다. 소설, 만화, 영화, 애니메이션 등 다양한 장르의 스토리 작업을 통한, 매체에 대해 현장적 이해가 필수다.

작가에서 출발하여 지금은 작가를 지망하는 학생들을 가르치는 직업에 주력하고 있는 만큼, 이 책을 통해 작가의 꿈을 꾸는 분들에게 마지막으로 당부하는 것은 좋은 스토리텔러가 되기 위해서는 무엇보다 먼저 좋은 리스너가 되어야 한다는 교과서적인 조언이다. 언제나 '사람'이 가장 중요하다. 사람이 모여 세상을 만드는 만큼, 사람을 알아야 세상을 알 수 있다. 그런데 안타깝게도 우리는 12년 제도권 교육 어디에서도 사람을 '읽고', 사람을 '쓰고', 사람을 '말하는', 그리하여 사람을 '배우는' 정서교육을 받아본 적이 없다. 그저 학점을 받고, 자격증을 얻고, 스펙을 쌓는 등 이력서에 쓸 수 있는 일들에만 가치를 부여하는 법을 배워왔다. 하지만 가장 중요한 것은 '세상' 공부, 즉 '사람' 공부다.

그 1단계는 당연히 바로 자신에 관해 공부하는 일이다. 요즘 학생들은 무엇을 원하는지, 어떤 사람이 되고 싶은지, 어떤 삶을 살고 싶은지,

자답하지 못한다. 어쩌면 자문조차 한 적이 없을지도 모른다. 따라서 적어도 자신의 목소리를 세상에 들려주기 위해 스토리텔링 분야에 종사하고자 하는 분들이라면 스스로 언제 기쁘고, 슬프고, 화나고, 외로운지, 무엇을 하면 행복한지에 대해 공부해야만 한다. 2단계는 이를 통해 조금씩 관심을 넓혀 우리 사회의 행복은 물론, 전 세계 모든 이들이 함께 행복할 수 있는 큰 그림을 그릴 줄 아는 것이다. 결국, 지극히 당연한 결론이지만, 좋은 스토리텔링을 하기 위해서는 좋은 스토리텔러가 되어야 한다. 좋은 스토리텔러는 '사람을 위한, 사람에 대한, 사람에 의한' 이야기를 들려주는 사람이다. 이 글을 읽는 분들이 '좋은' 스토리텔러가 되기를 바라며, 이 책을 통해 여러분이 얼마나 좋은 사람인지를, 세상을 향해 들려줄 좋은 메시지를 가졌음을, 확인하게 되기를 바란다.

스토리에 중독되다

간접경험을 통해 글의 소재를 끊임없이 생각하는
'크리에이티브 중심적 습관'을 기르는 게 중요해요.

소설가 **이재익**

11월에 내리는 비_
소설가 **이재익**

그에게 전화를 하면 딱딱한 기계음으로 '용건만 간단히'라는 말이 컬러링보다도 먼저 나온다. 그래서일까. 그와의 전화 통화는 3분을 넘어 본 적이 없다. "1시간이면 되죠?" 인터뷰어를 적잖이 긴장하게 하는 말이었다. 라디오 PD로, 소설가로, 시나리오 작가로 사는 바쁜 그의 시간을 뺏는다는 생각에 마음이 급해졌다. 정해진 질문지대로 질문했고 그는 질문에 10초 이상 고민하지 않았다. 마치 우리의 질문을 예상했다는 듯 빠르고 정확하게 답을 내뱉었다. 핑퐁처럼 질문과 답이 오고 갔고 인터뷰가 끝나고 시계를 보니 49분의 시간이 흘러있었다. 그렇다고 그의 대답들이 무성의한 것은 아니었다. 오히려 너무나 정확하여 토씨 하나 더하거나 빼지 않고 받아 적어야만 온전히 그의 뜻을 전달할 수 있었다. 그는 자신의 말처럼 매 순간 끊임없이 안테나를 세우고 이야기를 갈구했다. 지금 앞에 있는 사람, 사람들과의 만남, 세상의 모든 것들은 그에게 이야기의 소재에 불과해 보였다. 인터뷰하는 순간에도 그는 철저하게 작가였고 '이야기'는 그의 시간을 완전히 지배하고 있었다.

중요한 질문부터 해볼게요. 작가님이 정의 내리는 스토리텔링이란 무엇인가요?

제가 생각하는 걸 얘기하면 되는 거죠? 사전적인 정의가 아니라. 우선 스토리부터 정의하자면 사람들이 시간과 돈을 내고 들을만한 흥미로운 이야기를 말하는 거라고 생각해요. 그게 아니라면 스토리가 아니라 잡담에 불과하죠. 스토리텔링은 이야깃거리를 어떤 형태를 갖춘 결과물로 만들어내는 방법이라고 할 수 있을까요? 예를 들면 아내를 찾으러 복수심에 불타서 복수하는 남자의 이야기가 있다면 그걸 영화라는 틀에 넣어서 보여주는 것. 그 과정이 스토리텔링이죠.

끊임없이 작품 활동을 하시는 것 같은데 작가님을 계속 쓰게 하는 동기는 무엇인가요?

'시작은 미약하나 그 끝은 창대하리라' 라는 말처럼 모든 시작은 미미하잖아요. 저는 불교 신자지만요. 처음엔 막연히 이야기가 좋아서 책을 많이 읽고 혼자 나름의 이야기를 지어보고 마음에 드는 작품을 베껴도 보고 했었어요. 그런데 막상 이게 직업이 되고 나니까 내가 가지고 있던 기본적인 호기심과 열정에 사명감 같은 게 더해지더라고요. 그러지 않고 처음에 시작할 때 가진 마음으로는 멈추기가 쉽잖아요. 돈을 받고 하고 그런 걸 떠나서 어떤 사명감을 가지게 되면 그게 원동력이 되더라고요.

컬투쇼의 경우는 인기가 좋아서 사명감이 더 크시겠어요?

처음에만 해도 이 영향력에 대해 잘 몰랐으나 너무나도 많이 들더라고요. 다시 듣고, 파일을 돌려 듣고 하면서 이건 웬만한 TV 매체보다 영향력이 크다는 걸 알았어요. 그러다 보니 사명감이 따라서 커지더라고요.

기분에 따라 쓰지 못하다 보면 천날 만날 못 써요. 무조건 매일 한 장이라도 쓰는 거죠.

그 사명감에 따라 하시는 노력이 있다면요?

항상성에 대해서 이야기하고 싶어요. 항상 같은 자세를 유지하는 것이요. 소설이나 시나리오 모두 호흡이 길어서 오래 걸려요. 기분에 따라 쓰지 못하다 보면 천날 만날 못 써요. 무조건 매일 한 장이라도 쓰는 거죠. 글을 쓰는 직업은 프리랜서가 많은데 그럴수록 더 프로의식을 가지고 일하는 게 중요한 거죠. 내가 공무원이라면 오늘 조금 기분 안 좋다고 출근 안 할 수 없잖아요? 항상성을 유지하는 건 프리랜서로 활동하는 작가들에게는 더욱 중요한 자세라고 생각해요.

아 많이 찔리는 이야기네요. 저는 학문적인 글쓰기가 우선은 저의 주된 글쓰기인데요. 트위터에 보면, 논문봇(paper bot)이 있어요. 매일 논문봇이 저에게 이야기하죠. "덥다고 안 쓰고, 춥다고 안 쓰고, 날씨 좋아서 싱숭생숭하다고 안 쓰고, 날씨 나빠서 꿀꿀하다고 안 쓰고, 뭐... 핑계만 잔뜩". 그런데 하루에 한 장 논문 쓰기가 쉬운 것 같지만 전혀 쉬운 일이 아니라는 거예요. 논문 봇이 들으면 또 한소리 하겠네요. "좀 써"

이야기 소재는 어디서 주로 얻으시나요?
사람들과의 깊은 대화에서 많이 얻어요. 결국 우리가 써내는 모든 이야기는 누군가의 이야기잖아요.

그렇죠. 잘 알던 사람도 한 번쯤은 자기 이야기를 꺼내 들려주는 그런 날이 있는데요. 자신에 대한 이야기일 수도 있고, 지나간 혹은 현재의 사랑에 대한 이야기일 수도 있고. 특히나 한 사람 한 사람의 사랑이야기는 웬만한 단막극이나 단편영화 하나는 나올 법한 재미난 이야기들이 많지요. 만나는 사람들에게서 자신만의 이야기를 이끌어 내는 특별한 방법이 있나요?
사람들이 이야기하는 이유는 두 가지가 있는 것 같아요. 먼저 자기가 간직한 아픔을 치유하고 싶어서 자기 이야기를 꺼내는 사람이 있는데 대부분 슬픈 이야기들이죠. 그리고 또 하나는 끼가 넘치는 사람들 있잖아요. 그런 사람들은 항상 나서서 이야기를 해요. 그런 사람들에게는 적당히 질문만 던져줘도 신이 나서 이야기를 하죠. 이야기를 억지로 끌어낼 필요는 없어요. 대신 모든 순간에 안테나를 세워놓고 끊임없는 훈련을

하면서 꽂히는 이야기가 있으면 메모장에 바로 메모를 해요. 끊임없이
메모하는 게 중요해요.

꽂히는 이야기가 있으면 메모장에 바로 메모를 해요. 끊임없이 메모하는 게 중요해요.

슬픈 이야기는 이야기를 함으로써 힐링이 되는 효과가 있죠. 두 번째 종류의 사람들은 우리 주변에 있는 재담꾼, 만담에 가까운 이야기를 하는 사람들인데요. 뭐 꼭 종로에 가야만 만담꾼을 만날 수 있는 건 아니니까요. 끊임없이 말을 하고자 하는, 말에 대한 엄청난 에너지를 가진 사람들이 있어요. 그리고 그런 사람들은 같은 이야기라도 더 재미나게 해요. 참 신기하죠.

메모는 제가 인터뷰한 거의 모든 분이 강조하신 이야기입니다. 메모해라. 그러면 이야기든 아이디어든 영감이든 네가 나중에 까먹지 않고 얻게 되리니. 그런 이야기를 들으시면 바로 '책에 소재로 써야겠다.' 이런 생각이 바로 드세요?

의도적으로 이야기를 잡아내려고 노력해요. 저는 그런 노력을 '안테나를 세운다.'라고 표현하고요. 우연히 제 책을 읽은 아줌마들과 낮술을 하게 된 적이 있어요. 낮술을 좋아하신다면서 제가 일하는 목동까지 오셨더라고요. 그래서 엉터리 생고기 집에서 12시부터 술을 먹게 됐는데

너무 재미있는 거예요. 술이 들어가니까 자기들 바람 피운 이야기도 해주고, 남자친구 이야기도 해주는데 영감이 떠오른 거예요. 줄리아나 나이트클럽이라고 모르죠? 지금은 나이트가 없지만 그때는 나이트의 상징 같은 느낌이었거든요. 그 아줌마들이 다 대학교 때 거길 다녔다면서 저보고 같이 부킹했을 거라고 하더라고요. 그래서 줄리아나를 몰려다니던 그룹이 마흔 살이 되어서 어떻게 변했을까? 그들의 일상은 어떨까? 이런 내용을 담은 "응답하라 줄리아나"라는 소설을 쓰고 있어요.

나이트하면 줄리아나 나이트클럽. 아하하. 요즘 친구들은 아마도 클럽에 더 익숙하겠죠. 응답하라 줄리아나. 아 정말 재미날 것 같습니다. 요즘 한참 복고바람이 불어서, 저같이 2000년대에 대학을 다닌 30대만 대상으로 해서 가요를 틀어주는 주점들이 늘어나고 있거든요. "밤과 음악 사이"라든지요. 20대들은 또 모르겠죠. 씁쓸하네요. 주 소비층이 되다 보니 그런 것일 수도 있고. 천편일률적인 노래를 틀어주는 것보다는 훨씬 좋은 현상이라고 봅니다. 그건 그렇고, 적극적인 독자분들이시네요. 엉터리 생고기 집에서 낮술이라니. 하여튼 일상의 재미난 일들을 놓치지를 않으시는군요.

그런 엉터리 생고기집 만남 같은 것은 대체로 어떻게 만들어지나요?
저는 실제로 팬레터가 오면 만나는 편이에요. 그렇게 만나서 친구처럼 지내는 경우도 있고요. 그러다 실제로 책 소재가 떠오르기도 하는데요.

'노벰버 레인' 이라는 책을 영화로 만들려고 이야기 중인데 그 책 역시 누군가에게 들은 이야기예요.

노벰버 레인이 실화에 바탕을 두었다고 저도 들어서 알고 있습니다. 혹시 다른 미디어는 많이 접하시는 편인가요?

책은 일주일에 많으면 두 권, 한 권씩은 꼭 봐요. 장르를 가려 읽는 게 좋은 건 아닌데 전 사실 90% 소설을 많이 읽어요. 가끔 시도 읽고요. 실용서는 전혀 보지 않는 편이에요.

이건 그냥 제 쓸데없는 생각인데요. 소설만 읽고 실용서를 보지 않는 남자와 실용서만 읽고 소설을 전혀 읽지 않는 여자가 만나면 어떤 연애가 펼쳐질까 하는 생각을 해본 적이 있습니다. 소설과 실용서는 별거 아닐 수도 있어 보이지만, 한 사람의 가치관과 취향을 상당 부분 반영해서 삶의 방식을 보여주는 하나의 상징적 장르일 수 있거든요. 뭐 별일 안 일어날 수도 있겠지요. 주변을 관찰하다 얻은 생각이죠.

간접경험을 통해 글의 소재를 끊임없이 생각하는 '크리에이티브 중심적 습관' 을 기르는 게 중요해요.

옆에 있는 누군가의 한마디, 영화 속의 대사 한 줄, 소설 속의 한 문장에서도 수많은 이야기가 탄생할 수 있다는 말씀을 하셨는데요. 스토리를 만들기 위해서는 어떻게 해야 좋을까요.

평소에 모든 세상일에 관심을 가지는 거예요. 직접 경험하면 더없이 좋겠지만 제가 2차 세계대전을 겪을 수도 없고, 여자가 되어서 여자의 이야기를 쓸 수도 없는 거잖아요. 간접경험을 통해 글의 소재를 끊임없이 생각하는 '크리에이티브 중심적 습관'을 기르는 게 중요해요. 그래서 저는 개봉영화는 매주 한 편씩 봐요. 팟캐스트에서 '시네타운 나이트'라고 진행하는 프로가 있어요. 영화보고 피디 세 명이 떠드는 프로인데 그것 때문에라도 자주 볼 수밖에 없죠.

매주 한 편씩 개봉영화를 보신다니. 엄청난 헤비유저시네요. 크리에이티브 중심적 습관을 기르는 것. 사실 어쩌면 이것이 이 책의 스토리 창작과 글쓰기를 꿰뚫는 핵심이라고 볼 수 있을 것 같습니다.

글을 잘 쓰려면 재능보다 관심이 우선이에요. 이야기, 사람에 대한 관심이 있어야 해요.

사람들과 만나면서도 이야기를 캐치하기 위해 안테나를 세우고 있고 언제나 메모를 하고, 작가님 일상에 항상 이야기가 녹아있으신 것 같아요.

피곤한 일이죠. 저는 이야기에 대한 욕구가 어려서부터 있었어요. 제 일기를 봤는데 초등학교 6학년 때 돌고래이야기를 일기에 연재도 했더라고요. 일기는 나를 위한 거잖아요. 그런데 거기에 연재를 한 걸 보면서 '아, 내가 글 쓰는 걸 참 좋아하는구나.' 라고 생각했죠. 글을 잘 쓰려면 재능보다 관심이 우선이에요. 이야기, 사람에 대한 관심이 있어야 해요.

일기에도 연재를 하시다니. 누가 최종적으로 훔쳐봐주길 원하셨던 것 같습니다. 그렇게 혼자만 보려고 글을 쓰는 사람은 없죠. 그리고 스토리를 만드시는 분들은 인간에 대한 관찰, 관심, 애정이 폭발적인 분들이에요. 사람에 지치고 실망하는데 또 너무 좋으니까 희망을 놓지 않고, 또 들여다보고 하는 일들이요. 본능적으로 좋아하지 않고는 할 수 없는 일들이에요.

라디오 피디에서 라디오 DJ까지 하시는데요. 그럼 소설로 시작하셨다가 SBS PD를 겸업하시는 이유가 있나요?

소설은 돈이 안 되더라고요. 전 다분히 세속적인 사람이에요. 집도 좋은 집에 살고 싶고, 차도 좋은 차를 타고 싶고요. 소설만 써서는 내가 만족스러운 삶을 살 수 없을 것 같다는 생각이 들더라고요. 소설만 쓰면 여자 친구와 떡볶이는 먹어도 샤넬 백은 못 사주잖아요? 저는 샤넬 백을 사주고 싶은데 말이에요. 소설로 시작했고 소설만 하고 싶었지만 쉽지 않았죠.

소설가로 시작하셨지만 컬투쇼의 라디오 PD로 더 유명하신데요. 높아진 인지도가 소설가 활동에도 영향을 미치나요?

예전에는 책을 쓰고 영화사에 보내면 안 읽어 봤다고 하더라고요. 하지만 이제 제 이름이 유명해지고 나니까 '어? 이재익 작가 거네?' 라고 읽어본다는 거예요. 기회가 더 많이 오는 거죠. 사실 굉장히 유리한 거예요.

먼저 유명해지면 참 좋을 텐데. 모두가 그렇게 유명해지는 법을 알지는 못하니까요. 소설가가 되고자 하는 사람들에게 직언 하나 날려주신다면요.

유명해지면 더 쉽겠죠. 소설가가 되는 방법은 간단해요. 소설책을 내면 되죠. 그리고 더 중요한 것은 그 뒤로 출판계 사람들과 친해져야 해요. 한국에는 미국처럼 에이전시가 없기 때문에 내가 내 책을 팔아야 하는데 그러려면 인맥이 중요하거든요. 그렇게 인맥을 만들면서 서로 잘 맞는 에디터를 몇 명 알아두고 정기적으로 연락을 주고받는다면, 그때 "제 직업은 소설가입니다."라고 하면 될 것 같아요.

소설가가 되는 방법은 간단해요. 소설책을 내면 되죠.

라디오와 소설은 '보이지 않는다'는 공통점이 있는데 이렇게 장르가 다른 두 콘텐츠가 차별화되는 점이 있다면 무엇일까요?

라디오와 소설의 공통점은 영상화되어있지 않다는 것인데요. 그 점 덕분에 독자가 상상을 더 많이 할 수 있다는 특징이 있어요. 열 명의 사람이 소설을 읽으면 소설 속 등장인물 제각각의 비주얼을 떠올려요. 청취자들 역시 사연의 주인공에 대해 상상을 하게 되죠. 상상이 개입할 여지가 크기 때문에 스토리에 더 큰 힘이 있어요. 영상 없이 스토리라는 단 한 자루의 칼을 가지고 승부를 봐야 하죠.

이야기 속에서 캐릭터가 차지하는 비중은 어떤가요?

혹자는 이야기에서 캐릭터만 만들면 끝이라고 표현하기도 할 만큼 캐릭터는 중요해요. 저의 경우는 스토리를 먼저 만들고 캐릭터를 만들지만요. 영화에서는 절반의 비중이라고 생각해요. 좋은 영화는 캐릭터가 좋아요. 같은 스토리라도 캐릭터가 좋으면 장면 장면이 살아나면서 스토리도 좋아져요. 시너지 효과를 내는 거죠.

일상에서 만나는 사람들에 대해서도 캐릭터를 금방 파악하시겠어요.

사람들을 많이 만나고 이야기를 하다 보면 일종의 '감' 같은 게 생겨요. 관상을 보는 건 아니지만 얼굴에 그 사람의 인생이 그대로 녹아 있다는 말을 믿는 편이에요.

소설 '원더풀 라디오'를 시나리오로 바꾸는 과정에서 가장 신경 쓰인 부분은 무엇인가요?

가장 신경 쓰는 부분은 나 외에 다른 크리에이터들이에요. 감독도 있고 피디도 있고 많잖아요. 그런 사람들과 호흡을 맞추는 과정이 가장 신경 쓰이죠. 그 호흡이 저랑 맞지 않으면 제가 시나리오로 바꾸지 않고 다른 사람에게 맡기기도 해요. 뭐니 뭐니 해도 영화는 감독의 작품이니까 감독의 의도와 흥미에 맞게 고치는 게 중요하다고 생각해요.

소설과 시나리오의 관계를 어떻게 정의할 수 있을까요?

제 책에 '소설과 시나리오는 절친이다.'라고 썼다가 형제라고 표현하는 게 좋겠다고 했는데 둘은 매우 비슷한 점이 많아요. 구성하는 요소도 비슷하고요. 제 소설 중에서도 영화화된 소설이 있고, 영화화를 준비 중인 소설도 있는데요. 게다가 요즘에는 영화화를 염두에 두고 나오는 소설도 있더라고요. 하지만 결국 소설은 소설 그 자체로도 가치가 있고 생명력이 있어야 해요. 소설로는 별로인데 영화로 좋으면 그냥 시나리오로 쓰지 왜 소설로 내려는 거죠? 소설 자체로의 완성도가 있어야죠.

다양한 직업을 가지고 있으신데 가장 매력을 느끼는 건 어떤 직업인가요?

소설이죠. 딴 건 안 하고 글만 썼으면 좋겠어요.

바쁘실 텐데 어떻게 시간을 내시나요?

저는 무조건 시간만 나면 컴퓨터 앞에 앉아요. 집에 있으면 아이와 놀아주고 해야 하니까 글을 쓸 시간이 너무 부족하더라고요. 그래서 오로지 글을 쓰기 위한 작업실을 마련했어요. 일주일의 7일 중 월수금은 집에 가고 화목 주말 하루 정도는 작업실에서 먹고 자면서 오로지 글을 쓰기 위해 투자했어요. 일 끝나면 밤 8시부터 새벽 1~2시까지 쓰고, 주말에는 아침부터 밤늦게까지 쓰기도 하고요.

이쯤에서 질문 드려 보죠. 글을 쓰는 것은 재능인가요, 노력인가요?

스토리를 쓰는 것도 재능과 노력이 다 중요하지만 노력이 더 중요한 것 같아요. 워낙 세상이 좋아져서 없는 재능도 만들어주더라고요. 제가 쓴 〈나 이재익, 크리에이터〉에도 이 부분이 언급되어 있는데요. 크리에이터에게 가장 중요한 재능은 근성이에요. 내가 가진 아이디어를 어떤 결과물로 만드는 과정은 반짝한 그 순간보다 훨씬 길고 지루해요. 번뜩이는 아이디어를 가진 사람은 많지만 그 아이디어를 결과물로 만들어내는 사람은 드물거든요. 우리는 그런 사람들을 크리에이터라고 하는 거예요. 특히 소설은 호흡이 길기 때문에 더욱 근성이 중요하고요.

크리에이터에게 가장 중요한 재능은 근성이에요. 번뜩이는 아이디어를 가진 사람은 많지만

그 아이디어를 결과물로 만들어내는 사람은 드물
거든요. 우리는 그런 사람들을 크리에이터라고 하
는 거예요.

저도 크게 공감합니다. 앞에서 소설가가 되려면 이라는 우문에 소설을 쓰면 된다고 현답을 주셨던 것처럼요. 다들 기가 막힌 아이디어들은 하나씩 가지고 있는데요. 결국 그 아이디어를 실제로 프로토타입이든 뭐가 됐든 보여주는 사람은 정말 많지가 않아요. 죽이 되든 밥이 되든 하나씩 해보는 거죠. 하면 되니까. 뭘 어떻게 처음부터 기막히게 잘 해내라는 게 아니라 그냥 일단 하면, 했으니까 뭐가 됐든 된 거잖아요. 사람들은 결과물만 보지, 그게 나올 때까지 엉덩이 붙이고 앉아서 얼마나 많이 덧칠하고, 고민하고, 깨부쉈다가 다시 붙여서 나온 건지 그 과정을 잘 보질 못해서 말입니다.

바쁘신 와중에 어떻게 짬을 내 글을 쓰시는지 이야기를 하다가 여기까지 왔네요. 자신만의 시간 관리 노하우가 있으신가요?

저는 '할 일'을 하는 게 아니라 '안 해도 될 일'을 하지 않는 게 중요하다고 생각해요. 낭비하는 시간을 줄이는 게 중요하다는 거죠. 인터넷 서핑하고 TV 보는 걸 꼭 해야 하는 게 아니잖아요. 그런 시간을 아이디어를 생각하고 글을 쓰는데 집중하는 거예요. 물론 쉬운 건 아니죠. 하지만 이런 노력조차 하지 않으면서 글 쓰는 사람이 되고 싶다고 하는 건 너무 편한 마인드 아닌가요?

앞서 말씀하신 항상성과 일맥상통하는 이야기 같아요. 글 쓰는 사람은 자유롭고 내킬 때만 글을 쓸 것 같은 편견을 깨트리는 이야기네요. 그 컬투쇼의 이야기를 좀 해볼까요?

컬투쇼는 굉장히 이기적인 데서 출발했어요. 재미를 위해서 다른 것을 희생했죠. 오직 유머에만 초점을 맞추고 감동, 교훈 뭐 이런 건 다 쳐내고 웃기는 것만 고르자 하고 시작했죠. 지금은 여러 코드가 복합적이지만 여전히 코어는 웃음이에요.

컬투쇼에 오는 수많은 사연 중에 인터넷에 떠도는 이야기들을 자기 이야기처럼 올리기도 하잖아요. 그런 가짜 사연을 가려내는 방법이 있나요?

컬투쇼는 다른 프로그램보다 작가들이 많아요. 작가 4명이 사연을 다보면서 가려내는 거죠. 사연이 1주일에 3,000개 정도 오면 4명이 나눠서 보는 게 아니라 한 사람이 모두 3,000개를 보고 골라내요. 거르고 걸러내는 거죠. 기준은 무조건 '진짜' 같은 사연이에요. 그럼에도 가짜 사연들이 있지만.

그 3,000개의 사연을 보면 이 사연으로 소설을 쓰고 싶다. 이런 생각을 해보진 않으셨나요?

라디오 사연은 호흡이 짧아서 쉽지 않아요. 하나의 스토리라기보다는 에피소드 정도죠. 가끔 청취자를 만나거나 해서 길게 이야기하면 영감이 떠오르기도 해요.

그렇다면 다른 것보다 '귀'를 사로잡는 이야기가 따로 있나요?

저는 의외성에 초점을 둬요. 처음부터 재밌을 것 같은 사연은 의외로 재미가 없어요. 그런 것보다 이게 뭐지? 하다 웃기는 사연들이 더 반응이 좋아요. 예를 들어 어떤 사람이 짜장면이 먹고 싶어서 길을 가다가 간판을 봐요. 근데 간판에 '손짜장' 이라고 적혀 있는 거예요. 그래서 들어갔는데 주방을 보니까 딱 봐도 기계에서 면을 쭉쭉 뽑는 거예요. 그래서 주인한테 물어봤죠. 아니 간판에 손짜장이라고 하더니 이게 뭐냐고. 그랬더니 주인이 '제가 손가입니다.' 라고 하는 거죠. 처음엔 평범한 시작인데 2가지 의외성이 있죠. 그런 '반전'의 요소가 귀를 집중시키는 거죠.

아하하. 반전. 저도 컬투쇼를 너무나 좋아합니다. 인생이 지치고 힘들면 보약 챙겨 먹듯 주말에 틀어놓고 들어요. '세상에나 내가 뭐 한다고 이렇게 아등바등 사나. 이렇게 재미난 게 인생인데, 사는 건데' 하면서요. 인터뷰하면서는 너무 재미있었는데 아마 이걸 글로 쓰면 지금처럼 재밌지 않을 것 같아서 너무 아쉽네요. 이게 귀를 사로잡는 이야기와 눈을 사로잡는 이야기의 차이겠죠? 누구나 이야기를 하고 싶어 하잖아요. 자신의 것을 공유하고 싶은 욕구가 있는데요. 작가님이 개인적으로 공유하고 싶은 이야기가 있나요?

나와 아내에 대한 이야기? 저랑 아내는 어렸을 때 만났어요. 9년 연애하고 결혼했으니 20년 동안 한 사람을 만난 건데 제 나이에 한 여자와 20년 만난 사람은 없더라고요. 특이한 커플이잖아요. 수많은 이야기가 있죠. 웃음도 있고 눈물도 있고.

결국 소설이나 라디오 사연도 내 이야기가 아니라 남의 이야기를 하는 건데요. 본인의 이야기를 하는 것과 남의 이야기를 할 때 가장 큰 차이점은 무엇일까요?

내 얘기를 할 때 훨씬 조심스러워져요. 나뿐만 아니라 내 주변 사람들의 이야기까지 들어가니까요.

작가가 말하고 싶은 이야기와 대중이 듣고 싶어 하는 이야기 간의 간극을 줄이는 방법이 있나요?

저는 굉장히 대중 친화적인 작가예요. 남들이 안 좋아할 것 같은 내가 하고 싶은 이야기는 하지 않아요. 내가 쓰고 싶은 이야기 중에 남이 듣고 싶어 하는 이야기만 쓰려고 하는 편이에요. 그래서 처음에 좀 써보다가 여기저기 넌지시 얘기해봐요. 일반 대중이라고 말할 수 있는 표본 집단에게 미리 말해보는 거죠.

나에게 영감을 주는 것?

여자를 많이 만나요. 하하. 데이트를 하면 기분 전환도 되고 사람을 많이 알게 되잖아요. 전 오히려 모임은 잘 안 가거든요. 너무 영양가 없는 대화들이 오가요. 10시간을 떠들어도 남는 게 없이 다들 남에게 해주고 싶은 이야기만 하잖아요. 사람은 둘이 있을 때만 대화가 가능하다고 봐요. 장난스럽게 여자를 만난다고 했지만 남녀노소를 가리지 않고 둘만의 만남을 통해 눈을 마주 보고 자신의 이야기를 할 때 대화의 질이 달라지거든요. 저는 이게 대화의 유일한 방법이라고 생각해요.

그렇죠. 관계라는 게 참 희한한 것이. 똑같은 사람이라 해도 두세 사람 모인 곳에서의 그 사람의 행동이나 말과 훨씬 더 많은 무리 속에서의 행동이나 말이 달라지니까요. 물론 뭐 같은 사람도 있겠지만, 두 상황 속에서 한 사람을 전혀 다른 캐릭터로 기억하는 일도 일어나죠. 앞 모임에서는 엄청 적극적인 사람인데, 뒤에서는 그렇지 않다든지. 그 반대라든지. 사람들이 몇 명 모이느냐에 따라 개인과 그룹 내 소통의 다이내믹이 달라지니까요. 일종의 기 같은 것이 균형 있게 조화롭게 흘러야 하는데. 보통은 작은 그룹이나 일대일의 관계에서 깊은 교감이 생기는 게 당연한 일이죠. 매번 다른 사람과 똑같은 코스의 데이트를 한다고 해도 아마 그 코스는 분명히 다르게 기억될 거예요. 사람이란 참으로 신비해서 들여다보면 들여다볼수록 새롭거든요.

이다지도 사람을 사랑하는 이재익에게 스토리란?

사람이나 사물이 가지는 역사라고 생각해요. 제가 생각한 것도 어떤 사람도 일종의 역사잖아요. 미래를 예측할 수는 없으니까요. 그 이야기가 고궁의 역사일 수도, 이 펜 한 자루의 역사일 수도 있고요. 누군가, 무언가의 역사서인 거죠.

스토리란 사람이나 사물이 가지는 역사라고 생각해요.

스토리에 중독되다

그걸 즉각적으로 메모를 해두지 않으면, 나중에는 그 생각을 했다는 그 생각 자체를 까먹어요. 바보처럼 지나가는 거예요. 그때 뭔 생각을 했었지가 아니라 그 자체를 까먹는 거죠.

〈배철수의 음악캠프〉 작가 **배순탁**

팝하면, 탁!_
〈배철수의 음악캠프〉 작가 **배순탁**

매주 화요일 새벽 세시. 모든 세상이 고요히 잠든 시간. SBS 파워 FM의 애프터클럽이 시작하는 시간. 일주일 용돈 5만 원 중에 3만 원은 음악을 듣기 위해 CD를 사며, 일주일을 버텼던 청년은 이제 디제이가 되어 고요한 새벽을 여는 일곱 명의 디제이 중 하나가 되었다. 재주를 숨길 수 없는 배순탁은 배철수의 음악캠프 메인 작가로, 디제이로, 다수 매체를 통해 음악을 글로 풀어낸다. 불현듯 영감이 떠오른다고 말하지만, 그 글이 나오는 과정을 살펴보면 전혀 불현듯 찾아온 영감이 절대 아니다. 위닝 일레븐의 인트로에서조차 인디밴드의 음악을 알아채는 수준이니, 치열하게 수집하고 경험한 결과라고밖에는 달리 표현할 길이 없다. 그런데 이제는 음악에 대한 애정이 음악인에 대한 열정으로 옮아가, 자신이 가장 사랑하는 한국 뮤지션 스무 명에 대한 이야기를 쓰고 있단다. 한 뮤지션의 음악을 제대로 알기 위해서는 대체 이 사람이 어떤 사람이냐를 제대로 알아야 한다는 것이다. 각각의 뮤지션이 가진 음악 세계를 해부해보고자 하는 욕망. 그 욕망은 결국 자기 자신이 누구냐를 알아가는 또 다른 욕망의 투영이라 짐작해본다. 그나저나, 화요일 새벽마다 팝으로 말을 거는 이 남자, '팝 하면 탁' 나온단다. 새벽 3시. 수다치고는 꽤 애매한 시간이지만, 이 얼마나 뜻밖의 비밀스러운 즐거움인지 아는 사람은 다 안다.

지금 하시는 일에 대해 간략히 설명 부탁 드립니다.

일단은 MBC FM 포유 배철수의 음악캠프 라디오 작가고요. 그게 메인이라 할 수 있겠고요. 그 외에 라디오 게스트, 텔레비전 게스트, 여기저기 잡지에 글을 쓰고, 한마디로 말을 하고 글을 쓰고, 음악을 선곡하며 먹고 살고 있습니다. 음악에 대해 글을 쓰고, 음악에 대해 말을 하고 두 가지를 동시에 하며 먹고사는 직업을 가지고 있죠.

작가로 글쓰기도 바쁘실 텐데, 말까지! 무척 여러 가지 일을 하고 계시네요.

지금 게스트 하는 거를 얼마 전에 합해봤는데, 10개? 일주일에 10개 정도 되더라고요. 나름 바쁘게 살고 있습니다. 요즘엔 포털사이트들이 많이 중요해졌잖아요. 네이버 오늘의 뮤직 선정위원이고요. 다음 이달의 앨범 선정위원이고요. 네이트에 아이라이크팝이라는 제 꼭지를 가지고 있습니다. 잡지는 패션지 쪽에서 요청이 많이 들어옵니다. 에스콰이어, 아레나, 마리끌레르 등에 글을 쓰고 있습니다. TV는 영화가 좋다. KBS 토요일 오전에 하는 프로그램이에요. 영화음악 소개 코너에 제가 대본 쓰고 제가 출연하죠. MBC 라디오 '푸른 밤 정엽입니다'에서도 영화를 소개하고 있어서 일주일에 영화 두 편을 꼭 봐야 해요.

라디오 작가로 어떤 일을 하시는지 궁금합니다.

대부분 라디오 작가는 대부분 원고 작가를 말하죠. 막내 작가 같은 경우는 원고를 조금 쓰고 섭외하고 일정 체크하고 하는 방송을 준비하는 일들을 주로 하죠. 그리고 원고 작가는 말 그대로 원고를 많이 쓰는 메인 작가가 있죠. 저는 특수하게 음악을 선곡하는 작가죠. 배철수 선배와 같이 그날에 틀 음악을 선곡하고요. 음악에 대한 설명을 써서 드리는 일이 주요한 업무죠. 한 마디로 음악 자체에 포커스가 맞춰져 특화된 직업이죠. 최근에는 라디오 방송조차도 음악을 줄이고 토크를 늘이는 것이 대세죠. 대표적으로 컬투쇼가 있는데요. 전체 청취율 압도적 1위거든요. 음악 전문방송이 줄어드는 추세죠. 저 같은 직업이 라디오 통틀어 다섯 명도 안 될 거예요.

재미난 라디오 에피소드가 있다면요?

아 너무 많은데. 글쎄요. 기본적으로 그 여성 작가들. 이 음악캠프 생방 스튜디오에 올 일이 없거든요. 일해야지. 제이슨 므라즈 나오는 날. 저에게는 쥐꼬리만큼의 관심을 안 보이던 여성 작가들이 갑자기 우르르 몰려와서는 제이슨 므라즈 한번 보겠다고. 배신감을 느낀 거죠.

배순탁의 배신감. 크흐. 쥐꼬리만큼의 관심도 안보였다 에서 짠한 건 뭘까요. 하여튼 라디오 선곡 작가라면 음악에 무척이나 조예가 깊어야 할 것 같은데요. 정말 팝 하면 탁 나와야 그 정도 일을 할 수 있겠어요. 팝 했는데 딱 대답 못하면... 큰일 나겠네요.

일단은 기본적으로 많은 음악을 알고 있어야 시간을 절약할 수가 있죠. 그 음악에 대한 설명을 자료를 보고 쓰는 것과 내가 알고 있는 것을 쓰는데 차이가 나니까요. 신청곡들도 다뤄야 하잖아요. 저는 햇수로 6년차인데요. 신청곡들을 다루다 보면 몇 시간이 걸리는데, 신청곡들의 80~90%가 제가 아는 곡들이거든요.

선곡하신 곡들에 대한 설명을 일일이 다 쓰시는 편인가요?

글쎄요. 그 중요도에 따라 좀 달라집니다. 배철수 선배님께 너무나 익숙한 곡이다 하면, 워낙 일을 오래 하셨기 때문에 이 곡을 아실지 모르실지 감으로 알 수가 있거든요. 모르시는 곡일 때는 설명이 많이 나와야 하고요. 아시는 곡일 때는 설명이 적게 나와야 하고요. 이 곡이 아는 곡이라 할지라도 뭔가 지금 이 시점에서 다시 회자가 된다 하면, 인기 요인을 써드리죠. 대표적인 것이 광고음악이죠. 예전 음악이 광고음악으로 쓰여 인기가 있다 하면 다시 그 인기요인을 풀어서 쓰게 되죠.

양으로 따지면 얼마나 쓰시는 건가요?

꾸준히 쓰는데. 잴 수는 없지만 일주일에 10포인트 글자 크기로 A4 열 장은 될 것 같습니다.

일주일에 10포인트 글자 크기로 A4 10장이라. 시리얼 라이터시네요.

예전에 논문작성법에 관한 수업을 듣는데, 원서로 학문적인 글쓰기에 대한 걸 읽는데, 책의 어딘가쯤에 'serial writer'가 되라는 거예요. 시리얼 킬러도 아니고 시리얼 라이터라니. 맙소사. 그런데 웃을 일이 아닌 게, 계속 꾸준히 밥 먹듯이 쓰는 게 절대 쉬운 일이 아니거든요. 그러면 일주일에 꾸준히 많이 쓰시는 건데요.

굉장히 많이 쓰죠. 그걸 다 합하면 많을 때는 열 장, 적을 때는 다섯 장. 지난주는 열 장 넘게 썼네요.

다섯 장과 열 장 사이를 매주 쓰시는 거군요. 별도로 쓰시는 책도 있으시잖아요. 예전에 책도 내셨었고요. 그렇죠? '배철수의 음악캠프 20년 그리고 100장의 음반'이라는 책이요.

배철수의 음악캠프 20년 그리고 백 장의 음반이라는 책을 예전에 썼었죠. 벌써 3년이 넘었네요. 무척 잘 팔렸는데요. 저의 힘이라기보다는 배철수 선배님의 브랜드 힘이겠지만. 그 책은 팝 음악 책인데요. 배철수 선배님께서 직접 고르신 100장의 음반에 대해 이것이 왜 명반인가 제가 설명을 쓴 책이고요. 지금 쓰는 책은 제가 좋아하는 가수들, 가요에 관한 책입니다. 90년대 이후 좋아하는 뮤지션 스무 명에 대해 쓰고 있습니다. 90년대 이후로 한정한 이유는 그 뮤지션들과 90년대라는 동시대적 체험이 있거든요. 제가 77년생이잖아요. 80년대에는 제가 어렸기 때문에 동시대적 체험을 생생히 전달할 수가 없거든요. 상업적인 이유도 있어요. 아무래도 젊은 층이 많이 봐야 하니까요.

그런데 배철수 씨와는 어떤 혈연관계라도?

저와 배철수 선배님은 아무런 혈연관계가 없습니다. 수도 없이 질문을 받았는데. 한국사회가 얼마나 혈연관계로 점철되어 있는지를 반증하는 사례죠. 우리는 그렇지 않은데. 우리는 떳떳한데.

우리는 떳떳한데. 아 왜 이렇게 웃음이 나죠. 뭐 그건 그렇고. 지금 쓰시는 책을 한마디로 정의한다면 뭐라고 할 수 있을까요? 그러니까 간단하게 이 책은 이런 책이야. 뭐 그렇게 표현한다면 그건 어떤 책입니까?

저 자신을 말해줄 수 있는 최초의 책이죠. 그 책은 배순탁이라는 사람이 어떤 음악 역사를 거쳐 왔는지를 보여주는 책이기 때문에 그 책 자체가 배순탁의 역사의 일부라는 거죠. 어쨌든 평론가나 글 쓰는 사람도 아티스트와 기본적인 욕망은 똑같거든요. 자신의 창작물을 통해서 자기 자신을 드러내고자 하죠. 그런 욕구가 있어요. 물론 아티스트가 훨씬 위대하고 직접적이긴 하지만. 저 자신이 어떤 사람인지 부분적이나마 알려주고 싶은 거죠. 인생의 터닝 포인트죠. 계속 질문만 하는 건 정말 지루하거든요. 어느 순간에는 내가 누구인지를 나타내고 싶고, 질문 받고 싶어하는 거죠. 예전에 저도 음악잡지 기자생활을 하면서 질문을 수없이 했거든요. 어느 순간 저도 내가 누구인지에 대해 질문 받고 싶은 거죠.

그 책은 배순탁이라는 사람이 어떤 음악 역사를 거쳐 왔는지를 보여주는 책이기 때문에 그 책 자체가 배순탁의 역사의 일부라는 거죠.

그래서 대체 누구신데요?

저요? 배순탁이요. 동안.

'동안'의 배순탁. 베이비페이스 서른일곱의 배순탁. 이거 쓰시지 말라고 하셨지만 쓸 거예요. 예전 기자 생활 하셨던 이야기를 조금 해 볼게요.

오이뮤직이었고요. 원래는 GMV였어요. 지구촌영상음악. 52 Street로 바뀌죠. 편집장이 동일하고. 패션잡지는 은행이라는 좋은 상권이 있죠. 동네마다 은행이 모세혈관처럼 퍼져 있잖아요. 그런데 우리나라 음악 잡지는 많이 안 팔립니다. 음악 잡지는 사는 사람이 한정되어 있기 때문에 영세할 수밖에 없죠. 잡지는 팔리면 팔릴수록 적자가 나는 구조예요. 90% 이상이 광고. 그런데 광고를 끌어오기가 음악잡지의 특성상 쉽지 않죠. 월급 자체가 매우 적고. 필자들을 많이 고용할 수 없기 때문에 기자들에게 떨어지는 부담이 있죠.

기자 때의 글쓰기를 표현하자면 어땠나요? 예전에 신문사에서 인턴기자 할 때 떠올려보면, 기자분들은 언제 어디서나 글을 쏟아내시더라고요.

후다다다닥. 노트북을 딱 키고, 투다다다닥. 기사 하나가 나오는 거예요. 그렇다고 내용이 절대 모자라지도 않죠. 문제는 그걸 제한된 시간 안에 엄청나게 빨리 쓴다는데 있는 거예요.

그때는 거의 팩토리. 글 공장처럼 영혼이 찍어내는 느낌이 강했죠. 빨리 쓰는 방법을 알게 돼요. 그런데 그렇게 쓰면 안 돼요. 저도 지금 반성하는 부분인데, 아주 정형화되고 패턴화된 글쓰기가 있거든요.

이를테면요?

이를테면 음반에 대한 3매짜리 글을 쓴다 하면, 서론부터 본론까지 구도가 나옵니다. 그 구도에 맞춰 글을 써 버리는 거죠. 나의 개인적 느낌 취향보다는. 좋은 점은 그거예요. 속도는 빨라져요. 그런데 과연 내가 치열하게 음악을 듣고 이 글을 쓰는가에 대해 반성하게 되는 거죠.

지금은 라디오 디제이도 하시잖아요. 팔방 '동안' 미인이네요. 라디오 디제이를 하는 것은 또 어떤 느낌인가요?

별거 없고 다를 것 없을 줄 알았어요. 그런데 '아, 이건 완벽하게 다른 세계구나. 내가 진행자가 되는 거구나' 싶죠.

계속 몇 십 년간 남의 가게 봐주다가 드디어 내 가게를 새로 오픈한 것 같은 건가요? 그런 기쁨이려나.

그런 거죠. 일주일에 한 번인데도 어마어마해요. 매일 하는 디제이들은 어떻겠어요. 어마어마 한 거죠.

그런데요. 왜 쓰세요?

제 원래 꿈은 그거였어요. 세계를 지배하는 락스타. 뮤지션이 되고 싶었어요. 중학교 때부터 기타를 쳤거든요. 밴드도 해봤어요. 그냥 알겠더라고요. 아 나는 소질이 없구나. 꾸준한 연습을 통해 어느 정도의 수준에 이를 수는 있겠지만, 내가 이걸로 성공할 수 없겠다는 강한 필. 강한 필이 오더라고요. 그렇다면 차선책은 음악에 대해서 말하고 글 쓰는 것이잖아요. 음악이라는 매체를 통해서 나 자신을 표현하고 싶은 욕구. 2차 산업인 음악 프로듀서 아니면 작가 이런 쪽으로 해보자 해서 왔죠. 나 자신을 표현하는 수단.

왜 쓰냐고 물었더니 아주 근원적인 꿈 이야기까지 나오네요. 원래는 그거였군요. 뮤지션이 되고 싶었던 거네요.

저의 가장 주요한 취미를 직업으로 얻게 된 거잖아요. 제 친구들이 음악을 더 많이 알았어요. 저는 미친 듯이 앨범을 콜렉팅하거나 그러지 않았거든요. 그런데 그 친구들은 지금 음악을 거꾸로 안 듣고 있고요. 저는 음악에 대한 직업을 얻었죠. 대학교 때부터 본격적으로 듣고 사 모으기 시작했죠. 대학교 때 일주일 용돈이 5만 원이었는데요. 무조건 3만 원은

CD를 사고 보는 거죠. 일단 사. 무조건 사고, 나머지 만 오천 원으로 일주일을 버티는 거죠. 어떻게든 버티는 거죠. 지금은 LP를 사는데요. 요즘은 기계적으로 사죠. 가끔 음악에 대한 열정을 확인할 때가 있어요. 어떤 음악을 듣고 정말 좋아할 때 안도감을 느끼죠. 아, 내가 음악을 아직 많이 좋아하는구나. 특히나 첫 디제잉하는 날 음악을 고르며 정말 설레더라고요. '팝하면 탁' 화요일 새벽 세시 SBS 파워FM.

팝하면 탁. 새벽 세시는 모두가 잠을 잘 시간인데 퇴근하실 때 모두 출근하는 상황이네요. 하루가 참 일반인의 시간 리듬과는 다르게 흘러가는데요.

저녁 8시에 배철수의 음악캠프가 끝나죠. 집에 가면 9시. 좀 잡니다. 10시 30분에 일어납니다. 그 다음날 음악캠프 준비하고요. 그리고 개인적으로 마쳐야 할 원고를 씁니다. 1시에서 2시죠. 그때부턴 내 자유시간이에요. 책을 읽을 것인가. 게임을 할 것인가. 그것들을 하고 새벽 5시~6시에 잡니다. 그리고 11시에 일어나요. 방송국 가서 게스트 출연 등등 할 일이 또 있으니까요. 완벽한 야행성이죠.

잡지는 읽는 매체고요. 라디오는 듣는 매체인데요. 글을 쓰는 데 차이가 있을까요?

라디오는 단문 지향적인 글쓰기예요. 쉼표라는 것을 이용해서 글을 길게 늘여야 할 때도 있지만 기본적으로는 단문이 좋죠. 잡지는 둘 다

오케이예요. 단문도 좋고, 쉼표를 써서 장문을 써도 잘 쓰면 그만이죠. 그런데 라디오는 사람들이 들어야 하기 때문에 즉각적인 이해가 가능해야 해서 단문이 좋죠. 읽는 글에서는 지적 허세를 좀 부릴 수 있죠. 자꾸 글을 쓰다 보면 뻔한 단어나 뻔한 표현을 피하고 싶다는 욕망이 자꾸 생겨서 나만의 표현법 개발이 가능한데. 라디오는 청취 층의 전반적 이해도를 고려해서 좀 더 이해하기 쉬운 문장과 단어를 써야죠. 그리고 무엇보다 청취자들이 감성적이거든요.

그렇죠. 라디오는 엄청나게 개인 친화적인 매체이고, 디제이와 정서적 교감을 나누는 매체니까요. 라디오를 들으면, 누가 옆에서 조곤조곤 이야기하고 있다는 느낌이 들죠. 라디오에 대한 청취 욕구 중에서는 '동반자'를 필요로 하므로 와 같은 그런 개념의 욕구도 있으니까요.

감성적이 글을 요구하는 측면이 있어요. 저도 선곡 작가만 한 게 아니라 코너에 글을 써달라는 요구를 받는데, 그럴 때 하나의 음악으로 어떤 스토리를 풀어내는데 단문, 감성이 핵심이죠. 그리고 심플 이즈 더 베스트인 거 같아요. 그렇다고 해서 너무 평범하게만 가면 안 되죠. 뭔가 임팩트가 있어야죠. 그 안에 핵심이 있어야죠.

예를 들어 비가 와요. 어떤 식으로 표현해 내시나요?

일단 보편적이고 설득력 강한 비와 관련된 그런 곡들을 선곡해내죠.

가장 좋은 건 역시 유라이어힙의 레인. 저는 그걸 틀기 싫어요. 왜냐면 너무 많이 틀어서.

마치 가을만 되면 찾아오는 안토니오스송 같은 거군요.

그렇죠. 그런데 선곡을 합니다. 왜냐면 사람들이 좋아하니까. 그리고 비에 관련된 어떤 책들을 찾아보고 핀트와 맥락을 찾아내야죠. 라디오 오프닝을 스스로 쓰려면 그런 것이 필요하죠. 저는 제 라디오 오프닝을 제가 써요. 제가 쓴 라디오 오프닝을 저장해서 스마트 폰으로 읽어요. 계속해서 읽어보며 오프닝 음악의 속도와 맞춰봅니다.

사실 팝을 우리나라에서 예전만큼 많이 듣지는 않는 것 같습니다. 영화도 우리나라에서 제일 많이 만들고 제일 많이 소비하고 하는 것처럼요. 우리 자체적인 문화 생산력이라고 할까요. 그런 것이 폭발적으로 증가하면서 말이죠. 그리고 싱가포르나 홍콩과 같이 영어를 병용하지 않으니까 그런 것도 있을 거고요. 따지고 보면 엄청나게 개방적이지 않을 수도 있는 문화예요.

제가 음악 작가를 하면서 제일 주요한 목표가 하나 있다면요. 저희는 신곡을 틀어요. 신곡을 튼다는 것은 어떻게 보면 라디오 청취율에 굉장히 위험한 일이에요. 잘 생각해보세요. 요즘에 누가 팝 신곡을 찾아서 들어요. 가요 역시도 그래요. 팝의 경우 CBS 라디오 7080이 대세예요. 청취율이 잘 나옵니다. 과거의 명곡들을 틀어요. 예를 들어 선곡 표만 보면 레이디가가라든지 아델을 찾아볼 수 없거든요. 사람들은 친숙한 옛날 노래를 선호하죠. 제일 중요한 목표는 뭐냐. 배철수라는 DJ 캐릭터가 무엇을 하는 것인가? 배철수는 나이대에 비해 젊게 사는 디제이로 사람들이 알고 있죠. 그렇다면 우리는 신곡을 소개해야 해요. 2시간에 30분 비중이면 큰 거죠. 그 신곡을 소개할 때도 어떻게든 젊고 멋지게 소개할 수 있도록 하는, 배철수가 항상 젊게 보이게 하는 게 저의 임무라고 생각해요. 아 역시 배철수는 멋있어. 이런 곡도 알아. 배철수 선배님은 매년 일본 서머소닉 페스티벌에 반드시 가세요. 공연들을 쭉 보고 오세요. 젊은 밴드들이 많잖아요. 다 보시기 때문에 충분히 젊은 세대와 젊은 음악과 스스로가 소통하고자 노력하는 부분이 확실히 충분히 있으시죠.

트렌드를 놓치지 않기 위해 그럼 무엇을 하시나요?

일단 기본적으로 공연을 많이 봐야 하죠. 기본적으로 문화, 계속해서 새로운 것들이 나오잖아요. 특히 대중문화를 하는 사람들은 굳이 표현하자면 익숙하지 않은 것들에 대한 호의를 가져야 한다고 생각해요. 여기서 익숙하지 않은 것들은 새로운 것들을 의미하는데요. 새로운 것을 받아들일 열려있는 자세를 가져야 해요. 예를 들어, 어떤 사람들은 레이디가가 음악을 폄하하는 분들도 계시죠. 그런데 가장 인기 있는 가수잖아요. 폄하하기 전에 왜 인기 있나를 파악해야 해요. 왜라는 이유를 파악해보니까 합당한 이유가 나오거든요. 왜 듣는지에 대한 인사이트를 파악해야 하거든요. 그 음악을 듣는 몇 천만 명이 바보는 아니니까요.

그때그때의 욕망에 충실한 거예요.

글을 쓰기 위한 노력은?

이건 책에서 본 내용인데요. 전 세계에서 이른바 자기분야에서 어느 정도 성공을 거두었다 하는 사람들을 관통하는 공통점이 있습니다. 그 사람들이 어릴 때부터 그 길을 딱 정해서 매진해서 성공까지 온 게 아니에요. 공통점이 이거 해봤다 저거 해봤다가 그러다 걸리는 거예요. 그때그때의 욕망에 충실한 거예요. 저도 호기심 천국이어서요. 물론 책은 기본적으로 많이 읽고요. 저는 게임도 많이 하고요. 만화책을 굉장히 좋아합니다. 굉장히 많이 봅니다. 그리고 영화도 봐야 하고요. 이런저런 것들을 하는데서 오는 관계망 같은 것들이 있거든요. 이런 말이 있어요. 제가 제 방에 붙여놨어요. 제 인생의 명언인데, 넓게 파는 것이 곧 깊게 파는 것이다. 좋은 음악 작가도 마찬가지고 전문인이 되려면, 그걸 하기 위해 100을 한다고 치면 그 분야만 하면 전문인이 될 수 없다고 생각해요. 여러 가지를 20프로씩 해서 100을 채워야 좋은 전문가가 될 수 있다고 생각해요. 일례로, 원피스 60권이 집에 다 있거든요. 그걸로도 글쓰기를 해서 돈을 받은 적이 있어요. 당연히 위닝일레븐에 대해 써서 돈을 받은 적이 있고요. 위닝일레븐에 나오는 인트로 음악이 당대 최고의 인디밴드 음악들이거든요. 충분히 글을 쓸 수 있고요. 음악에 대한 글을 쓸 때 영감을 음악에서 얻지 않아요. 만화, 영화 등 다른 것들에서 얻죠. 그런 것들이 연결되는 지점들이 있어요. 주요 글쓰기의 포인트 혹은 철학이라면 통섭 같은 거죠. 불현듯 튀어나온다고 하지만 이미 가지고 있는 것들의 결합이라고 봅니다.

그런 것들이 연결되는 지점들이 있어요. 주요 글쓰기의 포인트 혹은 철학이라면 통섭 같은 거죠. 불현듯 튀어나온다고 하지만 이미 가지고 있는 것들의 결합이라고 봅니다.

예전에 스티브 잡스가 스탠퍼드에서 했던 연설이 떠오르네요. 거기서 "connecting the dots"라는 말을 했는데요. "you can't connect the dots looking forward; you can only connect them looking backwards"라고 말하면서, 자신이 리드 칼리지에서 우연히 들었던 캘리그래피에 관한 강의 이야기를 하거든요. 그때는 단지 서체의 아름다움과 동양 문화에 매료되어 들었던 것이 훗날 맥을 디자인할 때 새로운 폰트 같은 획기적인 인터페이스를 창조하는데 도움을 주었다고 말이죠. 지금은 굉장히 쓸데없는 일을 하고 있다고 느끼는 분들이 있을 거예요. 그런데 지나고 보면 그 사소하고

쓸모없다고 하며 경험했던 일이 궁극적으로 하고자 하는 일에 엄청난 인사이트를 줄 수 있거든요. 그래서 그러한 경험의 점들은 뒤로 이을 수밖에 없는 거죠. 이건 창조적인 일에 있어 아이디어를 떠올릴 때, 수많은 경험과 정보를 빨아들이고 뭉근하게 숙성하는 과정이 있어야 획기적인 아이디어가 떠오른다고 말하는 아이디에이션의 기본과도 맞닿아 있는 문제인 듯합니다.

글 쓰는데 있어 본인만의 방법을 하나 말씀해 주신다면요.

훈련이 기본적으로 필요하죠. 소설책이나 어떤 책을 읽을 때 메모를 해둡니다. 메모하는 습관이 가장 중요한 것 같아요. 안 그러면요. 나중에 까먹습니다. 백퍼센트. 특히 글을 쓰는 사람한테는 메모하는 습관이 제일 중요해요. 어떤 생각이 번뜩 떠오릅니다. 그걸 즉각적으로 메모를 해두지 않으면, 나중에는 그 생각을 했다는 생각 자체를 까먹어요. 바보처럼 지나가는 거예요. 그때 뭔 생각을 했었지가 아니라 그 자체를 까먹는 거죠. 그리고 그냥 읽지 않고 지금 이 부분이 굉장히 임팩트가 있다 하면. 멋지다. 참신하다. 깊이가 있다. 라고 느꼈을 때는 반드시 다른 분야와 어떻게 연결시킬 수 있을지 한 번만 더 생각해봅니다. 그런 것들도 역시 훈련이 필요한 거죠. 저는 보통 컴퓨터 앞에서 책을 읽거든요. 메모장을 딱 띄워둡니다. 뭔가 떠오르면 메모장을 띄우고 책 덮고 쓰는 거죠.

그걸 즉각적으로 메모를 해두지 않으면, 나중에는 그 생각을 했다는 그 생각 자체를 까먹어요. 바보처럼 지나가는 거예요. 그때 뭔 생각을 했었지가 아니라 그 자체를 까먹는 거죠.

빨리 쓰시는 편이세요?

그게 또 다른데요. 예전보다는 느려진 것 같아요. 숙고하는 시간이 있기 때문에. 확실히 팝보다는 가요 쓸 때 힘듭니다. 내가 속해 있는 세계이기 때문 아닐까요.

스토리를 쓸 때 어떤 것에서 영감을 받으시나요? 인물, 사물 혹은 사람이라든지요.

무엇에 대해 쓸 때 충분한 경험과 시간이 녹아있는 상태라면, 대충 글을 쓸 때 어떤 소스 어떤 책이 필요할지 대충 알게 됩니다. 감이 오게 되어 있어요. 그리고 죽 열람을 하죠. 키포인트가 뭐였지. 영감을 얻게 되죠. 메모도 있고요. 메모 책만 두세 권. 적어놓은 메모가 열 장. 한 칸 띄우고 계속 쓰는 거예요. 계속 깜지 같이 쓰죠. 오랫동안 봐왔으니까 대충 어디에 무엇이 있나 알죠.

글쓰기 능력은 재능일까요, 노력일까요?

글쓰기는 적어도 노력입니다. 직접적인 예술이나 음악보다는. 처음으로 글을 써서 스승님께 보여 드렸는데. 아직도 기억나요. 콜드플레이 1집에 관해 썼는데. 임진모 선생님이 스승인데 제가 되게 잘 쓸 줄 아셨대요. 그런데 첫 평이 네가 이렇게 못 쓸 줄 몰랐다. 어마어마한 노력을 했죠. 충격을 받고. 제 인생에서 책을 제일 많이 읽었어요.

얼마나 읽었는데요.

그때 가장 사랑하게 된 분. 김훈 작가. 자전거 여행이 출간되었을 거예요. 한 열 번 읽었을 거예요. 글이 주는 위엄. 서늘한 위엄. 저는 그런 글 못 쓸 것 같아요.

라디오 작가라서 좋은 점이 있다면요.

저 자신이 나태해지지 않을 수 있다는 강력한 좋은 동기가 있다는 거죠. 매일 두 시간을 음악을 통해 준비한다는 것은 어쩔 수 없이 제가 음악과 함께 있어야 한다는 거잖아요. 강제적 동기부여 같은 것들이 있고, 되돌아 생각하면 큰 도움이 되는 것 같아요. 한 20년 뒤면 내가 작가하고 있을 수 있을까? 지금 하고 있는 거잖아요. 최장수 음악프로그램에. 어떻게 내가 이런 멋진 프로그램에서 일할 수 있었나? 분명 주위의 도움 없이는 못 했을 거라는 거죠 디제이로도 인격적으로도 훌륭한 배철수 선배님과 일한다는 것. 감동적이죠. 제일 좋아하는 팝스타를 코앞에서

본다는 것. 제이슨 므라즈를 코앞에서 보고, 리아나의 환상적인 몸매를 코앞에서 본다는 것. 라이브도 들을 수 있고.

라디오에서 애착이 가는 글쓰기가 있다면?
내가 정말로 좋아하는 뮤지션이 출연했을 때 제가 쓰는 글이죠. 사랑하는 뮤지션에 대해 쓰는 것.

객관성이 담보 되나요?
가장 중요한 건 음악캠프 청취자들은 음악력이 높은 사람들이 많아요. 팩트는 틀리면 안 된다는 거죠. 그 와중에도. 틀리면 진짜 바로 문자 오고 지적 들어오고. 그 뮤지션이 뭘 했고 몇 년도에 앨범을 냈고. 팩트 뒤에 취향이 있는 거거든요. 팩트를 챙기고 취향을 드러내는 거죠.

앞으로 해보고 싶은 것이 있다면요.
스무 명의 아티스트에 대한 글이 완성되면, 그다음에 제일 해보고 싶은 일은 인터뷰집. 말 그대로 끝까지 가보는 인터뷰집. 미시적으로 파고 들어 가는 글쓰기를 하고 싶어요. 뮤지션과 이런저런 대화를 해서 이런 두꺼운 책을 내보고 싶어요. 외국에는 예를 들어 영국의 경우 심지어 라디오헤드 3집 오케이컴퓨터 앨범에 대한 분석만으로 된 책도 있어요. 출판 문화가 세부적으로 발달되어 있거든요. 책 한 권 전체가 음악적

분석. 사회학적 분석. 가사 분석. 사운드공학적인 분석. 음악에 대한 저
변이 넓어서. 난 뭘 한 건가 싶죠.

첫 아티스트는 누가 될 수 있을까요?
떠오르는 아티스트는 신해철? 아니면 이소라. 이승렬. 이런 이름들이
먼저 떠오르네요.

예를 들어 이소라 씨를 만났어요. 어디까지 끝까지 이야기할 수 있을까요.
이소라 씨의 음악 세계는 대한민국에서 굉장히 드문 독자적인 음악
세계를 이루어냈잖아요. 마니악하게 추종하는 팬들도 많고. 기본적으로
해부하는 작업이죠. 이소라의 음악 세계보다는 도대체 이소라는 누구이
기 때문에 이런 음악이 나오나. 먼저는 사람에 대해 알아야 음악 세계가
보이죠.

좀 더 생생하게 전달해주시죠. 하나 예를 들어봐 주세요.
기본적으로 전체적인 구도는 먼저 잡고 가는 게 맞죠. 그런 것이 없이
쓰면, 무의식적 흐름이 될 텐데, 그러다 보면 특별한 훈련이 없으면 엉망
진창이 돼버릴 수도 있거든요. 그래서 저는 첫 문장과 끝 문장은 쓰고 시
작합니다. 나중에는 고쳐질 수 있겠지만 대충 잡아놓고 시작하죠. 그리
고 단락별로 소주제를 잡고 쓰죠. 지금 쓰는 책의 한 챕터로 예를 들면,

일단 뮤지션에 대한 음악이 주는 이미지 형성이 제일 중요하다고 봐요. 예를 들어 신해철이라면 저는 제목을 이렇게 정했거든요. 인텔리겐차 양아치, 세상과 불화하다. 신해철이 인텔리적인 측면이 있죠. 그걸 고급스럽게 봐달라는 것이 아니라 어떨 때는 양아치스럽게 발언을 할 때도 있잖아요. 그래서 이런 조어를 만들었고, 세상과 불화하는 이미지. 그 이미지 전체를 보고 시작하는 거죠. 근데 그걸 정하는 시간이 오래 걸립니다. 그 핵심을 정하고 나면 비교적 쉬워지죠. 음악 가사에도 그러한 불화가 녹아있으니 음악 가사와 접목해서 풀게 되고요.

첫 문장과 끝 문장은 쓰고 시작합니다.

신해철, 인텔리겐차 양아치라. 그렇죠. 신해철이라는 뮤지션이자 사람을 제대로 표현해내신 것 같습니다. 그렇다면 그 챕터 그 글의 끝 문장은 뭔가요?

글쎄요. 아직은 생각해보지 않았는데요. 일단 제목과의 맞춤이 있어야겠죠. 동행으로 갈 것이냐 역으로 갈 것이냐. 전체 주제를 흐트러트리지 않으면서. 그때그때 선택의 문제겠죠.

지향하는 글쓰기의 철학이랄까.

가장 중요한 건 어쨌든 제 글을 통해서 음악은 물론이고, 아티스트라는 사람이 보였으면 좋겠어요. 가장 중요한 건 아티스트도 한 명의 사람이고 그 인간이 보이는.

라디오 글 쓰는 사람들에게 하고 싶은 말이 있다면?

일단 기본적으로 책을 많이 읽어야죠. 라디오 작가가 되려면 목적의식이 분명한 책 읽기가 필요합니다. 일단은 책을 읽다 보면 목차만 보아도 내게 필요한지 아닌지 볼 수 있는 안목이 생기거든요. 안목을 기르고 골랐다 쳐도 읽다가 필요한 부분과 안 필요한 부분이 있거든요. 가려내서 필요한 부분들을 메모해두고 인용하고 써먹을 능력을 키워야 하죠. 라디오 작가는 백 프로 창작일 때도 있지만 다른 책으로부터 활용하는 경우가 훨씬 많거든요. 기본옵션. 발췌하고 편집하는 읽기. 그게 전제가 되어야 뭘 해도 한다. 그리고 하나 더, 운이 왔을 때 준비가 되어 있어야 해요. 노력한 사람이 다 성공하지는 못하지만 대개 성공한 사람들이 다 노력한 사람들이니까요.

제 글을 통해서 음악은 물론이고, 아티스트라는 사람이 보였으면 좋겠어요. 가장 중요한건 아티스트도 한명의 사람이고 그 인간이 보이는.

공감을 자아내는 대중들의 이야기. 그리고 내 경
험을 토대로 남들이 공감할만한 이야기를 만들어
내는 것. 그런데 중요한 건 남들도 다 겪었을 법하
게 만들어내는 것!

작사가 **박채원**

"모두 잘 될 거예요"_
작사가 **박채원**

"저건 내 얘기야 저건 내 얘기라고"

사랑에 빠지면 온 노래 가사가 내 이야기가 되어서 머릿속에 흩날린다. 설레면 설레는 대로 헤어지면 또 헤어진 대로 흘러가는 가요를 붙잡고 토로한다. 저건 내 얘기라고 말이다. 작사가는 왠지 예술가에 가깝게 느껴진다. 그러지 않고서야 어쩌면 사랑에 빠진 내 심정을 저리도 잘 표현하는 것이며 나의 사랑을 또 하나의 예술로 만들어주냐는 말이다. 내가 만난 박채원은 A Girl Next Door. 그렇다고 그녀가 평범한 사람이라는 뜻은 아니다. 〈030401〉이라는 노래를 보고 설마 했는데, 그 설마가 맞았다. 그날은 매년 돌아오는 장국영의 생일이자 기일이다. 그날을 기리며 오직 그를 위해 노래를 만들었다고 했다. 어린 날 빗속에서 들었던 노래로 텅 빈 마음을 일찍도 알아버린 평범하지 않은 사람. 그럼에도 그녀가 이렇게나 편안한 노래를 만들고 부르는 이유는 아마도 누군가의 마음에 조용히 스며드는 방법을 알고 있어서가 아닐까. 고요한 풀냄새가 나는 사람. 공기를 채우는 수많은 향기 속에서도 조용히 자신의 향을 지켜내는 사람이기 때문이다. 너무 강해서 뒤를 돌아보게 만드는 향이 아닌, 스쳐 지나가는 순간에 놀랍게도 은은해서 한참을 가다 뒤돌아보게 만드는 그런 향이 난다면. 바로 지금 그곳이 그녀가 스쳐 지나간 자리다.

어떻게 작사를 시작하게 되셨나요?

원래는 가수가 되는 게 꿈이었어요. 그런데 가수라는 직업은 내가 되고 싶다고 해서 시험 봐서 합격하고 그런 게 아니잖아요. 그래서 데뷔하기까지 오랜 시간이 걸렸죠. 처음에는 음악동아리에 들어가서 가수 박영미 선배의 공연 코러스로 시작하면서 음악계에 입문하게 되었어요. 예전부터 가수가 되면 나는 곡도 쓰고 가사도 쓰는 멀티 플레이어가 되고 싶다는 생각을 했는데 그러던 와중에 기회가 왔죠. 드라마 OST를 부를 기회가 왔는데 작곡가 분께서는 작사가한테 가사를 의뢰했지요. 그런데 작사가 분께서 가사를 안 보내주시는 거예요. 마감 시간은 정해져 있는데 가사가 나오지 않아서, 그러면 제가 한번 써볼까요? 라고 제안을 했고 작곡가께서 '한 번 해봐.' 라고 하시기에 써 봤는데 생각보다 나쁘지 않아서 그 가사로 노래를 부르게 됐어요. 그렇게 데뷔를 가수가 아니라 작사가로 먼저 하게 됐죠.

작품명: 부탁 (작곡 이홍래, 작사 박채원, 편곡 박정원) KBS 일일 드라마 〈좋은걸 어떡해〉 (2001년)

그 순간 '제가 해볼게요.' 라고 하는 용기가 지금의 작가님을 만든 거네요.

그렇죠. 그 노래가 세상에 나온 순간 꿈의 시작인 것 같고 즐거웠는데 그 후로 자신감이 붙더라고요. 그래서 작곡가 선배님들이 부탁하신 가이드 보컬 작업을 하러 갈 때마다 가사를 한 번 써보겠다고 먼저 제안을 드렸어요. 그렇게 하나 두 개씩 가사를 쓴 작품이 늘어나면서 어느 순간에는 아는 사람들만의 의뢰가 아니라 전혀 모르는 사람에게 전화가 와서는 박채원 작사가 선생님이시냐고 전화가 오기 시작하더라고요.

작사가라는 직업은 '등단'이라고 표현할 만한 대회가 있는 게 아니라서 '내 직업은 작사가야.'라고 말하기 참 어려운 것 같아요. 요즘은 가수들이 자기 노래 작사를 하는 경우도 많고요.

맞아요. 작사라는 건 누구나 할 수 있고 누구나 다 시도를 할 수 있어요. 문이 열려있죠. 시험이 있는 게 아니고 자격이 있는 게 아니니까요. 하지만 모든 사람이 작사가가 될 수는 없어요. 길거리를 지나가다 들어도 기억에 남게 만드는 가사를 쓰는 사람들은 정해져 있더라고요.

요즘 특히 노래에서 가사가 차지하는 비중이 많이 커졌는데요. 이러한 시장의 변화에 대해서 어떻게 생각하세요?

좋기도 하고 나쁘기도 해요. 예전에는 한 곡을 '어떤 작사가가 썼으면 좋겠다' 하고 그분에게 맡기고 작품이 나올 때까지 기다려줬다면, 이제는 가사의 비중이 커지면서 여러 작사가에게 동시에 작품의뢰를 맡겨서 최고의 가사를 받아내려는 욕심을 부리기 시작했거든요. 그래서 경쟁이 아주 심해졌어요. 경쟁에서 우선 살아남으려면 이슈를 만들어야 하다 보니까 가사의 질보다 인지도에 힘을 빌리는 경우도 있고요. 이름 모르는 작사가가 쓴 가사보다 유명한 가수, 작곡가가 쓴 가사들이 더 주목받으니까요. 결국 진짜 작사가의 입지가 좁아졌다고 할 수 있죠.

가사를 써서 보냈는데 쓰이지 않는 경우도 있나요?
그럼요. 그게 정말 슬픈 게 '작곡' 같은 경우는 만약 어떤 가수에게 곡을 줬는데 '저한테 안 맞아요' 하면 다른 사람에게 줘도 되잖아요. 하지만 가사는 그 곡의 그 멜로디에만 딱 맞춰 썼기 때문에 그 순간 생명력이 없어지는 거예요.

가사와 멜로디는 떼려야 뗄 수 없는 관계네요. 비중을 따질 수는 없지만 멜로디는 가사가 없어도 멜로디 자체로 인정받지만 가사는 멜로디가 없으면 그 가치를 인정받지 못한다는 면에서 '가사가 멜로디에 종속되어있다.'라고 표현할 수도 있을까요?
싱어송라이터처럼 자기가 직접 곡을 쓰고 노래하지 않는 이상 통상적으로는 작곡가에 의해 멜로디가 먼저 나오고 그 정해진 멜로디에 가사를 입히는 게 보통이에요. 그렇기 때문에 멜로디 라인을 잘 살려주고 불렀을 때 어색함이 없게 만드는 게 중요하고 글로 봤을 때보다 불렀을 때 더 좋아야 해요. 그게 가사의 기능이고 본질이죠. 가사는 참 반쪽자리인 것 같아요. 멜로디가 없으면 가사로써 영원히 완성될 수 없으니까요. 하지만 둘이 만나면 글이나 멜로디가 각각 따로 줄 수 있는 효과보다 더 큰 시너지 효과를 내죠.

가사는 참 반쪽자리인 것 같아요.

그럼 글을 잘 쓴다는 것과 가사를 잘 쓴다는 것은 분명 차이가 있겠네요?
네. 분명 차이가 있어요. 가끔 글 잘 쓴다고 가사를 써보고 싶다는 친구가 써온 글을 보면 그 자체로는 좋은데 가사로 옮기면 너무 어려운 경우가 많아요. 글만 보내면 평가가 힘들어요. 예를 들어 '아버지가 방에 들어가신다.' 라고 가사를 쓰면 읽을 때야 상관없지만 000/000/00000 라고 끊기는 멜로디에 붙는다면 부를 때는 '아버지/가방에/들어가신다' 라고 불리니까 좋은 가사라고 할 수 없죠. 이런 부분뿐만 아니라 내용을 압축해야 하고, 사람들 귀에 확 들어와야 하고, 임팩트 있는 부분도 있어야 하고, 발음하기도 쉬어야 하고. 그냥 글쓰기보다는 신경 쓸 부분이 많아요. 맞춰야 할 틀이 정해져 있다는 게 가장 어려운 부분 같아요.

가사를 쓰는 일은 재능인가요 노력인가요?
예술은 재능이 좀 더 많아야 하는 것 같아요. 노력도 물론 필요하지만 재능이 조금 더 많고. 노력이 플러스 돼야 하는 것 같네요.

그럼 작사를 공부하는 친구들에게는 어떤 걸 가르치시는지요.

작사를 가르친다는 게 참 어렵더라고요. 어떤 방법론을 가르칠 수는 있지만 내용을 채우는 건 본인의 머리에서 나오는 거거든요. 그런 부분까지 수업을 한다거나 가르침을 받아서 되는 건 아닌 거 같아요. 사실 정답이 없어요. 내 마음엔 동그란 게 마음에 들어도 그게 정답은 아닌 거니까 지도할 때 한계가 있는 것 같아요.

가르쳤던 제자 분 중에 작사에 소질이 있는 분들이 있던가요?

아이디어가 좋은 친구들이 간혹 있어요. 생소한 표현, 신선한 표현을 쓰는 친구들인데 잘 다듬으면 훌륭한 작사가가 될 수 있을 것 같아요. 대부분은 어색하고 했던 얘길 계속 반복하거나 너무 스토리가 장황하다거나 하는데 제가 하는 일은 그걸 가다듬어 주는 정도죠.

기존의 곡에 다른 가사로 바꿔보든가 하면서 연습해야 해요.

그럼 작사가 지망생들은 평소에 어떤 연습을 할 수 있을까요?

기존의 곡에 다른 가사로 바꿔보든가 하면서 연습해야해요. 직접 멜로디를 만들 수 없다면요. 저도 처음엔 그렇게 연습을 했었어요. 근데 그게 쉽지는 않아요. 특히 한국 노래로 하면 가사가 너무 잘 들려서 그보다 좋은 가사를 쓰기 쉽지 않아요. 그럴 때는 내가 모르는 언어의 곡을 골라서 하는 게 좋아요. 영어를 잘한다면 팝송도 좋고 J-pop이나 샹송도 좋고요. 끊임없이 멜로디에 가사를 붙여보는 게 중요해요.

작사가들의 수입은 어떤가요?

만약 수입만 보고 뛰어든다면 절대 못 버틸 거예요. 예전에는 작품을 쓰면 작품당 페이를 받았는데 CD에서 음원으로 시장이 변하게 될 때쯤 〈신보음반 인세제도〉가 시행되면서 이 작품료라는 게 없어지고 음반판매에 따른 인세를 작품료 대신 받게 됐어요. 하지만 요즘 전처럼 몇십만 장씩 CD가 판매되는 게 아니잖아요? 물론 음원판매량에 따른 인세도 받지만 음원 가격이 워낙 싼데다가 유통구조의 문제점으로 인해 한 곡의 음원이 팔릴 때 작품자(작사 · 작곡자)에게 돌아오는 수입은 몇십원에 불과해요. 결국 타이틀곡을 쓰는 유명 작사가들이 아니면 예전에 비해 받는 수익이 상대적으로 적어요.

작가님이 작사한 100여 곡의 곡 중에 가장 마음에 드는 곡은 어떤 건가요?

음... 원더걸스 1집의 'Wishing on a star'라는 곡이 있어요. 그 친구들이 데뷔하기 전이었을 때 앨범 준비과정을 방송에서 해줬는데 그 친구들의 상황이랑 당시 가수를 꿈꾸던 제 상황이랑 너무 비슷하더라고요. 데뷔하려고 준비하는데 맘대로 잘 이루어지지 않고 불안한 마음,

가수로서 느끼는 동질감을 가지고 가사를 썼어요. 내용은 "힘들지만 그래도 노래가 있기 때문에 희망을 가지고 꿈을 향해 달려간다"는 건데 쓰면서 저 스스로도 위로를 많이 받은 것 같아요. 그리고 제 첫 앨범이 나왔을 때 2곡 정도 빼고 거의 가사를 직접 썼는데 그중에서 '새로 고침' 이라는 노래도 기억에 많이 남아요. 역시나 10년 가까이 준비한 오랜 기다림 속에서 좌절하기도 하고 다시 일어서기도 하는 그런 내용의 가사였거든요. 앨범이 나오고 인터넷 검색을 하다가 누군가가 그 가사를 올려서 이 가사 때문에 힘을 받았다 그런 리뷰를 봤는데 너무 고맙더라고요. 내가 정말 느낀 감정을 대중도 듣고 똑같이 느껴준다는 생각에 굉장히 뿌듯했어요.

근래에 들은 노래 중 기억에 남는 가사가 있나요?
근래라고 하기엔 좀 됐나요? 성시경의 '넌 나의 봄이다'는 가사에 '동그란 웃음' 이라는 부분이 있어요. 저는 그 가사가 너무 좋더라고요. 동그란 웃음이 뭐라고 정의할 수는 없지만 그게 뭔지 너무 느껴지잖아요. 아무나 표현할 수 없는 거라 저에게는 신선한 충격이었어요. 그리고 윤종신 씨 가사를 정말 좋아해요. 윤종신 씨가 쓰는 가사는 일상의 모든 것을 소재로 활용해서 너무 멋진 비유를 하죠. 노래를 직접 부르시기도 하고 작곡도 하시니까 더 좋은 가사가 나오는 것 같아요

가사를 쓸 때 자신의 경험에 빗대어서 많이 쓰시는 것 같아요.

맞아요. 대부분 내 경험 외의 것은 나오기 어려워요. 대중들은 의외로 참 정확해요. 가짜와 진짜를 말하지 않아도 구별하더라고요. 그렇기 때문에 내가 먼저 내 감정을 잘 알고 솔직해야 해요.

가짜와 진짜를 말하지 않아도 구별하더라고요. 내가 먼저 내 감정을 잘 알고 솔직해야 해요.

"작사가는 짧은 영화의 감독과 마찬가지다.

주제를 고르고, 전개방식을 구상하고,

스토리를 만들어야 한다는 점에서 그렇다."

박채원,

"세상 모든 글쓰기 12 대중가요 작사: 마음에 콕콕, 입에 착착 감기는" 中

자신의 감정을 잘 읽어내기 위한 자신만의 방법이 있나요?

평소에 글을 많이 써 보는 게 좋아요. 짧은 글이든 메모든 일기든 끊임없이 쓰는 거예요. 저 같은 경우는 일기를 아주 오래전부터 써왔어요. 가끔 주기, 월기가 되기도 했지만. 하하. 어쨌든 초등학교 때부터 매일매일은 아니어도 지금까지도 일기는 계속 쓰는데 끊임없이 내 생각을 글로 적는 연습을 습관처럼 하면 그 경험이 많이 도움이 돼요. 일기장에서 가사의 소재를 발견하기도 하고요.

일기를 아주 오래전부터 써왔어요. 가끔 주기, 월기가 되기도 했지만.

작가님의 일기장이 작사노트인 셈이네요.

맞아요. 특히 가사는 거의 의뢰를 받고 쓰게 되는데 지금 난 연애 중이어서 너무 신나는데 헤어진 상황을 써야 한다면 그럴 때 일기장이 아주 유용하죠. 옛날에 헤어지고 힘들 때 썼던 일기장을 보면 그때 감정이 확 올라오면서 가사가 잘 써져요. 반대로 힘들 때 밝은 가사를 써야 할 때도 일기장을 뒤적거리곤 하죠.

영감을 주는 물건이 있나요?

내가 쓰는 다이어리. 그게 가장 도움이 많이 돼요. 사실 내 컴퓨터. 오래전부터 썼는데 예전에는 노트에 쓰고 그러는 게 좋았는데 그걸 작곡가에게, 혹은 기획사에 전달해야 하다 보니까 컴퓨터로 작업을 다시 해서 보내줘야 하는 귀찮은 과정을 반복해야 하더라고요. 처음에는 손으로 쓰는 게 익숙했는데 언젠가부터는 컴퓨터로 작곡가가 보내준 음악을 듣고 바로 키보드로 쓰는 게 더 잘 나오더라고요. 징크스가 있는 게 원래 쓰던 오래된 데스크탑이 있는데 노트북을 새로 샀으니까 노트북을 가지고 〈섹스 앤 더 시티〉의 캐리처럼 근사하게 작업해야지 했는데 노트북으로 작업한 가사들은 이상하게 채택이 잘 안 되는 거예요. 왜 그런지 모르겠네요. 작업 환경이 주는 집중력의 문제인지... (웃음)

작사가의 비애랄까요? 나는 사랑하는 연인과 헤어져서 슬픈데 이제 막 사랑을 시작하는 연인들에 대한 가사를 써야 한다면 그것만큼 아이러니한 상황이 있을까 싶은데요.

맞아요. 그럴 때 정말 괴로워요. 그런데 이것도 일종의 직업병인데요. 슬픈 일을 겪고 막 울고 있다가도 갑자기 머릿속에서 '아, 이거 가사로 써야겠다.' 싶어서 그 와중에 메모를 하고 있는 거예요. 울면서 글 쓰는 절 보면서 참 이것도 병이다 싶어요.

그럼 연애를 많이 해보신 편인가요? 내 경험이 가사에 그대로 녹아들려면 다양한 연애를 해야 할 텐데요.

그렇게 많이 한 편은 아니에요. 제가 쓴 사랑이야기들은 제가 생각하는 어떤 한 사람 이야기가 대부분이에요. 그 사람과의 연애담을 이렇게도 바꾸고 저렇게도 바꾸다 안 되면 드라마나 영화 속에서 소재를 찾기도 해요. 〈섹스 앤 더 시티〉도 여자들의 이야기잖아요. 그 드라마를 보면서 소재의 가사를 얻은 적도 있어요. 영화는 주로 로맨틱 코미디물을 봐요. 좋아하는 장르이기도 하고. 사랑이야기가 많은 대중가요의 특성상

영화 속에서 영감을 얻기도 하고요.

'또 사랑 타령이네.' 라고 하지만 결국 듣는 건 사랑 노래예요.

맞아요. 다른 장르에 비해 가사가 유난히 사랑이야기가 많은 것 같아요. 왜일까요?

사람들은 재밌는 게 '또 사랑 타령이네.' 라고 하지만 결국 듣는 건 사랑 노래예요. 사랑이라는 게 되게 큰 주제잖아요. 일반적으로 말하는 연인 간의 사랑도 있지만 자기애, 친구 간의 우정, 부모 자식 간의 사랑도 결국 다 사랑이에요. 사실 살면서 사랑 빼고 뭘 이야기할 수 있겠어요. 제가 가사에서 가장 중요하게 생각하는 것은 '공감' 이에요. 대중들도 가사에서 공감을 얻기를 원하죠.

제가 가사에서 가장 중요하게 생각하는 것은 '공감' 이에요.

우리는 각자 자신만의 사랑이야기를 가지고 있고, 가사에서도 그런 이야기를 듣기 원하는 것 같아요. '사랑을 하면 모든 유행가가 내 이야기 같다.' 라는 이야기도 있잖아요. 대표작인 노을의 '청혼' 의 경우도 많은 사람의 공감을 얻은 가사죠.

그 곡의 경우 제가 당시에 오랫동안 연애를 하고 있었어요. 연애가 길어지면 목표는 대부분 결혼이잖아요. 주변에서도 "언제 결혼해?"라는 질문을 많이 들었죠. 하지만 저는 가수를 준비하고 있었고 당시 결혼을 생각하지는 않았어요. 그런 상황에서 이 곡의 가사 작업을 함께한 방시혁 작곡가께서 오랜 연인들에 관한 이야기를 했으면 좋겠다는 의뢰를 하셨고 제 상황이 오버랩 되면서 감정이 정말 우러나더라고요. 남자가 보컬이지만 가사 내용은 사실 제 입장이기도 했어요. 가사의 내용처럼 기다리라고만 하면서 외면하고. 가사의 내용은 당시 남자친구에게 듣고 싶은 이야기도 하고 제가 남자친구에게 하고 싶은 이야기이기도 했어요. 그래서 남자 여자에게 모두 공감을 얻은 게 아닐까 싶기도 하네요. 물론 가사 때문에 히트했다기보다는 노래도 잘했고 멜로디도 잘 어울렸고 여러 가지가 잘 맞아떨어져서 히트곡이 된 것 같아요.

청혼은 결혼식 축가로도 여전히 사랑받고 있는데요. 'You don't have to cry.' 이 부분에서 아이러니하게 다들 눈물을 터트리더라고요.

청혼 같은 노래를 저는 효자곡이라고 불러요. 내 모든 작품이 자식 같은데 특히나 많은 사람이 사랑해주고 기억해주는 그런 곡이거든요. 그 가사를 작업할 때 많이 떠올린 장면이 결혼식 당일의 모습이에요. 그 당시 생각에 저는 결혼하면 울 것 같았거든요. 근데 그때 남편이 될 사람이 옆에서 울지 말라고, 이젠 웃으라면서 앞으론 행복하게 해주겠다고 말해주면 좋겠다 싶었어요. 결국 제가 듣고 싶었던 말들을 적은 거죠.

영어로 쓰신 이유가 특별하게 있나요?

영어 발음이 노래 부를 때 편하고 집중할 수 있게 하는 기능적인 부분도 있어요. 아니면 음절에 맞추려고 영어를 쓰는 경우도 있고요. 가끔은 영어를 쓰는 게 유행일 때도 있고 특별히 어느 구절은 영어로 써달라고 의뢰가 들어오기도 해요.

작사는 거의 의뢰가 들어오면 작업하시는 경우가 많겠지요. 아무래도. 곡처럼 데모를 만들어서 보내거나 하진 않으셨는지요?

내가 곡을 직접 만들거나 하지 않으면 결국 곡이 있어야 가사가 세상에 나올 수 있는 거니까요. 가사는 대중가사이기 때문에 트렌드를 무시하면 안 돼요. 생각보다 고려해야 할 게 많아요. 예를 들면 가수의 팬층도 고려해야 해요. 아이돌 가수의 가사 의뢰를 받은 것과 연륜이 있는 발라드 가수의 가사를 의뢰받았을 때 똑같은 내용을 쓰면 안 되겠죠? 이 노래의 PR 전략은 어떤 것인가? 부를 가수의 이미지는 어떤가까지 고려해야 하는 게 작사가의 몫이죠. 그래서 신인의 경우에는 작곡가나 회사에 목소리 톤이 어떤지, 어떤 스타일을 가진 가수인지 물어보기도 해요. 목소리가 굵고 얇음에 따라 가사의 내용이 바뀔 수도 있기 때문이에요.

작사는 내가 하고 싶은 걸 모두 할 수 없어요. 내 것을 녹여낼 뿐이지 온전히 내 것이 될 순 없죠.

그래서 코지카페(cozy cafe)라는 밴드를 시작하게 된 건가요?

맞아요. 처음 '반디' 라는 예명으로 제 앨범을 냈을 때 제 이야기를 제가 쓸 수 있으니까 너무 좋았어요. 그런데 1집이 성공적이지 않았고 회사와 계약이 끝나면서 계속 제 이야기를 담아 노래하고 싶은 마음이 컸어요. 그래서 인디밴드를 하게 된 거죠. 밴드를 하면서 가사를 쓸 때는 기획사나 가수의 눈치를 보지 않고 그냥 있는 그대로 내 이야기를 편하게 할 수 있으니까 정말 좋아요.

작사가로 더 많이 알려져 있지만 진짜 꿈은 여전히 가수이신 거군요?

사실 작사가들을 찾아보면 80% 정도가 가수를 꿈꿨을 거예요. 여건이 안 돼서 가수를 하지는 못하지만 음악 자체가 너무 좋으니까 음악 안에서 다른 길을 선택하게 된 경우가 많죠. 저 역시 그랬고요. 하고 싶은 걸 하고 있는 요즘 그래서 편안하고 행복해요. 청중을 직접 무대에서 만나는 것도 좋고요.

작사에 관해 쓰신 책 속에 보면 '노래하는 작사가가 되어야 한다.' 라는 부분이 있는데요. 작사가는 왜 이렇게 잘해야 하는 게 많은가요.

노래를 보컬처럼 잘할 필요는 전혀 없어요. 내 가사를 멜로디에 맞춰서 부를 정도만 되면 돼요. 남들이 제 가사를 평할 때 많이 듣는 말이 '입에 잘 붙는다.' 라는 평이에요. 제가 노래를 하는 사람이다 보니까 그런 것 같아요. 한번은 이런 경우도 있었어요. 일락 1집 타이틀 곡 '준비할 거야' 의 가사를 제가 썼고 내용이 OK 돼서 녹음을 하는데 중간에 작곡가에게서 전화가 왔어요. 가수가 오늘 컨디션이 안 좋은지 후렴구를 부르는데 평소와 달리 가장 높은 음역의 마지막 음 하나가 소화가 안 된다는 거예요. 노래를 한번 들어보셔야 아시겠지만 후렴구 가사가 원래는 '준비할 테니' 였는데 음역이 가장 높은 마지막 음절 '니' 가 발음 때문에 부르기 힘들어서 자꾸 음 이탈이 난다고. 그래서 의미가 크게 바뀌지 않지만 발음하기는 쉬운 '준비할 거야' 로 어미를 바꾸고 나서 문제없이 녹음을 마쳤던 적이 있어요.

가사는 시대를 즉각적으로 반영하는 것 같아요. 그 당시 유행가를 들어보면 시대상을 그대로 반영하고 있는 경우가 많더라고요.

당시 노래를 듣는 대중에게 공감을 얻는 게 중요하니까 그때그때 흐름에 따라 가사에 쓰는 내용이 많이 바뀌어요. 김민우 씨가 부른 "입영열차 안에서"라는 노래에 '3년이라는 시간 동안' 이런 가사가 있는데 이런 거 지금 어린 친구들은 공감 못하잖아요. 지금은 군대가 3년이 아니니까 말이죠. 공일오비의 노래 가사 중에 "동전 두 개 뿐" 이라는 가사가 있어요.

휴대전화가 없었던 그 당시에는 연인들끼리 공중전화로 통화를 많이 하곤 했는데 그때 공중전화 요금이 20원이었어요. 20원으로 전화 걸던 시대. 지금 어린 친구들은 모를 거예요 아마. 그런 게 참 재밌죠. 그래서 어떤 노래를 들으면 그 당시로 돌아가는 느낌을 받을 때가 많아요.

비 냄새와 슬픈 느낌.
나를 기억 속 어느 순간으로 돌아가게 하는 힘이요.

그러네요. 예전엔 20원으로 전화를 하고, 전화기 일 번을 꾹 누르면 단축번호로 나의 마음의 일 번에게 전화를 걸 수 있었는데. 스마트폰이 생기고 단축번호가 대체 뭐랍니까. 기억에 남는 노래가 있나요?

이승환 씨의 1집에 '텅 빈 마음'이라는 노래가 있어요. 그 노래를 들으면 선명하게 떠오르는 한순간으로 돌아가요. 비 오는 날 혼자 옥상에서 우산 밑으로 쭈그리고 앉아서 이어폰을 꽂고 이 노래를 들으면서 감성에 젖었던 어린 시절의 제 모습이 기억이 나요. 그때 맡은 비 냄새와 어린 나이에 슬픈 느낌 그런 게 아직도 생생하게 기억나더라고요. 가사는 그런 힘이 있는 것 같아요. 멜로디와 함께 어우러져서 나를 기억 속 어느 순간으로 돌아가게 하는 힘이요.

영화 건축학개론에서 '기억의 습작' 처럼요?

맞아요. 그 시대의 감성을 그대로 전달하죠. 그래서 가끔 요즘 어린 친구들이 조금은 안타까운 게 요즘에는 감성적인 가사보다는 감각적인 가사가 많잖아요. 제가 듣고 자랐던 가사들과 너무 달리 너무 빠르게 소비되고 마는 단순하고 가벼운 음악을 주로 듣고 자란다는 게 조금 안타까워요. 어떤 음악이 더 좋고 나쁘다가 아니라 들으면서 깊은 생각에 젖게 만드는 그런 노래들이 주류를 이루는 시대가 아니라는 게 말이죠. 저 같은 경우 박주연 작사가의 가사들을 들으면 제가 학창시절에 듣던 노래들이라 그런지는 모르겠지만 그것만은 아닌 게 분명해요. 그 당시 대다수의 곡이 섬세하게 감성을 자극하고 일깨우는 가사들이 참 많았거든요.

말씀하신 대로 감성적인 가사보다 감각적인 가사가 더 많아진 게 요즘 현실이죠. 그러게 그때 감성과 지금 감성이 다르니까요. 서정적인 가요를 듣고 자란 세대와 감각적인 가사를 듣고 자란 세대 사이의 간극을 연구해보는 것도 충분히 재미난 연구네요.

박채원에게 스토리란?

나의 경험 혹은 인생이 아름다운 멜로디와 편곡 그리고 가수 속에 녹아들어 공감을 자아내는 대중들의 이야기. 그리고 내 경험을 토대로 남들이 공감할만한 이야기를 만들어 내는 것. 그런데 중요한 건 남들도 다 겪었을 법하게 만들어내는 것! 이를테면, 세상 모든 사람이 초콜릿을 싫어하는데 저는 초콜릿이 너무 좋다고 가사를 쓴다면 과연 얼마나 많은 사람이 공감을 하게 될까요? 황당해서 이슈가 될 수는 있겠지만 대중들의 사랑을 받기는 어렵겠죠.

공감을 자아내는 대중들의 이야기. 그리고 내 경험을 토대로 남들이 공감할만한 이야기를 만들어 내는 것. 그런데 중요한 건 남들도 다 겪었을 법하게 만들어내는 것!

스토리에 중독되다

수천만의 사람들에게 공감을 얻으려면 가장 가까이 있는 옆 사람, 앞사람, 뒷사람부터 들여다봐야 해요.

카피라이터 **윤병롱**

카피라이터? 캐치라이터_
카피라이터 **윤병룡**

누군가는 광고슬로건을 두고 '자본주의의 시'라 칭했다. 그렇다면 광고 카피는 '자본주의의 노랫말'이라 표현해 볼 수 있을까. 공기처럼 우리 주위에 퍼져있는 광고는 때로는 마음을 울리는 가사처럼, 매혹의 언어로 우리의 눈과 귀를 사로잡는다. 윤병룡은 23년차 카피라이터 출신 크리에이티브 디렉터이다. 오래도록 하나의 슬로건으로 뚝심 있는 철학을 보여주는 캠페인에 관해 이야기할 때 그의 눈은 빛이 났다. 윤병룡이 말했다. 좋은 카피를 쓰기 위해서는 수많은 영화, 드라마, 다큐멘터리를 보아야 하고, 실제 거리로 나가 스타벅스에서 사람들의 이야기를 엿듣기도 해야 하고, 백화점이나 마트에 가 사람들이 어떤 선글라스를 집어 들고, 어떤 상품 앞에서 오랜 시간을 보내는지를 '직접' 내 눈으로 보아야만 한다고. 그런 일련의 과정들은 사실 꾸준한 관심이자 체화된 노력의 산물이다. 성과를 말로 치장하기는 쉬운 법이다. 그러나 그는 분신처럼 지니고 다니는 카메라로 그 말들을 대신했다. 인터뷰를 마치고 헤어지며, "이제 어디로 가세요?"라는 말에 "지금부터 저쪽으로 걸어가며 눈에 뜨이는 것들을 찍어보려고요."라고 대답했다. 휘발되어 날아가 버릴 순간의 찰나들을 뷰파인더에 담고, 그것들을 다시 들여다보며 새로운 영감을 얻는다고 했다. 눈과 귀를 사로잡아 마음까지 훔쳐가는 광고 카피에 감동받는 어떤 순간, 우리는 생각한다. '누굴까 저렇게 멋진 말을 건네는 사람이' 그 사람을 만났다. 드디어 만났다.

무턱대고 질문 드려 봅니다. 대체 카피는 어떻게 만드세요?

하나의 스토리에서 하나의 문장이 나와요. 전략적으로 제품과 연관된 이야기를 생각합니다. 그 이야기에서 임팩트 있는 하나의 문장을 끄집어내는 거예요. 예를 들어 볼까요. 2007년에 했던 생리대 광고예요. 광고주가 한방 생리대를 개발하고 광고를 해야 하는데, 예산이 넉넉지 않아서 버스광고를 하기로 했거든요. '허밍스'. 조사를 해보니 막상 기능성 생리대의 효능을 제대로 느껴본, 그러니까 써본 사람이 많지 않더라는 거죠. 그래서 남자친구를 경험하듯 생리대 역시 경험해 봐야 안다. '남자와 생리대는 겪어봐야 안다' 조금 더 센세이션하게 노이즈 레벨을 높이기 위해서 '키스, 섹스, 그리고 허밍스'로 갔더니 난리가 났어요. 버스 광고를 본 시민들의 항의전화가 버스회사로 몇십 통씩 오고 했었죠. 그런데 그만큼 이슈화되어 성공했다고 봅니다.

그럼 또 무턱대고 질문 드려 볼게요. 97년도 라디오 광고에서 크게 히트 친 '지크' 광고가 있었죠. 어떻게 만들어진 건가요?

97년도 라디오였는데 광고주는 에스케이 주식회사. 상품은 엔진오일 지크였어요. 브랜드 엔진오일을 최초로 도입한 건데요. 자동차 운전자들이 카센터에 가서 어떤 오일로 갈아달라고 하지는 않던 때였어요. 보통 카센터에서 알아서 갈아주지. 그런데 광고주는 이걸 요구했어요. 소비자가 지명하게 해달라고요. 카피를 고민하다가 살풋 잠들었는데 문득 떠오른 게 있었어요. 졸면서도 계속 생각하고 있었던 거죠. "시장에 가서 그냥 굴비 달라고 하면 아무 굴비나 주잖아. '영광굴비' 달라고 해야 영광굴비로 주지. 그냥 소고기 달라고 하면 한우로 안 주니까 좋은 거 살 땐 꼭 '한우' 달라고 해야지. 엔진오일도 '지크'로 달라고 해야 지크로 갈아주잖아! 이거다." 좋은 거 딱 그걸 달라고 해야 주는 거죠. 사람들이 인식하기 시작하는 거예요.

그러니까요. 굴비는 영광굴비, 소고기는 한우, 엔진오일은 지크! 보통 약 광고를 할 때, 약국 가서 두통약 주세요가 아닌 타이레놀 주세요! 가 나와야 제대로 광고를 했다고 하는 원리랑 같은 거네요. 광고 카피라이팅을 하시면서 기억에 남는 카피 하나 더 말씀해 주실 수 있으신가요?

2007년도에 했던 GS홈쇼핑 TV광고가 있었어요. 시안을 부회장님과 임원진이 골라서 컨펌 하면 촬영하게 되는 순서였고요. 싸이와 이현우를 모델로 한 광고와 맨발로 사냥하는 마사이가 나오는 두 가지 아이디어로 임원진을 모시고 회의를 했죠. 그런데 마사이가 왜 나오냐며, 이야기가 분분해지고 결국 싸이와 이현우가 나오는 안으로 결정되었죠.그런데 담당자가 그 안으로는 광고목표에 도달할 자신이 없다고 마사이 편으로 가길 원했어요. 다시 하자, 결국 임원진을 대상으로 각각 스무 번 가까운 프레젠테이션을 따로 하고, 마지막으로 부회장님의 컨펌을 받았어요. 남아공에 가서 찍었는데, 광고 내용은 이래요. 마사이족은 맨발

생활로 유명하죠. 사냥감인 스프링복을 뒤쫓는 맨발의 마사이족이 나오고, 이 맨발의 마사이 옆으로 따릉따릉 벨을 울리며 자전거를 타는 마사이들이 추월하며 지나가요. 맨발의 마사이들이 깜짝 놀라죠. 마지막 자전거를 탄 마사이가 너네는 아직도 맨발이니? 하는 뉘앙스의 표정을 짓고 지나가는데 그때 생각지 못했던 유머러스한 상황이 나오죠. 그때 뜨는 카피가 '기분 좋은 발견. GS 홈쇼핑' 생활을 좀 더 즐겁게 할 수 있는 것들을 GS홈쇼핑에서 발견해라. 하는 의미로 만들어진 광고였어요. 이게 방송이 되고 반응이 좋았어요. 그때 당시에 MBC 2007 방송광고페스티벌에서 작품상도 받았고요.

　기업의 요구와 실무자의 판단 사이에서 고민이 많으시리라 예상됩니다.

　광고주가 자기 생각을 말하는 경우가 많습니다. 계속 바꾸기를 요구한다면, 계속 시안을 다시 수정하고 수정하고 수정해야 하죠. 피티를 수십 번 해야 할 경우도 있고요. 광고 전문가가 굉장히 고심을 해서 만들고, 시청자 즉, 고객에게 흥미롭게 말을 건네는 시점을 찾는데 요구가 많아지면, 처음의 아이디어가 자꾸 변하게 됩니다. 그리고 나중에 결과가 잘못되면 결국 광고회사가 책임을 뒤집어쓰죠. 카피라이터의 선생님 격인 존 케이플즈라는 미국 분이 있어요. 이분이 1932년에 쓴 Tested Advertising Methods라는 책에서 실제로 광고의 모든 건 테스트 된 방법이 아니라 누군가의 사견에 의해서 결정되는 일이 많고 또 최종

의견을 내는 사람은 광고인이 아닌 경우가 많다며 바보 같고 부끄러운 일이라고 했어요. 지금의 한국은 1930년대의 미국보다 어찌 보면 더할 때도 있는 것 같기도 해요.

광고를 만들 때 광고주의 의견도 중요하지 않습니까? 크리에이티브하게 가는 것이 반드시 광고주의 입장이 아닐 때도 있으니까요. 답답하실 때도 있으실 텐데 어떠세요?

광고 결정권자들의 마인드 때문에 새로운 시도나 참신함을 잡아내기 힘들 때가 많죠. 기성시각으로 바라보는 스토리들은 안전한 대신에 뻔하니까요. 광고주의 입장에서는 좀 더 한마디라도 제품이나 브랜드에 대해서 광고가 떠들어주길 원하지만 막상 소비자들은 그건 남의 이야기이기 때문에 관심이 없고 관심이 없으니 눈과 귀가 안 열리고 마음이 안 가니 효과가 없어요. 광고주들은 시청자의 시각에서 재밌는 광고를 만들어야 그 효과가 더 크다는 걸 놓치는 일이 많아요.

어떻게 광고 카피라이터가 되셨는지 알고 싶습니다.

국어국문학과를 나왔어요. 교직을 끝까지 했으면 교사가 됐을 걸 어용 교수가 싫어 막판에 때려치고 졸업 후 취업하려니 마땅한 곳이 없더라고요. 그래서 찾다보니 광고가 보이더라고요. 광고 분야는 창의력으로 승부하는 데니까 학벌이나 인맥 이런 것이 좀 덜 하지 않을까 해서 뛰어들었죠. 막상 들어와서 겪어보니 뭐…(웃음).

광고를 만들 때 카피라이터는 초반부터 참여하는지. 광고기획의 과정을 잘 모르는 일반인 독자들을 염두에 두고 설명 조금 부탁드려봅니다.

광고 만드는 팀은 광고회사 안에 크리에이티브 팀이라고 해서 아이디어를 구성하는 팀입니다. 이 팀 외에도 실제 영상을 만드는 프로덕션이 있고, 후반 작업을 전담하는 업체도 있고요. 아이디어를 내는 과정의 구성인원을 보면 우선 CD라고 하는 크리에이티브 디렉터가 있죠. 카피라이터가 있고요. 그리고 아트디렉터. 프로듀서(PD). 기획을 담당하는 AE(Account Executive). AE는 아이디어를 짤 때 같이 참여하는 경우도 있고 별도로 가는 경우도 있죠. 이러한 네 가지의 직군이 한 팀을 짜서 광고를 만들게 됩니다. 그 외에 전략을 서포트 하는 마케팅, 광고 시간이나 지면의 플랜을 짜고 구매를 담당하는 미디어 부서들이 있어요. 처음 광고를 짤 때는 그림과 카피가 같이 아이디어 단계에서 나오게 돼요. 카피라이터는 카피만, 아트는 그림만을 담당하는 게 아니라 다 같이 그림과 카피에 대해 고민합니다. 그 과정을 거치면 모두가 각자 준비한 안을 들고 회의를 합니다. 컨셉에 맞게 러프한 시안을 각자 가져와서 발표하면 CD인 팀장이 보고 발전시킬 건 발전시키고 아닌 건 버리자 라는 판단을 내려요. 안이 결정되면 콘티라이터가 콘티를 그리고 아트가 프린트 시안을 만듭니다. 카피라이터는 이때 하나의 문장만을 만드는 것이 아니라, 스토리를 짜는 모든 과정에 다 참여한다고 보면 돼요. 안이 결정되었을 때에는 그때부터 마무리를 위해 자신의 분야별로 각자 일하죠. 카피라이터는 카피를 정리하고, 아트디렉터는 그림을 정리, 피디는 동영상에 대한 스토리보드 정리. 각각 마무리. 이렇게 되는 겁니다. 그전까지는 카피라이터, 아트, 피디, 크리에이티브 디렉터가 모두가 같이 작업합니다.

다른 스토리와 카피가 다른 점은 무엇일까요.

한마디로 돈, 즉 미디어 비용이 들어가는 스토리죠. 물건이나 브랜드, 기업 이미지를 팔기 위한 재미난 짧은 스토리, 압축된 스토리라는 건데, 남의 돈 몇백 억을 쓰며 상업적 메시지를 전달하는 거라고 보면 됩니다. 하지만 그렇다고 너무 상업성에 치우치면 소비자는 장사라고 생각하고 관심이 없어지니까 주의해야 하죠. '누굴까 저렇게 멋진 말을 건네는 사람은?' 이 카피에 상업적인 메시지는 없지만 카피로써 힘을 발휘하게 되는 건 결국 공감 때문이죠. 광고주와 소비자 사이에서 소통이 이루어지는 겁니다.

'누굴까 저렇게 멋진 말을 건네는 사람은?'

그러게요. 늘 궁금해하죠. 세상에... 누가 저런 카피를 썼을까. 어떻게 저런 참신한 광고를 만들었나 하고요. 그런 카피를 만들기 위해 매번 새로운 영감과 생각을 얻는 물건, 장소, 동기, 매체가 있나요?

삶의 모든 것들이죠. 영화를 보고, 책을 보고, 인터넷 사이트 게시판을 읽고, 신문을 보고. 모두 다 필요해요. 늘 머릿속에 'what to say'를 담고 생활합니다. 예를 들면, 주변의 모든 것에 대보는 겁니다. 그것을 커피에 대보면 어떨까. 빵에 대보면 어떨까. 이미지를 계속 돌려봅니다. 일정한 틀을 만들어 끊임없이 교체시키고 필터링하고 숙성시키는 거죠.

독특한 아이디어 발상법이 있을까요?

한순간에 떠오르는 경우는 거의 없고 보통 하루 종일 생각합니다. 생각을 거듭하다 보면 번뜩 촉이 오는 게 있죠. 특히 화장실에서 아이디어가 많이 떠올라요. 화장실이라는 공간은 나 혼자이고, 아무것도 없기 때문에 더 집중이 되고, 정리가 되죠. 이미 정해졌던 것도 재정리가 됩니다. 그래서 그런지 카피라이터들은 변비가 많아요(웃음).

하나의 카피를 떠올리거나 아이디어를 떠올리기 위해, 한 제품이나 서비스를 가지고 거의 24시간에 가깝게, 그러니까 밤에 잠을 잘 때도 그 꿈을 꾸는 사람들이 바로 광고인입니다. 누구는 온종일 생각해서 가져온 아이디어가, 누군가가 금세 떠올라 내놓은 아이디어보다 낫다면, 이런 일이 계속해서 반복될 수도 있을 텐데요. 현업 전문가의 눈으로 20년이 넘는 시간 동안을 지켜보셨을 때, 카피라이터에게 필요한 자질은 재능이라 보십니까, 노력이라 보십니까?

우리나라는 한글 모르는 사람이 거의 없죠. 그러다 보니 카피를 아무나 쓰는 것으로 생각하기 쉬워요. 사실은 또 그렇기 때문에 카피라이터가 못될 사람은 없다고 봅니다. 물론 어느 정도의 재능은 있어야겠지만 끊임없는 관찰과 관심이 더 중요합니다. 카피는 글이라기보다는 말이에요. 잘 관찰하면 초등학생들의 언어도 하나의 카피가 돼요. 카피라이터는 카피를 잘 쓰기도 해야 하지만 어떻게 캐치하느냐가 중요하다고 봅니다. 카피라이터는 캐치라이터예요.

카피라이터는 캐치라이터예요.

수치상으로 표현하자면 재능과 노력은 어떤 비율일까요?

카피라이터는 글만 잘 써서 되는 게 아니라 아이디어에 대한 개념이 있어야 해요. 아이디어는 그림과 글로 이루어지지만 그 안에는 세상에 대한 이해, 사람들에 대한 관심, 사물에 대한 애정이 담겨있어요. 이런 것들은 단순히 재능만으로 커버되는 게 아니죠. 재능이 5라고 보면 노력도 5라고 생각해요. 시를 잘 쓰기 위해서는 써봐야 합니다. 시인, 소설가가 되려면, 그들의 작품을 많이 읽고 그렇게 써보는 기간이 필요하죠. 뭔가를 잘하기 위해서는 자꾸 흉내 내보고 따라 해보고 해야 자기도 모르게, 그 장르만의 고유한 스타일이 배어 나오는 거예요. 카피 역시 그렇죠. 그 방법을 어떻게 익히느냐에 따라 달라집니다. 재능이 있다면 조금 더 유리하겠지만 재능만으로는 안 된다고 하고 싶어요.

뭔가를 잘하기 위해서는 자꾸 흉내 내보고 따라 해보고 해야 자기도 모르게, 그 장르만의 고유한 스타일이 배어 나오는 거예요.

노력해야 한다. 많이 써봐야 한다. 계속해서 등장하는 말입니다. 어떻게 구체적으로 노력할 수 있을까요?

카피라이터는 아이디어와 테마를 끌고 가는 사람입니다. 지식과 지혜를 갖춰야죠. 맥이나 PC의 그래픽 프로그램을 다루는 기술을 가진 사람이 아트디렉터라면, 피디는 동영상 장비에 대한 지식과 이해가 있는 사람이 되겠죠. 하지만 카피라이터는 아무 장비도 없어. 카피라이터는 노트 한 권과 펜 한 자루면 언제든 일을 시작할 수 있으니까요. 그만이 쓸 수 있는 고유하고 전문적인 장비가 없으니 폭 넓은 지식창고를 고유한 무기로 삼아야 해요. "역시 그는 아는 게 많아. 카피라이터답다."는 말을 들어야 합니다. 깊이는 필요할 때부터 연구하면 됩니다. 예를 들면 한 가지 정보에 대해 한 20~30%쯤 파악하고 있다가 그 정보가 아이디어 소스가 되면 그때부터 필요한 나머지를 알아가면 되는 거죠. 또

한 가지는 표현방법인데, 어떻게 하는 게 은유고, 비유고, 언어유희인지 많은 샘플을 보며 포맷을 익혀야 합니다. 어떨 때는 진솔하게 어떨 때는 극 과장으로 말이에요. 이게 잘 안되면 유행어를 갖다 쓰거나 개그 프로그램 같은 예능에서 따 쓰는 일이 있는데 이건 카피라이터가 실패한 거라고 생각해요. 단순히 인기 개그맨의 입을 빌려온 것뿐이죠. 결국 제품이든 브랜드든 모두 기억되기 어렵게 됩니다. 그저 개그맨 홍보해주는 거죠.

많이 나아지고 있다고 봅니다만, 외국과 굳이 비교할 경우, 우리나라 광고 캠페인이 오 년, 십 년 이상 꾸준히 하나의 철학 아래, 집행되는 경우가 상당히 드문 것이 현실입니다. 어떻게 생각하시는지요.

외국은 한 회사가 광고주와 파트너십을 오래 유지해서, 어떤 경우는 백 년 가까이까지 끌고 가는 예도 있어요. 하지만 우리나라는 인하우스 광고에이전시가 아닐 경우, 말하자면, 삼성은 제일기획, 현대는 이노션처럼 회사 내에서 계열사의 광고를 안정적으로 받을 수 있는 구조가 아닌 경우, 경쟁 피티로 회사를 유지해야 하기 때문에 한 광고주와 오랜 기간 파트너십을 유지하기가 어려워요. 또 하나는 우리나라 사람들의 특성이라고 할 수 있는데요. 광고주도 그렇고 광고회사도 그렇습니다. 전임자가 이룬 업적을 부정하고 새로운 걸 시작해야 자신의 성과와 가치가 올라간다고 믿는 거죠. 광고회사가 새로 바뀌면 기존 캠페인보다 나은 새로운 걸 만들어내야 오래 파트너십을 유지할 수 있다고 생각합니다. 계속 이런 식으로 바뀌게 되니까 브랜드 이미지가 정립될만한 시간이 없어요. 오랜 기간 몇 조를 들여 이미지를 만들어도 저건 아니라고 해버리는 거죠. 10년 동안 3천억을 쏟아 부어 형성된 이미지가 있다면 그걸 유지해나가야 하는데, 다시 처음부터 시작하는 경우가 많아요. H사의 전통적인 캠페인은 노래를 대입해 CM-SONG 광고를 만드는 거였는데 L그룹에 팔려 광고회사가 바뀌면서 포맷이 달라졌어요. 어렵게 쌓여진 가치가 물거품이 된 거죠.

그건 저도 종종 들었던 이야기입니다. 앞에 한 걸 넘어서야, 완전 뿌리까지 뒤엎어야 새로운 걸해서 우리가 이만큼 더 잘했다를 말할 수 있는 어쩔 수 없는 구조적 문제라고요. 저는 혼자 말보로 캠페인을 머릿속으로 생각하고 있었습니다. 우리나라에는 정말 그런 것이 하나도 없나 하면서요.

미국은 '광고주'의 광고홍보팀장이 바뀌면. 각서를 쓰는 경우도 있어요. 지금까지 계속되던 캠페인에 손을 대지 않겠다는 거죠. 현재 말보로의 이미지는 레오버넷이 만들었죠. 말보로는 원래 여성용 담배로 출시됐어요. 필터 없는 담배가 일반적일 때 미국에서 처음으로 담배에 필터를 달아 부드러운 맛으로 여성들에게 어필했죠. 그러나 30년 동안 판매는 지지부진 했고요. 레오버넷이 조사를 해보니 이래서는 안 된다는 생각으로 카우보이를 도입해서 말보로맨이라는 마초 캐릭터를 만듭니다.

그 캐릭터가 크게 히트 치면서 남자들에게 인기를 끌게 되었죠. 빨간 루프의 패키지. 말보로의 아이덴티티죠.

우리나라에는 어떤 것이 있을까요?

국내에서는 가장 오래 했던 캠페인이 다시다라고 알고 있어요. '고향의 맛 다시다'. 지금은 생활 패턴이 바뀌어 광고를 끝냈지만 아주 오랫동안 고향의 맛으로 이미지를 유지했죠. 그리고 또 하나. 유한 킴벌리의 '우리 강산 푸르게 푸르게' 굉장히 오래 끌고 가는 캠페인이에요. 하이마트 송 광고 캠페인도 십 년 이상 했었어요.

가장 애착이 가는 카피 하나만 꼽아주신다면요.

지크 카피예요. 그 광고가 잘되어서 그렇기도 하고요. SCC, 서울카피라이터즈클럽이라는 카피라이터들의 모임인데 거기서 1997년 올해의 광고상을 받았어요. 카피라이터들이 주는 상이니 큰 영광이었지요.

폭넓은 지식을 놓치지 않고 잡기 위해 어떤 방법을 쓰시나요?

오래 일을 해왔기 때문에 과거의 지식은 기본적으로 쌓여있죠. 하지만 새로운 것들은 늘 부족합니다. 핫트렌드나 신조어 같은 것들이요. 인터넷 게시판, 또는 커뮤니티를 눈팅하는 편이에요. 흥미로운 주제가 있으면 2~3시간이고 앉아서 봅니다. 창작자들의 영감을 공유하기 위해서 영화를 많이 보는 편이고요.

계속 카피를 쓰게 만드는 원동력은 어디에 있을까요?

반응이죠. 누군가 봐주는 사람이 있기 때문입니다. 물론 제품이 더 많이 팔리고 광고주의 이미지가 좋아지고 브랜드 가치가 올라가고 해서 광고목표에 도달하는 것이 최우선이지만 그 모든 것들은 한마디로 공감의 반응이라고 표현할 수 있어요. 꼭 카피만이 아니더라도 어떤 글을 쓰고 누군가 보고 공감하는 걸 확인하면서 즐겁고 기분이 좋아집니다.

스토리는 공감이라고 말씀하셨는데요.

모든 스토리가 그렇겠지만 광고의 카피는 특히나 공감이 기본이죠. 남이 좋다고 해야 스토리예요. 남이 사야 나도 사니까요. 남이 하는데 나는 안 하면 뒤떨어지는 것 같은 느낌. 막상 보면 별로인데 안 보고 안 하면 뒤처진다고 생각하는 것들. 여자들의 레깅스 스타일 같은 거요. 우리나라 사람들의 공감은 자기의 공감이 아니라 남의 공감이라고 생각됩니다. 결국 스토리텔러는 사람들에게서 10%의 공감을 이끌어 내면 나머지는 따라올 거라고 생각해요. 인터넷 커뮤니티가 재밌는 점은 똑같은 소스를 놓고 부정적인 글이 첫 번째 댓글로 달리면 그 아래는 거의 부정적인 댓글이 달린다는 거예요. 하지만 똑같은 소스인데 첫 댓글이 긍정적이면 아래의 댓글들도 거의 긍정이 돼요. 공감의 전파. 우리나라 사람들의 공감이란 이런 데 있는 것 같아요. 어쩌면 동양 사람들의 독특한 공감의 정서랄까요.

그렇죠. 동양적인 공감의 정서라는 것이 있죠. 매년 한국에서 재상영하는 칸 광고제상영회에 빠지지 않고 가서 보는데요. 한국인이 웃지 않는 웃음의 코드가 분명 있어요. 그런데 그게 꼭 칸에서는 상을 받더라고요. 우리가 상을 받은 광고를 유심히 살펴보면 아주 테크놀로지가 뛰어나거나 아니면 유니버셜 한 웃음의 코드를 가지고 있는 것들이거든요. 한국인이 봐도 웃기고, 미국인이 봐도 웃기고, 부시맨이 봐도 웃긴 그런 거요.

세계 3대 광고제 중 하나인 칸 광고제에서 2000년 그랑프리를 받은 버드와이저의 "What up?"이라는 광고가 있어요. 아무 설명 없이 남자들끼리 와쌉이라고 소리 지르는 게 다예요. 뭐 하냐? 할 일 없으면 맥주나 한잔하자! 와싸~~압! 동양 사람들은 이해가 안 되는 광고였죠. 그런데 2003년 칸 광고제에서 실버라이온을 받은 Zazoo라는 브랜드의 광고는 모두가 공감하는 스토리를 가진 광고였어요. 7, 8세 쯤 되어 보이는 아들과 아빠가 마트에 왔어요. 아이는 카트에 계속 단 걸 집어넣고, 아빠는 안 된다고 빼놓죠. 그럼 아이는 또 집어넣고 아빠는 또 빼고. 결국 아이는 울고불고 난리가 납니다. 진열된 물건을 집어 던지고 소리 지르고 떼굴떼굴 굴러요. 그 난리 북새통을 보여주고 한 줄의 카피가 뜹니다. 'Use condoms'. 구구절절 말하지 않아도 알 수 있죠? 그 반전이 절묘해요. 보통 광고에서 아이들은 무척 소중한 존재거든요. 아이에 관해 말할 땐 늘 조심스럽죠. 그런데 이래도 아이 낳을래? 콘돔 써라. 하며 반전이 생기는 거죠. 뭐 콘돔이 워낙 그런 제품이긴 하지만요.(웃음)

카피라이터가 되기 위한 방법이 있다면요?

카피라이터가 되기 위해 광고 관련 학과나 문예창작과를 나오지 않아도 돼요. 물리학과 수학과 전자공학 등 다양한 전공 출신들이 많아요. 한국광고연구원이라는 광고학원에 카피라이팅 과정이 있고 코바코에서 개설한 카피라이팅 과정을 이수해도 어느 정도는 준비가 됩니다. 광고 공모전에 응모해서 상을 타는 것도 입사에 유리합니다. 인턴이 되면 전문 지식을 습득할 수 있는 기회가 되고, 인턴 과정 중에 능력이 인정되면 정식 채용이 되는 순서죠. 그런데 전과 다르게 요즘은 큰 회사들이 인턴을 뽑고도 신입 채용을 거의 안 해요. 공채 인원도 적고. 작은 회사가 뽑아 키워놓으면 그 인력을 큰 회사가 쏙쏙 뽑아 가죠. 큰 회사에서 시작하면 가장 좋지만 현실적으로 작은 회사에서 시작하더라도 최고의 퍼포먼스를 보여주고 큰 회사로 옮기는 게 현명한 방법입니다.

사람들의 인사이트를 읽는 방법이 있으신지요.

사람 속에 있어야죠. 사람 속에서 부대끼면서 읽는 수밖에 없어요. 리서치 회사에서 일정한 기간을 두고 소비자 조사를 해서 결과를 보내주는 게 있어요. 트렌드는 어떻고 좋아하는 것은 어떻고. 또 하나는 캠페인을 진행한 다음 효과 조사가 있죠. 얼마나 보았고 얼마나 기억하는지, 어느 부분은 기억하고 어느 부분은 기억 못 하는지, 또 다르게 기억을 하는지 등을 알아보는 조사입니다. 그런 데이터에서 대략 인사이트를 추정할 수는 있지만, 실질적인 인사이트는 사람 사이에서 나와요. 책. 드라마. 다큐멘터리. 영화에서 나오고. 인터넷 커뮤니티에 있어요. 앉아서 받아보는 데이터는 한계가 있거든요. 어느 정도는 조율된 데이터이기에 써먹기는 위험하죠. 그래서 현장으로 나가야 합니다. 스타벅스든 어디든 카페를 가서 주변에서 무슨 이야기를 하는지 들리는 대로 들어보기도 하고. 백화점에 가서 어떤 선글라스를 껴보나 관찰하고, 마트에 가서 어떤 샴푸를 더 오래 보나. 이런 식으로 사람과 사람의 행동, 그리고 말과 대화에 대한 관찰이 중요해요.

보통 디자이너들이 필요에 따라 섀도잉을 하잖아요. 고객을 따라다니며 모니터링하고, 말 그대로 그림자처럼 따라다니며 티 나지 않게 모든 것을 녹화하는 거요. 타겟이 20대 여성이다 하면 코엑스몰 같은 곳에 가서 은근슬쩍 그들의 뒤를 따라다니며 무얼 보고, 무얼 사고, 무슨 대화를 하는지 그날 하루 그림자로 살아보는 거요. 실제로 아이디에이션 단계에서 밖으로 많이 나가시는 편인가요?

아이디어 단계는 안이든 밖이든 움직여야 해요. 수천만의 사람들에게 공감을 얻으려면 가장 가까이 있는 옆 사람 앞사람, 뒷사람부터 들여다봐야 해요. 안에서 먼저 가까이 있는 사람들을 가만히 들여다보고 그다음 밖에 있는 사람들을 봅니다. 안에서도 찾고 밖으로 나가서도 보고 듣고 느끼고 찾아야 합니다. 그게 중요하니까 나가서 돌아다녀도 어지간하면 뭐라고 안 하죠. 그런 면에서 광고회사는 자유로운 편입니다.

수천만의 사람들에게 공감을 얻으려면 가장 가까이 있는 옆 사람, 앞사람, 뒷사람부터 들여다봐야 해요.

영감을 주는 사물이 궁금합니다.

카메라. 아니 사진이라고 해야 더 맞겠네요. 이것저것 찍고 나서 찍은 사진을 보며 영감이 떠오르는 걸 기다립니다.

제 주변에 유독 광고하고 싶다는 친구들이 많은데요. 광고회사 인턴 선발 기준이 무엇인가요?

자기만의 스토리가 있어야 해요. 물론 감각도 중요하지만요. 공모전에서 상 받은 내용도 필수죠. 두세 명 인턴 모집에 삼백 장의 이력서가 옵니다. 다들 토익 900점 이상에 해외 연수. 배낭여행. 다 똑같은 스펙을 갖고 와요. 그러면 뭘 보고 뽑을까요. 누가 더 색다른 이야기를 갖고 있는가? 로 뽑는 거죠. 그리고 그게 가짜로 만든 건지 실제의 스토리인지 검증을 하죠. 저도 대학교에 출강하고 광고연구원에도 나가는데, 자기소개서 쓰는 요령을 따로 이야기해요. 한마디로 줄이면 자신만의 이야기를 써라. 스펙보다는 스토리를 담아라. 사실 요즘 기본 스펙은 거의 갖추고 있고 자기소개서도 어느 정도 스테레오 타입이 됐으니까 변별력이 떨어진다고 봐요. 다 똑같은 자기소개서가 무슨 '자기' 소개서인가요. 자기만의 스토리가 있어야 합니다. 그런 사람은 눈빛부터 다르죠.

유럽 배낭여행 갈 돈으로 칸 광고제에 가서 라이온을 딴 크리에이터와 놀아라, 돈이 부족하면 태국의 아시아 광고제 애드페스트에 가서 상을 탄 크리에이터들과 놀고 즐기며 그렇게 멋진 아이디어 잘 내는 방법이 뭔지 물어라. 그 모습을 사진이나 동영상으로 찍어 자기소개서에 첨부할 수 있잖아요. 그게 바로 광고에 대한 열정이죠.

자기소개서를 너무 튀게 쓰면 안 된다는 이야기는 어떻게 생각하세요.

그건 십 년 전 이야기예요. 이제는 사회나 회사나 창의성이 코드죠. 버릇없지 않으면서 창의성이 있을 수 있지 않나요? 귀 뚫어도 젠틀하게 보이면 되죠. 날라리와 개성의 차이가 분명 있잖아요. 개성과 창의는 또 다른 거고요. 광고 하겠다는 사람이면 최소한 광고에서는 튀게 보여야 변별력이 생기죠. 공모전 수상 경력 같은 걸 이력서에 추가하면 단시간에 쓸 만한 인재를 뽑아야만 하는 회사 입장에서는 창의력이 있는 사람으로 플러스가 돼요. 하여튼 저는 광고를 하고 싶어 하는 사람에게 이렇게 말해요. 유럽 배낭여행 갈 돈으로 칸 광고제에 가서 라이온 딴 크리에이터들과 술도 마시고 이야기도 나누며 놀아라. 돈이 부족하면 태국의 아시아광고제 애드페스트에 가서 상을 탄 크리에이터들과 놀고 즐기며 그렇게 멋진 아이디어 잘 내는 방법이 뭔지 물어라. 그것마저 안 되면 부산에서 하는 부산 국제광고제라도 가서 크리에이터들과 어울려라. 그리고 그걸 사진이나 동영상으로 찍어 자기소개서에 첨부할 수 있잖아요. 그게 바로 광고에 대한 열정이다. 라고 합니다. 남들 다한 배낭여행이 어떤 감흥을 주겠어요. 보름을 떠도는 것보다는 사흘 동안이라도 무엇을 보았느냐가 중요해요. 자신의 머릿속으로만 하면 자신의 머릿속에서밖엔 나올 게 없어요. 늘 하던 스타일밖에 안 돼요. 다른 사람이 쓴 걸많이 보세요. 글 쓰는 것도 어떻게 시작하고 전개는 어떻게 끌고 나가고 마무리는 어떻게 하는지 많이 보면 많이 볼수록 자신의 것이 나와요. 영화 시나리오는 엄청난 노력과 고통의 결과를 단 몇천 원으로 아무 어려움 없이 내 것으로 만들 수 있으니 얼마나 쉬워요. 많이 보고 많이 읽고 그러다 보면 멋진 표현들은 가려내는 눈이 생기죠. 안목. 포맷을 익히는 것도 익히는 거지만 의미가 중요하고요. 이 첫 줄이 다음 줄을 어떻게 이끌어내는지, 그래서 어떤 반전이 생기는지, 어떻게 공감을 주는지 그걸 보는 즐거움, 기쁨을 느껴야 해요.

이 첫 줄이 다음 줄을 어떻게 이끌어내는지, 그래서 어떤 반전이 생기는지, 어떻게 공감을 주는지.

어떤 글을 좋아하세요?

요즘 트렌드 작가의 책을 읽어보면 뻔한 이야기인데 사람들이 좋아하는 이유가 있어요. 마음을 건드리거든요. 그런 글들이 좋아요. 건드리는 게 있는 글. 예를 들어 글을 쓸 때 '희망은 결핍된 자의 특권' 이라고 면 사람들이 공감을 해요. 가진 사람들은 다 가졌기 때문에 희망을 가질 자격이 없다. 사실은 다 가졌으니까 희망이 필요 없는 건데 그들은 그걸 가질 자격이 없다고 하면 반전이 생기죠. 가진 사람보다는 못 가진 사람이 훨씬 많고, 그 사람들의 마음에 그런 말을 건네면 공감을 하는 거죠. 의미에 반전을 만들고 공감을 이루고. 반전의 테크닉인 거죠.

수많은 아이디어를 어떻게 캡쳐 하는지 궁금한데요. 캐치라이터는 과연 어떻게 캐치하는지.

메모가 제일이에요. 번뜩 떠오른 것도 다른 볼 것들이 많으니까 금세 날아가죠. 그래서 어디든 적어 놓죠. 단서를 두려고 노력해요. 요즘은 스마트폰이 나와서 폰에다 메모하는 경우가 많고요. 녹음하기도 하고요.

공감의 글쓰기 방식이 있다면 뭐가 있을까요.

금세 떠오를 경우도 있어요. 하지만 머릿속에서만 나온 게 아니라 많이 보고 듣고 찾아다니며 고민하고 이미지들을 바꿔가면서 사람들의 마음과 코드를 맞추는 과정이 있었기에 떠오르는 거예요. 그렇게 해서 공감의 포인트가 잡히면 글을 쓰기 시작하죠. 그러면 첫 글자가 다음 글자를 부르는 경우도 있어요. 예를 들어, 24시간이라고 노트에 쓰고 나면 시간의 활용이 떠오르고, 그러면 시간에 사랑이라는 단어를 붙여서 다시 생각해볼 수 있죠. 당신이 사랑하는 사람을 생각하는 시간이 하루에 얼마나 될까요? 막상 다 빼고 나면 30분도 안 될 거예요. 나머지는 사는데 필요한 다른 시간으로 채워져요. '커피? 뭐 마시지? 드라마? 뭐 보지? 꽃놀이? 언제 가지?' 수많은 생각들. 하지만 보통의 연인들은 사랑하는 사람을 하루 종일 생각했다는 착각에 빠지죠. 막상 물어보면, 30분도 안 되는데... 파울로 코엘료의 소설 중 11분이 왜 나왔나 했더니 남녀가 만나 성행위를 지속하는 시간이 보통 11분이라서 11분이랍니다. 똑같이 시간인데 그 시간을 사람에 맞춰 바라보면 또 다른 글이 나오죠. 자신의 머릿속에 있는 것만으로 글을 쓰면 공감과 만나기는 쉽지 않을 거예요. 시간이라는 문제에서 사랑. 사람. 생각. 공간 등등. 이렇게 같은 단어가 다른 이야기를 불러내요. 하늘 아래 완전히 새로운 건 없다잖아요. 그리고 막상 그게 완전 새롭다고 하면 사람들이 못 보던 거니까 공감을 일으킬 수 없거든요. 아는 것이 나와야 공감이 됩니다. 아는 건데도 미처 생각하지 못한 조합이라거나 알고는 있지만 모호한 감정에 걸려있을 때 그걸 건드리면 금세 호기심이 생기고 관심이 생겨요. 미처 생각하지 못했던 부분을 찾아내야지 새롭게 한다고 지구에 발붙이고 사는데 목성 나오고 토성 나오고 하면 아무래도 관심이 멀어지죠.

아. 정말 상세히 설명해주셔서 감사드립니다. 끝까지 놓치지 않고 또 여쭙네요. 또 다른 거 없을까요.

아 참, 글을 쓸 때 관념어를 쓰지 마라. 제가 늘 하는 말이에요. 관념어는 스토리를 전달하기 어렵거든요. 구체적으로 써야 알아듣고 와 닿아요. 예를 들어 행복. 이런 단어요. 공통적인 관념은 있지만 명확하지 않아요. 왜냐하면 행복에 대해서 각자 생각하는 이미지는 다 다르거든요. 다들 각자가 행복을 경험한 순간을 떠올리죠. 커피 한 잔의 행복, 이것도 나쁘지 않은 말이지만 그냥 그래 하고 끄덕이게 됩니다. 하지만 비오는 날, 창밖을 바라보며 마시는 커피 한 잔의 행복. 이렇게 쓰면 같은 커피 한 잔인데도 그게 구체적인 느낌으로 변하는 거죠. 구체적으로 써야 알아듣고 와 닿아요. 서로 다른 경험의 기억인 관념어는 좋지 않아요. 뭔가를 전달하고는 있지만 그게 명확하지 않고 각자의 경험 안에서 다양하게 해석이 된다는 거죠. 밥 먹었어? 보다 뭐 먹었어? 처럼 구체적으로 쓰면 쓸수록 공감의 커뮤니케이션에 더 가까워지는 거죠.

윤병룡에게 스토리란?

결국 스토리란 누군가와의 공감이죠. 커뮤니케이션의 흐름이 있어야만 그것이 스토리로 완성되는 거라고 생각해요. 사람들의 이야기를 들을 때 어떤 것은 감동, 어떤 것은 분노, 어떤 것은 재미로 다가오잖아요. 마음으로 전해지는 공감대가 하나의 스토리를 완성합니다. 혼자만의 중얼거림은 스토리가 아니에요.

결국 스토리란 누군가와의 공감이죠. 혼자만의 중얼거림은 스토리가 아니에요.

즐겁게 일하며 살아남을 순 없습니다. 살아남은
사람이 즐겁게 일할 수 있는 거지요. 고통스럽고
끈질기게 오기를 품고...

빠지기 쉬운 함정을 파다_
시나리오 작가 **황조윤**

보통 신학을 공부했다고 하면, 엄청난 신실함 혹은 신이라는 절대자에 대한 열망을 가졌다고 생각하기 쉬운데, 신학은 사실 인간에 대한 탐구로 대변되는 학문이기도 하다. 인간에게 애정이 없으면 시작도 할 수 없는 일이 신학이라면, 이야기창작도 그런 선상에서 큰 공통점을 가졌다. 황조윤 작가는 신학을 공부하다 방향을 바꿔 시나리오 작가가 되었다고 했는데, 인간에 대한 관심의 방향은 바뀌지 않고 줄곧 한 곳을 향해 있었나 보다. 지겹도록 들었을 '올드보이' 시나리오 작가. 이후로도 광해까지 많은 화제작을 만들어냈다. 그런데 시나리오 작법이랄지 스토리 창작이랄지 이런 것보다도 작가가 하고 있는 창작 이외의 일과 꿈이 더욱 흥미로웠다. 작가는 지금 시나리오 작가 표준계약서 작업을 통해 창작자로서의 권리를 찾고, 크리에이티브에 대한 작가들의 지분을 인정받을 수 있는 길을 마련하고자 애쓰고 있다. 영화판에서 시나리오 작가들은 늘 드라마로 가야 하나 하는 고민에 휩싸여 산다. 떠나지 말고, 꿋꿋이 이 판에서 다 같이 잘 살 수 있는 길을 모색해보자는 거다. 나중에 나이가 들면, 작가집단을 만들어 보고 싶다고 했다. '모두가 콘텐츠가 필요하다고 하면서 만드는 수고는 개인의 몫으로만 돌리고 있는' 현실을 조금이나마 바꾸고 싶다고 했다. 아이디어에 구조를 넣어서, 살을 붙여가고 끝을 내는 것이 자신의 강점이라고 했는데, 이런 걸 잘하는 사람들이 많이 모이면 어떤 이야기가 탄생하게 될까. 궁금하니까 잠자코, 기다려봐야지.

어떻게 글 쓰는 일을 시작하게 되셨나요?

남들 앞에서 그럴싸하게 이야기할 만한 큰 계기가 있었던 것은 아니었어요. 그저 영화 관련 일을 하고 싶었죠. 그러려면 그 베이스가 되는 시나리오를 우선 공부해야겠다는 생각이 들었고 별 고민 없이 시나리오 작가 교육원을 다니게 되었습니다.

이 길을 선택하시고 후회하신 적은 없나요? 물론 천만 영화의 시나리오 작가시니 후회하시기보다는 무릎을 치며 '잘했다.'라고 생각하시겠지만요.

작가 교육원에 다니면서 끊임없이 습작을 했고, 그러면서 이 길이 내 길이라는 생각을 하게 됐습니다. 글 쓰는 재능이 있다는 사실은 20대 후반이 다 돼서야 깨달았죠. 그리고 무엇보다 출퇴근하는 직업이 아니란 점이 끌렸습니다. 하하

처음 습작이 기억나시나요?

네. 잊을 수 없습니다. 제목이 '그녀의 집 쪽으로'라는 단편이었는데요. 도서관에서 만난 두 남녀의 멜로였는데 시점을 둘로 나누어서 진행했던, 나름 파격적인 구성이었어요.

시나리오라는 것은 종이 위의 무성의 텍스트가 하나의 갈등으로 나타나 배우의 몸과 입을 통해 생생히 들리고 보이는 작업인데요. 굉장히 인간의 깊은

심리를 파고들고, 내적 갈등을 잘 그려내시는 것 같습니다. 스토리로 인간의 내면을 보여주는 것에 대해 많이 고민하시고 쓰시나요?

저의 약점이라고 생각하는 부분을 칭찬하시니 송구스럽네요. 구성과 드라마 트루기에 장점이 있는 반면 캐릭터에 관해서는 항상 부족하다고 생각하고 있거든요. '인간 내면을 보여주는' 글쓰기는 글을 쓰는 직업을 가진 사람이라면 누구든 평생 공부하고 고민해야 할 과제라고 생각합니다. 저는 모든 인간은 이면이 있다는 것이 캐릭터의 본질이라고 생각합니다. 그것을 스토리 안에서 얼마나 구체화시키느냐가 좋은 대본의 관건이고요. 고민 보다는 통찰의 문제겠죠.

'인간 내면을 보여주는' 글쓰기는 글을 쓰는 직업을 가진 사람이라면 누구든 평생 공부하고 고민해야 할 과제라고 생각합니다.

영화를 구성하는 수많은 요소가 있습니다. 영화의 시작이 되는 아이템, 뼈대가 되는 줄거리, 극을 이끌어 가는 캐릭터, 그리고 스크린을 채우는 장면적인 요소들도 무시할 수 없을 텐데요. 시나리오에서 가장 중요한 것은 무엇인가요?

수많은 요소가 있지만 저는 아이템, 컨셉, 구성, 캐릭터라고 생각해요. 이 중에 더 중요하고 덜 중요한 것은 없다고 생각합니다. 이 모든 요소가 유기적이고 이 중 하나라도 부족하면 전체가 부족한 거나 마찬가지니까요.

이야기의 시작이라고 할 수 있는 아이템이 가장 '영감'이라는 부분과 밀접하게 연결되어 있는 것 같습니다. 영감이 떠오른다는 것이 곧 아이템이 떠오른다는 것이니까요. 작가님만의 소재를 발견하는 방법이 있으신가요?

이런 질문을 종종 받게 되는데 답하기가 참 난감해요. 소재의 寶庫는 따로 있는 게 아니라고 생각하거든요. 소재는 세상 어디에나 있는 것이고 그 소재를 어떤 시점에서 보느냐가 관건이라고 생각합니다. 여기서 말한 아이템은 그 시각까지 포함한 소재를 말하는 겁니다. 그래도 소재의 출처를 굳이 묻으신다면 결국은 모든 것이네요.

내 생애 가장 아름다운 일주일, 일 년에 열두 남자, 마이리틀 히어로 등 옴니버스 혹은 여러 작은 이야기가 한데 묶인 형태가 보입니다. 아주 많은 스토리들이 머릿속에서 유기적으로 떠오르는 것이지요?

내러티브가 있으면 나머지는 큰 문제가 되지 않는다고 봅니다. 구성에 강점이 있다 보니 이야기를 엮는 부분에 있어서는 남들보다 시간이 조금 덜 드는 정도라고 할까요? 중요한 건 결과물의 질이죠.

가장 애착이 가는 작품이 있으시다면 무엇인가요?

관객 수로 보자면 광해를 꼽아야겠지요. 저에게 큰 상을 안겨준 작품이기도 하고 제일 최근작이기도 하고요. 하지만 가장 애착이 가는 작품은 첫 작품인 '봄날의 곰을 좋아하세요' 예요. 작품 자체 보다 당시의 제 상태 때문에 그 애정이 가는 경우라고 하면 설명이 될까요? 너무 절실했고, 그 절실함이 투영된 작품이거든요. 지금은 그런 열렬한 느낌을 가지려고 해도 잘 안 되니까, 그만큼 열중했던 작품이 없었던 거 같아서, 완성도는 떨어질지 모르지만 애착이 가는 작품입니다.

사람들은 보통 가장 흥행한 혹은 가장 성공한 작품으로 작가를 떠올립니다만, 사실 작가가 가장 이야기하고 싶었던 것이나 마음을 쏟은 작품은 첫 작품이었군요. 살면서 수많은 사랑을 하지만 가장 잊히지 않는 것이 첫사랑인 것과 같은 이치일까요?

어떤 면에서는 첫사랑과 다르지 않은 것 같네요. 지금 그 작품을 다시 보면 어떨지 모르겠지만 어느 작품보다도 가장 공을 많이 들였었고, 고민을 많이 하기도 했고요. 언제나 초심을 일깨워주는 작품이랄까... 그런 느낌이 있어요. 마치 첫사랑처럼요.

아무것도 몰라서 더욱 최선을 다할 수밖에 없었던 순간들이 참 기억에 오래 남는 것 같아요. '봄날의 곰을 좋아하세요?' 라는 영화에서 봄날의 곰의 의미는 무엇인가요? 한 블로거의 리뷰에서 '첫사랑은 봄날처럼 따스하고 감미로운 반면 곰처럼 사람을 무디게 한다.' 라는 말이 생각나는데요.

이 제목은 무라카미 하루키의 상실의 시대에서 나온 구절을 따온 제목이에요.

"네가 너무 좋아 미도리"

"얼마만큼 좋아?"

"봄날의 곰만큼"

"봄날의 곰?" 하고 미도리가 얼굴을 들었다.

"그게 무슨 말이야? 봄날의 곰이라니?"

"봄날의 들판을 내가 혼자 거닐고 있으면 말이지,

저쪽에서 벨벳같이 털이 부드럽고,

눈이 똘망똘망한 새끼 곰이 다가오는 거야.

그리고 내게 이러는 거야,

안녕하세요. 아가씨? 나와 함께 뒹굴기 안 하겠어요? 하고

그래서 너와 새끼 곰은 부둥켜안고

클로버가 무성한 언덕을 데굴데굴 구르면서 온종일 노는 거야.

그거 참 멋지지?"

"정말 멋져"

"그만큼 네가 좋아."

무라카미 하루키 상실의 시대 [노르웨이의 숲 中]

제가 생각한 '봄날의 곰'은 나른하고 의뭉스럽고 하지만 사랑스런 대상이었어요. 하지만 보는 사람에 따라 또 다른 의미가 부여될 수도 있겠지요. 그 감성적인 블로거 분처럼요.

'봄날의 곰을 좋아하세요?' 같은 경우 아기자기하고 잔잔한 영화인 반면, '올드보이'는 굉장히 충격적인 스릴러물인데요. 두 작품이 한 해에 써진 것이 매우 흥미롭습니다. 2003년, 작가님에게 어떤 해였나요?
저에게는 아주 중요한 해였죠. 입봉작과 최고의 화제작이 한 해 동안 터져버렸으니까요. 영화판에 발을 들여놓고 얼마 지나지 않은 때라, 어떤 이야기든 앞뒤 가리지 않고 정신없이 집필하던 시기였어요. 물론 지금도 이야기만 좋다면 로맨틱코미디건 스릴러건 장르는 가리지 않은 편입니다. 장르는 이야기를 담는 그릇이라고 표현하면 이해가 좀 더 쉬울까요?

장르에 국한되지 않은 시나리오를 쓰시는데 작가님이 개인적으로 좋아하시는 장르는 무엇인가요?
사실 저는 스릴러를 좋아하는 편입니다.

한 해에 세 작품을 내놓으실 때도 있는 반면, 2007년 이후 2012년 광해가 나오기 전까지 꽤 오랜 기간 작품 활동을 보기 어려웠는데요. 작품을 쓰실 때 한 번에 몰아서 작업을 하시는 편인가요?

기획에서 시나리오 그리고 영화화되는 과정이란 게 정해진 시간이 없어요. 대본 잡은 지 6개월 만에 크랭크인이 되기도 하고. 5년 넘게 걸리기도 하고요. 그래서 시기적으로 몰리기도 하고 뜸하기도 해요. 그리고 개인적으로는 작품이 없었던 3년간 '어떤 글을 써야 하는가?'로 고민이 많았던 소위 방황기간이었습니다.

3년이라는 시간에 비해 심플한 해답이지만 많은 고민이 담긴 결론인 것 같습니다. 수없이 많이 들어본 질문이겠지만 광해가 1,000만 관객을 넘은 비결은 무엇이라고 생각하세요? 1,000만이라는 숫자는 아무에게나 주어지는 숫자가 아니라고 생각하거든요.

1,000만 영화는 신이 점지해준다는 말도 있더군요. 대선 국면이라는 시기를 탔다는 점을 부정할 수 없을 것 같네요. 외적인 요인은 그렇고, 내적으론 천민 하선이 왕이 되는 이야기 자체가 주는 카타르시스가 아닐까요. 평범한 이의 상식이 지도층을 꾸짖고 변화시켰을 때의 쾌감 같은 거요.

광해는 영화로도 나왔지만 동시에 소설로도 출간되었는데요. 영화 시나리오와 소설 간의 차이가 있다면 무엇인가요?

보통은 소설을 원작으로 시나리오가 나오는 경우가 많은데 광해는 시나리오 베이스로 소설이 나왔습니다. 내용적으론 큰 차이가 없지만 결말에 차이가 있습니다. 소설은 보다 현실적이고 어두운 엔딩이에요.

광해의 줄거리나 캐릭터가 더 잘 드러난 것은 소설인가 영화인가 라는 생각을 해 볼 수 있겠습니다.

글쎄요: 보는 이가 판단할 문제라고 생각해요. 매체 자체가 다르니까요. 같은 이야기라는 재료를 가지고 다른 방법으로 조리한 것이죠. 조갯국이랑 조개구이 중에 어떤 게 더 조개 맛을 잘 드러내느냐고 물어보면. 요리사로선 별로 할 말이 없을 것 같은데요? 골라 드시라고 할 밖에.

그렇죠. 너무나 뻔한 답을 가진 질문을 드리고 말았네요. '마이리틀히어로' 라는 작품은 각색을 맡아서 하셨는데요. 기존에 있는 글을 다시 쓰는 작업에 있어 어려웠던 점이 있다면요?

각색은 각본의 질에 따라서 어렵기도 하고 쉽기도 합니다. 각본의 컨셉이나 구조가 기본적으로 갖춰져 있다면 각색도 쉬워지는 거죠. 반대로 각본의 의도가 수정방향과 차이가 많거나 기본이 갖춰지지 않았다면 쓰기 힘듭니다. 마이리틀 히어로는 전자의 경우였고요.

'이대로 죽을 순 없다' 에서는 단역으로 출연하셨었는데, 각본을 쓴 영화에 출연한 이유가 있나요? 알프레드 히치콕처럼 자신의 영화에 꼭 까메오로 출연하잖아요.

그런 재밌는 이야기가 있다면 좋겠지만 사실 전 별다른 이유가 없었어요. 그저 제작자분과 술자리에서 '한번 해볼래?'라고 얘기하길래 '그러죠 뭐'라고 했던 겁니다.

단역이지만 출연하신 소감은 어떠셨나요?

1시간이면 될 줄 알았는데 촬영이 지연되면서 자정 넘게까지 기다렸던 기억이 납니다. 아무리 재미라도 다신 안 해야지라고 생각했습니다.

한 작품을 끝내고 시간의 여유가 생길 때는 어떤 일을 하시나요?

늘 일감이 물려 있었기 때문에 여유가 있어본 적이 거의 없었던 것 같아요. 그런 면에선 불행했다고 할 수 있겠죠. 저 같은 경우는 여유가 생기진 않고 의도적으로 여유를 만들어요. 뭔가 복잡하고 일이 안 풀릴 땐 작업 중이라도 잠수를 타곤 하죠. 함께 일하는 사람들에겐 죄송하지만요. 그렇다고 남들처럼 여행이나 책을 읽거나 그런 건 별로 안 좋아 하고요. 날 아는 사람이 아무도 없는 곳에 혼자 있는 걸 좋아합니다. 그곳이 PC방이든 바닷가든 공간은 상관없고요.

대체로 한 작품을 끝내는 데 얼마나 시간이 걸리세요?

보통 계약은 6개월로 합니다. 하지만 명시된 기간이 그렇다고 해도 더 작업을 해줘야 하는데 야박하게 털어버리거나 하진 못 하고요. 더 걸리기도 하고 덜 걸리기도 합니다. 글을 쓰는 기계가 아니니까 장담할 수가 없죠.

평소에 하시는 취미생활이 궁금합니다. 작가들은 대부분 작품 생활에 취미가 많은 영향을 끼치는 것 같더라고요. 취미생활을 하면서 영감을 받기도 하고, 그 자체가 소재가 되기도 하고요.

그렇죠. 글감은 물론 아무래도 관심이 있는 쪽으로 글이 잘 나올 수밖에 없으니까요. 굳이 말하자면 혼자 있기가 제 취미입니다. 사실 취미가 없다고 제 스승님께 핀잔을 많이 받았어요.

가장 기억나는 대사가 있으세요? 배우가 아 참 맛깔나게 혹은 여운이 남게 내가 생각한 그대로 표현했다 하는 대사가 있다면 무엇일까요?

'누구냐 넌'

올드보이 이후에도 모든 시나리오에 이 대사가 들어가 있습니다. 촬영 전에 잘린 경우가 더 많지만요. 크게 의도한 건 아닌데 습관처럼 그 대사를 남겨놓게 되네요. 광해에도 중전이 하선의 정체를 알게 됐을 때 '누구냐 넌' 이라고 묻죠.

글이 잘 안 써질 때 하는 방법이나, 글을 쓰기 위해 평소에 하는 방법이 있나요?

혼자 있기입니다. 그럴싸한 취미도 없고 여행을 즐기지도 않아서요. 혼자 있으면 그동안 읽고 보고 들어둔 것이 많으면 머릿속에서 복잡하게 굴러다니다가 어느 순간 자기들끼리 정리를 해서 이야기가 짜맞춰지기도 합니다. 물론 이건 제 경우이고, 사람마다 리프레시의 방법은 다른 거니까요.

혼자 있으면 그동안 읽고 보고 들어둔 것이 많으면 머릿속에서 복잡하게 굴러다니다가 어느 순간 자기들끼리 정리를 해서 이야기가 짜맞춰지기도 합니다.

시나리오 작가를 꿈꾸는 친구들이 가장 갖추어야 할 그런 어떤 것이 있다면 뭐라고 보십니까.

아무나 시작할 수 있지만 아무나 잘할 수는 없는 것이 시나리오라고 생각합니다. 냉정하게 자신의 능력과 한계를 정확히 알고 꿈꾸시라 말씀드리고 싶고요. 기본적인 필력과 인간에 대한 관심, 그리고 듣고 보고 읽기에 주저함이 없는 분이면 일단 출발은 하실 수 있다고 말씀드릴 수 있겠네요. 그 후는 본인의 노력에 따라 달라지겠죠.

기본적인 필력과 인간에 대한 관심, 그리고 듣고 보고 읽기에 주저함이 없는...

인간에 대한 이해를 강조하시는데요. 시나리오, 혹은 글쓰기에서 인간에 대한 이해가 꼭 필요한 이유는 무엇인가요? 모두 중요성은 알고 있지만 그것이 왜 중요한가에 대해서는 깊은 성찰을 하지 않는 것 같습니다. 인간에 대한 이해를 하기 위해서는 갈등에 부딪힌 인간의 군상들을 면밀히 살펴볼 필요가 있다. 라고 포장을 하면 될까요? 논픽션이 아닌 픽션은 이야기가 아닌 이상 내가 체험해보지 못한 것들을 체험해봐야 하는데, 경험해보지 못한 것을 채우는 방법이랄지. 그런 것들이 궁금하기도 한데요. 스토리를 쓸 때 어떤 것에서 영감을 받으시나요?

소재를 선정하는 것과 크게 다르지 않은 것 같아요. 모든 것으로부터 영감을 받은 후에 그것들을 엮어서 만드는 것이 스토리니까요. 그리고 그 대상을 국한하는 것 자체가 모순이 아닐까요?

재능은 기본이요, 노력은 선택이죠.

국내영화계는 어쩌면 포화상태인 것 같습니다. 이렇게 자국영화소비가 높은 나라도 인도와 미국을 제외하고 우리나라가 으뜸이고요. 그만큼 영화산업에 투입되는 젊은 인력도 넘쳐난다고 봅니다. 물론 끝까지 살아남는 자들이 있지요. 시나리오 분야는 어떤지 궁금합니다. 요즘은 일반인들도 시나리오를 써서 연출을 하고 자신만의 1인 영화를 만듭니다. 시나리오 작가란 '어떤' 직업입니까? 어떤 마음가짐으로 뛰어들어야 즐겁게 일하며 살아남을 수 있는 걸까요? 시나리오 쓰는 능력은 재능일까요, 노력일까요?

직업적으로 할 거라면 조금 더 냉정해질 필요가 있습니다. 즐겁게 일하며 살아남을 순 없습니다. 살아남은 사람들이 즐겁게 일할 수 있는 거지요. 고통스럽고 끈질기게 오기를 품고 정진하시라고 말씀드리고 싶고요. 그렇지만 살아남을 가능성은 백 분의 1이고 그 1이 자신이라는 확신은 누구도 해줄 수 없다는 점을 기억해두셨으면 합니다. 흔한 말이지만 재능만 있어도 안 되고 노력만 있어도 안 된다고 생각해요. 하지만 재능이 선천적이고 노력은 후천적이라고 봤을 때, 재능은 기본이요. 노력은 선택이죠. 불행히도 재능은 선택할 수 없으니 재능이 없다면 글쓰기는 취미로만 하시는 게 좋습니다.

그럼 작가님 본인에게 스토리란 어떤 의미인가요?

스토리라... 빠지기 쉬운 함정이죠. 승부는 스토리로 하는 것이 아니라 '재미있는' 스토리로 하는 거니까요. 스토리는 넘쳐나지만 팔리는 스토리는 따로 있어요. 항상 염두에 두어야 하는 부분입니다.

스토리라... 빠지기 쉬운 함정이죠.

미워하지만 버릴 수 없는. 정확한 분석과 해박한 지식이 있어도 스토리를 만들 줄 모르면 사람들이 잘 읽지 않는 것 같아요. 읽지 않는 건 곧 잊힌다는 뜻이고,

음악평론가 **이대화**

귀신도 아닌, 점쟁이도 아닌_

음악평론가 **이대화**

평가만이 난무하고, 평론이 사라져가는 시대에 평론가라는 직업을 가지고 산다는 것은 어떤 일일까. 이대화를 만나러 가기 전 궁금한 것들이 많았다. 좋지 않아도 나쁘다고 직설적으로 말하기 힘든, 우리네 문화에서 "용기 있게 말해준다"는 그 일이 궁금했다. 평론은 생각하기에 따라 해설일수도, 추천일 수도 있고, 취향일 수도 있다. 뉴스에서도 말해주지 않고, 신문에서도 속 시원히 말해주지 않기에. 알 듯 말 듯 저건 왜 저래에 답해줄 수 있는 것이 바로 음악에서는 평론이 할 수 있는 부분이 아니던가. 사회, 문화, 경제, 전반에 얽힌 고리 속에서 음악이 어떤 매듭으로 묶여 있는지를 다 꿰뚫어보고 쓰는 글은 대체 어떻게 나오는지 궁금했다. 그리고 이대화의 평론들을 찾아 읽어보기 시작했다. 한 밴드에 대해서는 이렇게 세게 써도 되나 싶을 정도로 평해놓은 것을 보고 움찔했다. 평론을 호불호로 나눈다면 불도 아주 제대로 불로 쓰는구나 하는 생각과 동시에 마음 한구석에서 묘한 쾌감이 일었다. 나도 그렇게 생각했었는데, 내가 생각한 안개 같은 느낌을 아주 제대로 걷어내고, 정확히 적었구나 싶어서 말이다. 흔들리는 갈대 같은 감상적인 리뷰 사이로 평론가들은 나무처럼 그 자리에 버티고 서서 뚝심 있는 한 방을 날려준다. 좋은 말만 하고 달콤한 말만 들어서는 발전이 없다. 때로 그런 쓰고 아픈 말 속에서 제대로 된 것들이 나오게 되니까 말이다. 그래서 다음번에는 더 제대로 된 한방이 나오길 기대해본다.

어떻게 이 직업을 시작하게 되셨나요?

2001년이었나? 이즘(izm.co.kr)이라고 임진모 선생님의 이름을 따서 만들어진 커뮤니티가 하나 있었어요. 당시에는 음악 커뮤니티가 꽤 많았는데 웹진을 중심으로 웹진의 게시판들에 음악 마니아가 몰렸었고 저도 그런 음악 마니아 중의 한 명이었어요. 매일 그곳을 들락날락했었는데 이즘 1주년 때 음악평론 공모를 열었어요. 그동안 음악을 많이 안다고 했는데 내가 얼마나 많이 아는 건지 테스트나 한번 해보자 해서 올렸는데 1등을 한 거죠.

1등이라. 은근한 자랑인데요. 어쨌든 축하드립니다. 비평의 분야는 어떻게 시작할 수 있는 것인지 궁금한데요. 소설가가 신춘문예를 통해 등단하는 것과 비슷한 원리가 존재하나요?

그 대회에서 1등을 한다고 '음악평론가' 라는 직업을 가질 자격을 가지게 되는 건 아니었어요. 하지만 저는 운이 좋았던 케이스였던 게 임진모 선생님께서 '1등 했으니까 한번 와봐라.' 라고 하시면서 작업 중에 참여할 만한 게 있으면 참여해 보라고 기회를 주셨죠. 거의 80%는 운으로 이 직업을 시작하게 된 거예요.

때가 2001년 말이면 월드컵 하기 전의 해이고, 지금이 2013년이니까 12년 전인데요. 처음 음악 평론을 시작한 게 대학교 1학년으로 아주 어린 나이라

할 수 있네요.

네. 만약 잡지사에 기자로 취직하면 절대로 대학생활을 같이 할 수 없는데 웹진이기 때문에 제가 원고를 보내주면 그만이었어요. 그리고 워낙 소자본으로 움직이는 곳이어서 외부로 취재 나가는 게 아니라 그냥 리뷰를 쓰는 것뿐이었죠. 그런 시스템 덕분에 대학생 내내 활동하고 졸업 후에는 대학원을 진학해서 3년 정도 다니고. 그러다 보니 다른 직업을 가져본 적이 없어요.

사실상 졸업할 때까지 계속 대학생활과 평론 생활을 겸업하신 거네요.

네. 전적으로 음악평론가 생활만 한지는 오래되지 않아서 뭐하는 직업인지 아직 모르겠어요. 제가 생각하는 음악평론가라는 직업은 음악을 좋아하는데 음악을 하지도 않고, 도와주지도 않고, 그냥 독립적으로 음악에 대한 글을 쓰고 활동을 하는 사람 정도예요. 제가 그런 사람이기도 하고. 꼭 음악평론가가 글만 쓰는 것이 아니라 다양한 의뢰를 받아요. 예를 들어서 어떤 기획을 했는데 음악적 지식이 있어야 하는 경우에 많이 연락이 오는데요. 〈EBS 스페이스 공감〉이라는 인디신 신인들을 발굴하는 프로그램에 신인들을 추천하고 도와줬던 사람들이 음악평론가죠. 라디오에 선곡 작가라는 사람들이 있는데 평론가에서 선곡 작가로 가는 경우가 많아요. 또 방송 패널로 출연하기도 하고. 어떤 사람들은 평론가라는 직업 자체가 싫고 한정적이라고 생각해요. 요즘 시대에 누굴 평하고 논하는 것이 굉장히 딱딱한 이름 같다고들 말하죠. 제가 생각하는 음악평론가라는 직업은 그냥 음악과 관련된 전문성을 가지고 있다면 누구나 프리랜서로 활동할 수 있는 직업인 것 같아요.

단도직입적으로 여쭐게요. 늘 이런 점이 궁금했거든요. 음악평론가로 누군가의 주관적 창작물을 객관화해서 평가하고 해석한다는 것이 쉽지만은 않은 일입니다. 어떻게 보세요?

음악이라는 게 초등학교 때 배운 수학같이 이해가 되는 게 아니잖아요. 늘 새롭고 사람들이 잘 모를 수 있어요. 모든 사람이 평론가들처럼 트렌드를 좇고 모니터링하지 않으니까 '평론' 이라는 말에는 해설의 의미가 있죠. 예를 들어 일렉트로닉 음악을 좋아하는데 테크하우스, 더치하우스 이런 말들조차 모르고, 또 그런 것도 모르고서는 좋아하기 쉽지 않으니까 평론가들이 가이드가 되어주는 거예요. 두 번째로 사람들이 조용필의 음악을 들어보고 싶은데 너무 음악이 많아서 헷갈릴 때 있잖아요. 그럴 때 평론가들이 추천을 통해서 가장 객관적으로는 좋다고 말하는 것을 알려 주는 것도 평론의 의미예요. 마지막으로 음악을 들으면 누구나 평을 해요. 그리고 대중들은 이 노래를 전문가가 어떻게 평할까를 궁금해하죠. 그럴 때 그 노래에 대해 의미 있게, 용기 있게 말해주는 것도 평론가의 몫이에요.

그 노래에 대해 의미 있게, 용기 있게 말해주는 것도 평론가의 몫이에요.

의미 있게 용기 있게 말해준다... 시사문제에 있어서도 정부에서 어떤 정책을 발표하면 여러 논객이 해당 사안에 대해 어떻게 생각하는지를 일반 사람들은 궁금해하며 트윗을 확인하잖아요.

맞아요. 맥이 잡히지 않거나 아리 까리, 알 듯 말 듯한 불만을 속 시원하게 말해주는 것! 음악에도 분명 그런 게 필요해요.

대중이 평론가들에게 원하는 것이 그런 통렬한 비판이기 때문인 것 같아요. 자기 생각이 전문가의 입에서 똑같이 나올 때 대중들은 묘한 희열을 느끼거든요.

저도 예전에는 비판하는 것에서 희열을 느꼈어요. 그 순간 내가 되게 큰 존재 같거든요. 하지만 그 순간이 너무 덧없음을 깨달아서 요즘은 그냥 글 잘 써질 때가 행복해요. 내가 표현하고 싶은 말이 완벽히 글에 담아질 때, 이 음악에 대해 했던 사람들의 말은 겉핥기인데 내가 제대로 썼다고 생각되면 행복하더라고요.

무식한 질문일 수도 있는데, 그럼 평론은 어떻게 하는 건가요?

허망한 이야기일 수도 있는데 처음에 음악평론을 할 때는 저만의 미학기준을 가지려고 했어요. 좋은 평론가라면 어떤 기준으로 평가해야할까에 대한 고민을 많이 했죠. 근데 결국에는 예술에는 기준이 없듯이 평론에도 기준이 없어요. 한 기준을 고수하면 고리타분한 글밖에 나오지 않아요.

그럼에도 기본적인 미학의 틀은 존재하지 않나요?

보통 다들 이전과 다른 이전보다 더 좋은, 이전보다 더 신선한 음악을 훌륭하다고 하는데요. 조금만 눈을 돌리면 어떤 앨범은 사회성이 있거나, 연주가 훌륭하거나, 컨셉이 확실하다던가 하는 또 다른 기준이 너무나 많아요. 교과서적으로 평가를 하면 어떤 앨범에 대해서는 적절하고 훌륭한 편이 되지만 수많은 좋은 앨범들이 그 기준에 일치하지 않기 때문에 결국 객관적인 평이 될 수 없다고 생각해요.

저도 처음에 평론가라고 하셔서 굉장히 자신만의 철학이 뚜렷하고 냉정하고 그럴 줄 알았는데, 오히려 그럴수록 객관성을 잃고 주관적인 평론이 된다는 말씀이시군요.

그렇죠. 그래서 저는 리뷰에서 그 명확한 기준과 근거를 제시하지 않아요. 그러면서도 설득력 있게 쓰기는 어려운 작업인데 그 스킬을 익히는데 거의 10년이 걸렸죠. 음악은 절대 수학공식이 아니기 때문에 대입할 공식이 전혀 없어요.

음악평론은 수학이 아니기에 대입할 공식이 없다고 하셨는데, 어쨌든 말 그대로 글을 통해 음악이야기를 하는 것이니까요. 음악평론가에게 글쓰기는 얼마나 중요한가요?

필수죠. 누군가는 음악을 제일 많이 안대요. 근데 막상 써보라고 하면 애기 글이에요. 어떻게 보면 냉혹하지만 결국 음악평론가로는 글이나 방송으로 알려지고 대중과 소통해야 하는데 음악을 많이 알아도 소통을 할 줄 모르면 절대 음악평론가가 될 수 없어요. 생각하는 만큼 표현하지 못하는 사람들. 가진 만큼을 제대로 기획해서 멋있게 보여주지 못하는 사람들을 보면 되게 안타까워요.

그렇죠. 뭘 생각하든 그걸 어떻게 논리정연하게 딱 핵심을 잡아 설득력 있게 보여줄 수 있는지가 중요하죠. 정말 좋은 기획이든 정말 좋은 스토리든 딱 5분, 많이 줘서 10분 안에 기승전결이나 결론이나 핵심이 나올 수 없다면 꽝인 것 같아요. 그 시간 안에 그 스토리를 다 말하라는 게 아니라 한 문장으로라도 설명할 수 있어야 전체를 설명할 수 있으니까요. 너무나 새로운 컨셉이라 할지언정 표현해낼 수 있는 방법은 적어도 101가지 정도는 될 수 있지 않을까 뭐 그런 생각을 해봤네요.

그런데요. 공식이 없다고 하셨지만, 그렇더라도 기본적인 방법은 몇 가지가 있을 것 같은데 소개 좀 해주세요.

제 음악평론가 선배 중 임진모 선생님께서 매일 말씀하시는 음악평론가가 되기 위한 조건이 세 가지 있는데요. 첫 번째는 영어 실력. 아무리 한국 가요사를 파더라도 해외에 있는 음악을 한국화시킨 게 대부분이거든요. 그렇기 때문에 팝송을 많이 알아야 하는데 팝 음악은 외국 자료가 너무 많아요. 전문적으로 들어가려면 외국 자료를 읽어야 해요. 그래서 대중음악 평론은 무조건 영어실력이 기본 이상 되어야 하고요. 두 번째는 어떤 것이든 인문학이든 경제학이든 자신의 이론적인 기반이 되는 학구적인 기반이 있어야 한다는 거예요. 어떠한 깊이도 없이 단순히 음악만 많이 안다고 설명된 글은 누가 봐도 평론가와 전혀 어울리지 않아요. 마지막으로 뻔 하지만 열정이 있어야 해요. 왜냐면 고돼요. 일단 음악 평론하나 쓰는 게 아주 쉽다고 생각하시잖아요. 그걸 가수들이 오해하기를 내가 몇 년에 걸쳐서 이렇게 고심해서 만든 음악 하나를 그 짧은 말 몇 마디로 평가하느냐고 말하는데요. 평론가로 살아간다는 것 글을 쓴다는 것은 얼마나 고되고 힘든 일인지 모르고 하는 이야기예요. 모든 음악에 대해 자기 의견을 가져야 한다는 것도 굉장히 피곤한 일이거든요. 엄청난 전문성을 위해서는 시간과 노력과 돈이 엄청나게 드는데 그걸 제대로 된 월급도 받지 않은 채로 하는 거니까 허탈해지는 경우가 많죠. 자기가 미친 듯이 좋아하지 않으면 절대로 할 수 없는 직업이에요.

어떤 것이든 인문학이든 경제학이든 자신의 이론적인 기반이 되는 학구적인 기반이 있어야 한다는 거예요.

영어실력. 이론적 기반이 되는 학구적인 틀. 그리고 열정. 고된데도 계속 이 일을 하게 되는 음악평론가로서 가지는 본인의 열정은 어디까지인가요? '난 이만큼 열정적이었다.' 하는 순간이 있나요?

중고등학교 때는 CD사는 데만 돈을 쓰고 돈이 허락하는 한 CD만 샀어요. 당시 집에 3천 장 정도 CD가 있었는데요. 한 달에 20만 원이 있으면 20만 원으로 CD를 다 사고, 사고 싶은 CD가 있는데 돈이 없으면 많이 들은 걸 팔아서 다시 사고 그랬죠. 그리고 정말 평론을 잘하고 싶어서 했던 노력이라면 2006년쯤 일 거예요. 매일매일 우리나라에서 유명하다고 하는 라디오 선곡과 외국 라디오 선곡 표를 쫙 뽑아서 그중에 모르는 곡을 노트에 깨알같이 다 써놓고 들었어요. 그렇게 하루에 20~30곡씩 해서 100페이지 이상 되는 공책이 3~4권 정도 되니까 우리나라에서 아는 웬만한 팝송은 다 알겠더라고요. 다하는데 3~4개월 정도 걸렸어요.

평론가들은 어떤 음악을 듣나요. 세상에 나오는 모든 음악을 들을 수는 없잖아요.

평론가로서 제일 힘든 것 중의 하나가 알고 싶지도 않은 가수, 싫어하는 곡마저도 다 듣고 공부해야 한다는 거였어요. 평론가들도 자기만의 취향이 있잖아요. 어쩔 수 없이 자기가 좋아하는 음악 위주로 많이 알게 되거든요. 처음에 느꼈던 가장 큰 위기 중 하나가 나는 인디 락을 너무 좋아했고 인디 음악을 좋아하는 이들이 인정하는 음악만 좋아했거든요. 나는 그 분야를 잘 알고 있는데 사람들이 모르니까 사람들이 저보고 음악을 아주 많이 안다고 생각하더라고요. 그런데 저는 오히려 뻔한 곡을 잘 몰라요. 이글스(Eagles), 플리트우드 맥(Fleetwood Mac), 한국에서만 좋아했던 스모키(Smokie)같은 가수도 잘 몰랐어요.

박후기 시인도 스모키를 언급하시더라고요. 저에게 'Living next door to Alice'는 아주 어렸을 때 라디오에서 나오던 그런 올드팝으로 기억하는데요. 동남아를 비롯해서 그 노래가 유독 우리나라에서 그렇게 인기가 높았다고 들었거든요. 기본이 락이지만 묘하게 약간 컨트리 같기도 하고. 포크 같기도 하고 그래서 그런 건가. 그런데 그럴 수도 있을 것 같아요. 누가 음악에 대해 물었는데 나는 전혀 모르는. 음악에 대한 척척박사겠거니 하고 당연히 다 알 거라 믿었는데 정작 나는 모르는 경우요. 특히 라디오나 방송할 때 그러면 정말 아찔했을 텐데요.

물론 있죠. 태어나 처음으로 라디오 방송할 때였어요. 종교방송이었는데요. 당시 저는 팝송만 열심히 듣지, 한국 가요는 가요사에 나오는

60~70년대 가요만 공부하느라 들었었거든요. 90년대에 토이, 김동률 같은 가수 분들도 마니아들만큼 좋아하지도 않았고요. 근데 DJ가 멜로디를 읊으면서 "이게 조규찬하고 박선주가 부른 노랜데 뭐죠?"라고 묻더라고요. 생방 중이었고 전 모르니까 "모르겠어요"라고 했는데 DJ가 화가 났는지 그것도 모르냐고 윽박지르더라고요.

그래서 그 노래 제목이 뭐였어요?
'소중한 너'라는 노래인데 평생 안 까먹을 노래예요. 그 뒤로 가요를 정말 열심히 들어야겠다고 생각했어요.

아하하. 정말 소중한 너네요. 정말로 노래를 좋아해서 시작한 일인데 노래 듣는 것조차 일이 돼버려서 스트레스받지 않으세요? 좋아하는 것이 일이 되면 싫어진다고 하던데.
저는 요즘도 제가 좋아하는 노래 위주로 들어요.

평론을 쓸 때 어떤 기준으로 노래를 선곡하시나요?
의뢰를 받아서 써요. 개인적으로 자기가 좋아하는 곡은 블로그나 SNS에 쓰고 주로 의뢰받는 글을 쓰게 되죠.

의뢰를 받는다면 말씀하신 인디신이나 시장성이 작은 음악들은 의뢰조차 쉽지 않을 텐데.

정말 유명하지 않은 사람의 음반도 다 평가해주던 곳이 "이즘"이었어요. 우리가 흔히 평론할 가치가 없다고 생각하는 최신가요의 모든 흐름을 다 끌어안았었는데 돌아보니 우리만 깎인 거 같아요. 평을 해줘도 좋아하지도 않고 오히려 당했다고 생각하더라고요.

평론이 항상 '호'만 있을 수 없으니 쓴소리를 해주면 '왜 가만히 있는 우리를 뭐라고 하냐?' 그런 거군요.

맞아요. 게다가 평론가들을 지지해주는 마니아층하고도 멀어져요. 왜 그런 음악을 평론 하냐고요. 그래서 예전에 아이돌에 대한 시리즈 칼럼을 의뢰받았는데 거절했어요. 더 정확히 말하자면 "평론가님 이름을 걸고 음악칼럼을 써주세요. 근데 되도록이면 아이돌 위주로 해주세요. 대중이 관심이 있고 궁금해하니까요." 라고 물어보는데 내 입장에서는 그건 평론이 아닌 거 같더라고요. 평론의 진정한 의미에 충실하고 싶었어요.

그러게 그런 경우는 홍보에 더 가깝네요. 보도자료 성격이 좀 더 많은 그런 글쓰기요. 음악가들과 음악평론가의 관계가 궁금합니다. 음악평론가 강헌 씨랑 공일오비 장석원 씨가 신문지면에서 토론을 벌인 적도 있죠.

음악평론가로 활동하는 사람들이나 되고 싶어 하는 새로운 사람들의 면면을 들여다보면 음악 전공하지 않은 경우가 태반이에요. 어려서부터 음반 사서 모으고 관련 역사책 보고 그런 열정은 있지만 스튜디오가 어떻게 흘러가는지, 녹음하는데 얼마나 써야 하고, 음악계 내부 사정을 전혀 알지 못해요. 음악가들이 보기에는 이런 것도 모르면서 음악 평론한다 이거죠. 음반을 만들 때 기술적인 것에 중점을 뒀다거나 그런 걸 전혀 모르면서 평론가들이 말도 안 되는 짓거리를 하고 있다는 건데 015B 정석원 씨는 예전에 인터뷰에서 얘기하길, 자기는 '왜 베이스를 5도 진행으로 하다가 요즘은 안 하느냐?' 이런 인터뷰를 하고 싶은데 평론가들이 절대 안 한다 이거예요. 스튜디오에서 들어나 봤을까? 이런 의심이 든다는 거죠.

그럼 비판에 대해서는 어떻게 생각하시나요?

물론 그 비판이 맞고 반성해야 할 부분이예요. 하지만 뮤지션보다 정확하게 알고 있는 분들도 있어요. 하지만 때론 음악에서 그게 중요하지 않을 때가 있거든요. 클리프 리차드와 엘비스가 음악적 장르나 악보 상으로는 비슷한 수준의 뮤지션일 수 있을 거예요. 하지만 둘의 위상은 역사적인 맥락에서 볼 때 완전히 다르거든요. 5도 진행, 화성 구조 같은 분석이 의미가 없을 때가 많아요.

음악학적인 접근도 충분히 의미가 있으나, 너무나 전문가들이 이해할 법한 이야기 위주로 평론이 진행되면 일반 독자들은 '대체 왓 알 유 토킹 어바웃'

과 같은 상황이 벌어질 법한데요. 그것이 작곡법이든, 음악 공학적 측면이든 어려운 말들을 쉽게 풀어서 제대로 전달할 수도 있잖아요. 어려운 걸 가장 쉽게 말해주는 사람이 어쩌면 대가일지도 모른다는 생각을 종종합니다. 어려운 겉만 이야기하면 속에 있는 좋은 걸 놓치기 쉬우니. 그런 건 세월의 연륜과도 밀접한 관련이 있는 것 같고요.

한 번 평론을 실을 때 원고료가 얼마나 되나요? 평론가는 프리랜서라고 하셨으니 결국 그 원고료가 유일한 수입이 되겠네요.

천차만별이에요. 원고지 1매당으로 받는데 안 주면 3~4천 원, 많으면 2만 원 정도 해요. 방송출연도 수입원인데 라디오 출연은 7만 원, 많이 주면 15만 원. 방송은 케이블만 해도 30만 원 정도하고 뉴스는 10만 원 주기도 하고. 다양하죠.

80년대 생이시죠? 언젠가 한번은 "80년생 이후로 평론은 죽었다."라고 표현하신 적이 있습니다. 젊은 평론가를 보기 어려운 이유가 무엇일까요?

10대, 20대 초반에는 정말 꿈을 꾸고 열정이 많을 때인데 그게 20대 중반이 되면서 사그라지더라고요. 현실을 알아가는 거죠. 그냥 '한 때 음악평론에 몸담았었다.' 그런 걸 그냥 추억으로 간직하는 사람이 90% 정도인 것 같아요. 직업적인 평론가로 활동하는 게 제 또래 이하로는 거의 없을 거예요. 그렇게 되는 원인 중 또 하나는 해보다 보면 자기가 생각하는 것만큼 쉽지 않은 걸 바로 깨닫게 됩니다. 내가 엄청 노력해야만 하는데 그 대가를 바랄 수 있는 곳인가를 보면 또 그게 아니거든요. 그리고 음악계가 돈이 안 된다 안 된다 하면 인재도 안 들어와요. 그럼 전체가 무너지는 거거든요. 음악평론계가 굶어 죽어요 라고 하니까 아무도 안 들어오는 게 당연하죠.

그런 척박한 평론 시장에서 살아남기 위해 하고 있는 본인만의 노력이 있나요?

제 나름의 전문성을 갖추기 위해 노력 중이에요. 일렉트로닉으로 전문화된 평론가가 되기 위한 준비를 하고 있어요. 일렉트로닉 공부를 하기 위해서 디제잉도 배우고 있고 한글로 된 자료가 하나도 없어서 혼자 자료를 보려고 번역도 하고 있고요. 신의 물방울에서 와인 평론가를 묘사하기를 와인을 딱 한 번 먹고 어느 지방의 어떤 포도까지 맞추잖아요. 대중들은 진짜 평론가라면 신인을 보고 뜰지 안 뜰지를 정확히 맞출 거라고 기대하는데요. 말도 안 된다고 생각해요. 평론가는 귀신이나 점쟁이가 아니에요. 확실한 대중성이 있어도 잘 안 되고 누가 봐도 안 될 사람이 뜨는 게 이 바닥이에요.

평론가는 귀신이나 점쟁이가 아니에요.

그럼 정말 안뜰 것 같은데 떴던 신인 가수가 있나요?

YG에서 2NE1이 나왔을 때 너무 앞서 갔다고 생각했어요. 한국에서 음악이 뜨려면 멜로디가 좋아야 하는데 힙합리듬이 많이 들어갔다고 생각했거든요. 종전에는 이런 게 히트한 적이 없는데 되더라고요.

그렇죠. 국내는 완전 정통 힙합보다는 힙합 필의 혹은 힙합스러운 것들이 인기를 끌더라고요. 언더에서 제대로 된 힙합에 가깝게 추구하다가 메이저로 올라오면 그게 힙합이 힙합 느낌이라는 당의정을 입더라고요. 어쨌든 그 그룹은 힙합리듬이 많았음에도 대스타가 되었죠. 그 이유가 뭘까요?

시대가 바뀐 거죠. 지금의 청춘들이 생각하는 쿨한 음악은 그거였던 거죠.

음악에 대한 평론이 다른 평론과 다른 점이 있다면?

영화는 스토리가 있고 캐릭터도 있어요. 모든 게 눈에 보이죠. 그런데 음악에는 스토리가 없어요. 멜로디적인 측면에서는 전개가 달라져도 언어화된 부분이 없어서 그런 부분이 가장 어렵기도 하고 쉽기도 하죠. 사실 하나의 앨범을 두고서 아주 거대한 글을 쓰기는 힘들잖아요. 아티스트 자체의 음악성에 관해서 써야 하는데 자칫하면 인상비평으로 빠져버릴 수도 있으니까요. 그래서 음악평론에 허망한 글이 가장 많기도 해요. 틀린 글도 많기도 하고. 그런 면에서 영화평론가들은 쓸 게 많아요.

그게 가장 부러워요.

인상비평에 공감이 갑니다. 이미지만, 느낌만 훑고 끝나서 뭔가 시작되려는데 어 뭐지. 그냥 들어보라는 건가 할 때가 종종 있거든요. 여하튼, 음악평론가면 음악이라는 한우물만 파면 될 거라고 생각하는데 어떤가요. 다른 문화도 알면 알수록 도움이 될 것 같은데요.

음악 평론 자체를 위해서라기보다 평론가들끼리 모여 있으면 영화, 문학, 정치 이야기까지 다 나와요. 다른 문화 얘기 모르니까 좀 없어 보이더라고요. 음악 평론을 하고 싶을 정도면 다 관심이 많은 친구일 거예요. 다양하게 문화적 교양을 쌓지 않은 사람들이 하려고 하면 전 그것도 반대예요. 자신이 무언가를 가장 잘 안다고 생각하는 게 제일 무서운 거예요.

음악 다음으로 좋아하는 장르는?

음악 다음으로 내가 좋아하는 건 영화예요. 영화는 영화로만 즐기려고 해요.

순간 가장 좋아하는 영화 OST를 묻고 싶어지네요.

그게 좀 문제죠. 스트레스받을 때도 있어요. 함께 영화를 보다가도 영화 속에서 어떤 음악이 나오면 자꾸 물어봐요.

스트레스받지 마시라며 또 스트레스 되는 뻔한 질문 드립니다. 너무나 많이 들어본 질문이겠지만 가장 좋아하는 앨범이나 높게 평가하는 앨범이 있나요?

너무나 많아서요. 음, 최근 이야기하면 'Zedd'라는 젊은 프로듀서인데 스펙트럼이라는 곡을 썼는데 이 음악을 가만히 듣다 보니 이렇게 아름답고 신비로운 멜로디를 들어본 적이 없고 너무나 중독적이어서 한 일주일 동안 이 음악을 듣고 다닌 것 같아요. 근데 그냥 듣는 게 아니라 수많은 상상을 하고 나를 돌아보기도 하고. 그 음악을 들으면서 문자도 하고 수많은 일을 하는데 이런 생각이 들더라고요. '내가 일렉트로닉 음악의 전문가가 되면 얼마나 행복할까?' 그런 꿈을 가지게 한 음악이에요.

대체 어떤 음악이기에 한번 꼭 들어봐야겠네요. 평론을 하려고 연습하는 친구들에게 해주고 싶은 조언이 있나요?

전 방구석에서 맨날 듣던 음악에서 나도 이런 앨범의 해설지에 내 이름이 들어가면 좋겠다. 여기에 대해 할 말이 있는데 이런 걸 언젠가 해보고 싶다는 상상에서 시작했어요. 개인적으로 많이 도움이 됐던 게 2001년부터 2009년까지 매주 웹진에 칼럼을 썼는데 그게 가장 큰 공부가 되었던 것 같아요. 꾸준히 매일매일 쓰는 것. 그리고 제가 아쉬운 건 자신만의 색깔을 많이 갖지 못한 것 같아요. 유행하는 흐름이나 최신 음악에 대해 내 의견을 전달하는 게 평론가의 역할이라 생각했거든요.

그게 개인적으로 좀 아쉬워서 남들이 잘 클릭하지 않더라도 내 취향을 견고하게 다지고 자기 평론 세계를 만드는 게 중요할 것 같아요.

여기에 대해 할 말이 있는데 이런 걸 언젠가 해 보고 싶다는 상상에서 시작했어요.

그건 거 같아요. 진짜 무엇인가를 시작하기 위해서는 마음에서 부글부글은 아니더라도 보글보글 끓어오르는 동기가 필요한데. 그 욕망이 뭐냐는 거죠. 이런 앨범의 해설지에 내 이름이 들어가면 좋겠다. 입신까지는 아니더라도 양명하고 싶은 그 욕망. 내가 쓴 이글을 모두가 보았으면 한다는 거겠죠. 그런데 공감까지 해주면, 누가 내 글을 보고 속 시원해진다면 최고일 거예요.

가끔 평론가라는 단어가 부담스러울 때가 있나요?

사실 그래요. 평론과 리뷰는 사실 같은 맥락이거든요. 사람들은 깊은 평론, 가벼운 리뷰라고 하지만 그런 '깊은 평론'은 거대담론에서나 가능한 말인 것 같아요. 사실 원고지 두세 장 되는 거에 시대정신을 담아 쓰고 그런 게 있는데 창피해요. 당구대 위에서 축구하는 느낌이랄까요? 그저 리뷰에 어울리는 글이 있고 평론에 어울리는 주제가 있는 것 같아요.

당구대 위에서 축구하는 느낌이랄까요?

원고지 두세 장에 시대정신을 담아야 하는 글쓰기. 당구대 위에서 축구하는 느낌. 아하하. 뭔지 알 것 같네요. 그런데 음악을 하고 싶지 않으셨어요?

사람 성향이 달라서 저는 기타를 될 때까지 연습하라고 그러면 지쳐요. 근데 음악 역사를 공부하라 그러면 절대 안 지쳐요. 근데 뮤지션보고 음악 역사 공부하라면 음악을 글로 보냐고 하면서 안 할걸요? 성향이 그냥 다른 것 같아요.

이대화에게 '평론', 그리고 '스토리'란 어떤 의미인가요?

중학교 1학년 때부터 음악평론가가 되고 싶었어요. 음악을 많이 아는 게 멋있어 보이던 어린 시절이었죠. 하면서 너무 힘들어서 그만두려고 했는데 평생 이걸 잘하기 위해서 모든 걸 갈고 닦아 왔던 저를 발견했어요. 내가 하고 있는 대부분의 여가에 음악이 있고 이거 아니면 어느 순간 할 게 없더라고요. 애증이 교차하는 것 같아요. 미워하지만 버릴 수 없는. 스토리를 만드는 게 가장 어려워요. 음악인들도 마찬가지일 걸요. 연주 스킬은 시간 투자해서 연습 좀 하다 보면 늘어요. 근데 막상 악보 주고 '될 만한 곡 좀 써보라'고 하면 그때부터 완전히 다른 게임이 되는 거죠. 평론도 마찬가지예요. 정확한 분석과 해박한 지식이 있어도 스토리를 만들 줄 모르면 사람들이 잘 읽지 않는 것 같아요. 읽지 않는 건 곧 잊힌다는 뜻이고, 그건 평론가로서 주목받지 못한다는 얘기죠. 더 쉬운 말로, 생활이 어려워지는 거예요. 직업에 대한 자괴감 없이 행복하게 이 일을 하고 싶은 게 제 소망이에요. 그래서 '스토리'까지 같이 전달하고 싶어요. 그래서 이 직업이 어려운 거고요. 진짜 어려워요, 평론.

미워하지만 버릴 수 없는. 정확한 분석과 해박한 지식이 있어도 스토리를 만들 줄 모르면 사람들이 잘 읽지 않는 것 같아요. 읽지 않는 건 곧 잊힌다는 뜻이고,

스토리에 중독되다

게임에서 스토리는 '향기'라고 생각해요. 기본적으로 좋은 향기가 난다는 건 좋은 재료가 있다는 것을 의미해요. 그 게임에 좋은 재료(스토리)가 있으면 그만큼 좋은 향기가 나요.

게임 시나리오 작가 **이문영**

책 버섯을 키우는 남자_

게임 시나리오 작가 **이문영**

첫 인터뷰에 설렘 반 기대 반을 가지고 만난 그는 인터뷰 시작 전 해야 할 말이 있다며 먼저 입을 열었다. "게임 시나리오 작가… 뭐라고 해야 할까요, 사실상 잘못 알려져 있는 직업이라고 할까요?" '게임 시나리오 작가 1호'라 평가받는 그에게 돌아온 대답은 '게임 시나리오 작가라는 직업은 없다.'였다. 잠시 정적. 우리는 서로의 눈치만 볼 뿐 준비해간 어떤 질문도 할 수 없었다. 그는 오랜 세월 "게임 시나리오 작가가 되려면 어떻게 해야 하나요?"에 관한 질문을 받아왔다. 우리가 준비해간 질문들 역시 크게 다르지 않았다. 무용지물이 되어버린 질문지를 과감히 덮어버리고 우리는 그의 답에서 새로운 질문을 만들어 나가기 시작했다. 우리의 첫 인터뷰는 그렇게 매 순간 새로운 퀘스트를 맞이하고 있었다. 인터뷰 말미에 이문영 작가는 재미난 표현을 들어 본인의 작업과정을 표현해주었다. 본인의 작업실에 "책 버섯이 자란다"는 것이었다. 정신없이 몰입해서 한 작품을 끝내고 나면, 그 작업의 흔적이 오롯이 남아 작가를 마주한다고 했다. 층층이 켜켜이 쌓여 어른 키 중간 정도로 자라난 책 버섯. 참으로 재미난 표현이 아닐 수 없었다. 아마 지금 이 순간에도 이문영 작가의 작업실에서는 여기저기 책 버섯들이 조금씩 자라나고 있겠지. 책 버섯들이 제법 모양을 갖춰갈 즈음이면, 우리도 그의 새로운 작품들을 만나볼 수 있을 것이다.

게임 시나리오 작가가 아니라, 게임 기획자라고 정정해주셨지요?

게임 시나리오 작가... 뭐라고 해야 할까요. 사실상 잘못 알려져 있는 직업이라고 할까요? 1993년도 게임 시나리오 공모전에서 대상을 받으며 잡지에 '게임 시나리오 작가 1호', '향후 미래의 골든 직업' 이라고 평가받았지만 실제로 게임 업계에 들어가서 일해보면 특별히 분류되기는 사실상 어려운 직업이에요. 당시만 해도 우리나라의 게임 산업이 태동단계였고 게임 시나리오에 대한 정의가 전혀 없는 상태였거든요. 저조차도 전혀 참고할 만한 것 없이 '이렇게 쓰면 되겠지?' 라는 생각으로 썼고, 사실 심사하는 분들도 '이렇게 쓰는 게 맞겠지.' 라는 생각으로 뽑았을 거예요. 오랜 세월 '게임 시나리오 작가가 되려면 어떻게 해야 하나요?' 에 대한 질문을 받아왔지만 영화시나리오나, 연극대본을 쓰는 것과는 전혀 다른 거라고 보셔도 무관해요. 게임 시나리오 작가라는 개념은 사실 게임 기획자가 하는 수많은 일 중에 하나로 보는 게 더 일반적이 아닐까 생각해요. 게임 시나리오라는 것도 게임 기획서의 일부분인 거고요.

게임 시나리오 작가라는 개념은 사실 게임 기획자가 하는 수많은 일 중에 하나...

왠지 게임 시나리오 작가를 꿈꾸던 지망생들에게 '너희가 꿈꾸는 직업은 없어.' 라고 말하는 것 같은데요.

그런 건 아니고. 게임 시나리오를 쓴다는 것 자체가 게임의 전체적인 컨셉을 잡는 작업이에요. 오로지 스토리만을 위한 사람들이 게임 회사에 필요하지 않은 거죠. 결국 게임 시나리오를 아무리 멋지게 써놓아 봤자 게임에서 구현이 안 되면 말짱 도루묵이잖아요? 텍스트로만 이루어진 언어를 컴퓨터 언어로 해석해줄 사람이 필요한 건데 그걸 게임 기획자가 하는 거죠. 그 기획자가 쓴 기획서를 우리가 시나리오라고 부르는 것이고요. 사실 게임 회사에서 기획자를 찾는다고 하지 시나리오 작가를 찾는다고 하진 않거든요.

1993년 당시 왜 '게임 시나리오 공모전'에 참가하게 되신 건가요? 당시에도 지금 게임 시나리오 작가를 꿈꾸는 친구들처럼 모호한 기준 때문에 대체 게임 시나리오가 무엇이냐에 많은 고민이 있었을 듯합니다.

우선 저는 어려서부터 컴퓨터 게임에 관심이 있었어요. 컴퓨터 게임을 만들어 보고는 싶은데 컴퓨터를 다루지도 못하고 그림도 못 그리니까 글로 시작했죠. 마침 신문에서 게임 시나리오 공모전을 한다는 공고를 보고 마감이 한 달밖에 남지 않아 부랴부랴 글을 써 냈는데 덜컥 대상이 된 거예요. 그리고 '게임 시나리오 작가 1호'라는 이름을 얻게 된 거죠. 그런데 게임을 만들려고 보니 저에게 공식, 등장 몬스터들의 데이터, 능력치까지 다 요구 하더라고요. 당시에도 '나는 시나리오 작가인데 그런 걸 어떻게 알아.'라고 생각했지만 결국 그런 것들을 다 알아야지만 할 수 있는 일이라는 거예요. 그러니 게임 시나리오 작가가 되려면 결국 게임 기획자가 되는 과정을 거칠 수밖에 없다는 결론에 도달하는 거죠.

 게임 시나리오를 만들기 위해서는 게임 개발을 직접 하지 않더라도 게임 개발의 메커니즘을 꿰뚫고 있어야 한다는 거군요. 개발자의 언어와 일반 사람들의 언어를 모두 이해할 줄 아는 관리자랄지, 어떤 조정자의 눈을 가져야 하는 것이 핵심이네요. 관련한 에피소드를 들어보면 더 잘 이해가 될 것 같은데요.

 '스톤엑스'라는 게임을 LG 기획자와 이야기하면서 "몬스터를 몇 마리 만들 수 있나요?", "맵은 몇 개로 할까요?"라고 질문했더니 "저희는 그런 거에 제약을 두고 싶지 않습니다. 그러면 상상력이 위축돼서 좋은 글이 안 나올 거예요." 하더라고요. 물론 일리 있는 이야기죠. 그래서 제가 마음대로 써갔어요. 기근이 닥쳐서 원시 부족이 흩어지면서 일부는 시베리아, 일부는 아메리카로 가는데 이중 엘리시온이라는 이상향을 설정하고 '대이동, 엘리시온을 찾아서.'라고 제목을 붙인 거죠. 마음대로 해도 된다고 하니 각 지역을 거미줄처럼 맵을 연결해놓고 코스를 매우 자유롭게 만들었더니 70~80개의 맵이 필요하더라고요. 저도 나름 고생을 많이 했는데 돌아오는 대답이 "이런 건 못 만듭니다." 그러더라고요.

뭐든지 가능하다고 하더니. 돌아온 대답에 굉장히 당황하셨겠어요.

그래서 제가 "뭐든지 가능하다면서요."라고 했더니 "설마 이렇게 방대한 이야기를 써 올 줄 몰랐다."라고 하시더라고요. 그 당시에는 게임을 제작하는 사람들의 상상력 자체도 한계가 있었던 거예요. 결국 전부다 뜯어고치고 몬스터도 대폭 축소되고 그랬죠.

그 방대하고 멋진 시나리오를 영화나 다른 매체로 바꿔보실 생각은 혹시 안 해보셨나요? 그냥 버리기 너무 아까울 것 같은데.

게임을 위해 만들어진 시나리오를 다른 방향으로 돌린다는 것은 사실 매우 힘들어요. 제가 쓴 대이동만 하더라도 SF, 판타지적인 요소를 많이 가지고 있는데 그걸 영화로 만들려면 얼마나 많은 비용이 들겠어요. 특히 국내에서 서양판타지를 배경으로 했다면 미국 가서 찍을 수도 없고요. 이 장르에는 다른 문제가 있어요. 가령 〈열혈강호〉 같은 경우 만화가 게임으로 만들어졌죠. 작품이 있고 게임으로 만들어지는 게 맞는 거예요. 그렇게 보면 게임 시나리오라는 영역은 형체가 없는 거예요. 판타지 소설 작가가 게임 제작에 본격적으로 참여하는 경우가 있는데 그 작가가 게임에 대한 이해도가 깊을수록 더 좋은 형태로 구현되겠죠. 하지만 그 작가에게 "당신의 직업은 게임 시나리오 작가인가요?"라고 하면 다들 "저는 작가인데요."라고 하겠죠.

그럼 역으로 게임이 가지는 스토리가 다른 장르로 넘어가는 경우는 전혀 없나요?

쉽지 않은 문제지만 물론 사례는 있어요. 〈툼레이더〉 같은 경우 게임이 나왔고 게임이 대 히트를 치고 그걸 영화로 만든 거니까요. 이런 일들이 가능하긴 하지만 흔한 예는 아니에요.

게임 시나리오를 생각하면 육성 게임이나 롤플레잉 게임(RPG)만 떠오릅니다. 다른 장르에도 시나리오가 존재하나요? 그게 한계인 걸까요, 아니면 그 장르가 가장 잘 맞기 때문인가요?

모든 창작에는 제한이 없어요. 게임 세계에도 오만가지 것이 다 있어요. 우리가 흔하게 생각하는 벽돌게임에도 시나리오가 있어요. 저 벽돌을 뚫고 우리가 살던 별로 간다. 이 스토리를 알건 모르건 상관은 없어요. 어차피 그런 게임들은 스토리가 아니라 단순한 게임 플레잉에서 재미를 얻으니까요. 추구하는 재미요소가 다른 거죠. 게임의 장르나 스토리의 장르보다 중요한 것은 어떻게 설득력 있게 만들 것인가의 문제예요. 다시 설명하면 어떻게 자기 게임이 다른 게임보다 더 재밌는지 알려주는 거죠. 〈애니팡〉 같은 게임에 엄청난 세계관을 부여하고 스토리를 장황하게 한들 사람들이 얼마나 크게 재미를 느끼겠어요.

어떻게 자기 게임이 다른 게임보다 더 재밌는지

알려주는 거죠.

그럼 게임 중에 스토리가 정말 좋다고 생각되는 게임이 있으신가요?

〈홈월드〉라는 게임인데요. 인류가 멸망하고 다른 행성으로 이주하는 내용인데 사실 이 앞의 내용은 실제 게임 플레잉하고는 관련도 없는 건데 역사책처럼 만들어서 매뉴얼 북을 두껍게 만들었더라고요. 그런 스토리를 만들고 이야기가 전개되면 그 안에서 꺼낼 수 있는 게 참 많아져요. 그런 게 게임을 풍부하게 만들고 유저를 즐겁게 만들 수 있죠. 스타크래프트에도 시나리오가 존재하는데 굉장히 좋은 시나리오예요. 블리자드사가 국내에서 마니아층을 형성할 수 있었던 것은 튼튼한 시나리오들을 가지고 사람들에게 크게 어필하고 있는 거로 생각해요.

게임 시나리오는 다른 스토리들과 달리 게임을 하는 플레이어들과의 관계가 아주 중요하고 플레이어에 따라 결말이 바뀌기도 하는데요. 게임 시나리오의 주체는 캐릭터일까요, 플레이어일까요?

게임을 소설로 치면 플레이어가 독자예요. 고려 안 할 수 없죠. 게다가 스토리를 함께 만들어가기도 하니까 더욱 중요도가 높다고 할 수 있어요.

그러면 소설도 쓰시고 게임 시나리오도 작업하시는 작가님께서 느끼기에 두 작업 간의 가장 큰 차이가 있다면 무엇인가요?

소설은 심리가 중요해요. 게임 시나리오는 화면 속 대화를 통해서 제시되기 때문에 심리적인 부분을 깊게 다루지 않아요. 그래서 〈프린세스메이커〉의 경우 플레이어에 따라 수십 개가 넘는 결말을 만들어야 하지만 작업이 그리 오래 걸리지 않아요. 하지만 소설의 경우 단순한 줄거리라 할지라도 인물의 깊은 내면을 표현해야 하기 때문에 오히려 더 오래 걸릴 때도 있어요. 게다가 소설은 오로지 혼자 써야 하지만 게임은 팀 업무라 분담할 수도 있잖아요.

게임 시나리오를 쓰려는 지망생들은 팀원들과 협업하는 것도 굉장히 중요하겠네요.

그럼요. 게임 시나리오는 독불장군이 하기 힘들어요. 종합적인 형태의 콘텐츠이기 때문에 협업 능력이 굉장히 중요해요. 특히 커뮤니케이션 능력이 굉장히 중요한데 자기가 기획한 걸 말로 전달을 못하면 결과물이 달라질 수 있기 때문이에요. 소설가는 혼자 작업하는 일이 많아서 날카롭고 그런 사람도 많아요. 결과물에 대한 책임도 자신이 지니까 어쩌면 당연한 거죠. 하지만 이쪽 분야는 혼자 책임지는 게 아니기 때문에 잘 해나가기 위해서는 상대방과 어떻게 어울리느냐가 중요해요.

글쓰기 능력만큼이나 팀 내 조화 능력이 중요하다는 말씀인데요. 그 외에 가져야 할 소양이 있을까요?

먼저 많이 해보고 어떤 것을 만들고 싶은지 꿈을 가져야 해요. 그리고 가능하다면 컴퓨터 관련 일들은 두루두루 해보는 게 좋아요. 가령 프로그래밍을 실제로 못하더라도 최소한 C언어 정도는 알아야 하죠. 게임 시나리오는 결국 게임 기획서인데 자기 게임을 잘 설명할 수 있어야 하기 때문에 파워포인트를 사용해서 프리젠테이션 자료를 만드는 기술도 중요해요. 한 페이지에 한 가지 토픽만 들어와야 한다든가 하는 디테일의 차이가 꽤 크게 작용하죠.

'어떠한 하나의 단어를 접했을 때 거기서 무엇을 끌어낼 수 있는가?'

글을 쓰기 위해 가져야 할 소양으로 '창의력'을 많이 이야기하는데 어떤 걸 의미하는 걸까요?

글을 쓰는 사람이 가져야 할 창의력이라면 '하나의 단어를 접했을 때 거기서 무엇을 끌어낼 수 있는가?' 정도로 정의할 수 있을 것 같아요. 이게 아예 안 되는 친구들이 있는데 그런 경우 마인드맵으로 그 스킬을 키울 수 있어요.

모든 것은 내 머릿속에서 나오는 거지 도구에

국한되는 게 아니죠.

작가님이 글을 쓰실 때 특별히 사용하시는 도구가 있나요?

그냥 더 잘할 수 있는 도구를 사용하면 돼요. 모든 것은 내 머릿속에서 나오는 거지 도구에 국한되는 게 아니죠. 제 손에는 연필을 잡아서 생긴 굳은살이 있는데 저는 연필로 쓰는 걸 좋아해요. 그렇지만 컴퓨터로도 작업하고 요즘에는 아이패드를 들고 다니면서 메모를 많이 해요. 요즘 좋은 어플이 많더라고요.

작업은 주로 어디서 하시나요?

저는 집에 서재가 2층에 따로 있어서 그 공간에서 글을 많이 써요. 저는 하나의 작품을 완성하기 위해 30~40권이 넘는 책을 보는데 그 책들을 다 옮겨놓을 수 없으니 서재에서 작업을 주로 하게 되더라고요. 한 작품을 위해 몰두하다 보면 책상 주변에 책이 많이 쌓이는데 저는 그걸 '책 버섯이 자란다'고 표현하곤 하죠.

책 버섯이 자란다니. 아 정말 신선하고 재미난 표현이네요. 영화 속에서 작가가 책을 쓰는 과정을 느리게 찍으면 저렇게 나오지 않을까 싶은데요. 책상 주변에서 점점 책이 쌓여가고 이쪽저쪽에 다다른 모양의 책 버섯이 쑥쑥 자라나는 거죠. 저도 뭔가 작업을 할 때 바닥에서부터 쌓아가며 하는 편이라

나중에는 주변에 발 디딜 틈이 없어 요리조리 피해 건너다니는데요. 같은 공간을 쓰는 주변에서 난리가 나죠. "야 이거 좀 한쪽으로 좀 치워라" "이게 대체 뭐냐" 종이 더미, 책 더미를 책 버섯이 자란다고 표현하시다니. 작가의 머릿속에서만 나올 수 있는 그런 말이네요.

블로그를 열심히 하시는데 그 이유가 특별히 있나요?

작가는 계속 써야 해요. 감을 잃지 않기 위해서는 꼭 작품을 쓰지 않더라도 계속 쓰는 것이 중요해요. 영혼이 총기를 영원히 유지하는 것은 아니랍니다.

계속 써야 해요. 영혼이 총기를 영원히 유지하는 것은 아니랍니다.

그럼 아주 뻔한 질문을 하나 해볼게요. 게임을 많이 하시는 편인가요?

사실 지금에야 직접 하지 않고 누군가에게 "이거 새로 나왔다. 한 번 해봐."라고 하죠. 하지만 처음엔 무조건 많이 해보아야 해요. 저도 많이 했었고요. 지금도 물론 제 나이대의 다른 가장들과 비교하면 상대적으로는 굉장히 많은 시간을 게임을 하면서 보내요. 아이들하고도 게임을 같이 하니까요. 그게 아이들 정서상에도 좋고요.

부모님께서 자녀가 게임을 하면 무조건 나쁘게만 생각하잖아요. 게임 기획자가 되기 위해서 게임을 하는 거라고 하면 반길 부모님은 아마 없을 것 같은데요.

사회적으로 게임의 부정적인 면만 비춰진 부분이 있죠. 하지만 그건 새로운 문화에 대한 당연한 잣대라고 생각해요. 제가 어렸을 땐 텔레비전에서 키스하는 장면은 모두 삭제됐었잖아요. 나와서는 안 되는 선정적인 장면이라고요. 하지만 지금은 점점 관대해지고 있어요. 게다가 게임은 직접 플레이를 하는 것이고 영화처럼 러닝타임이 있거나 드라마처럼 일주일에 한 번만 하는 게 아니라 스스로 플레잉 시간을 조절해야 하잖아요. 청소년들은 그런 조절이 쉽지 않고. 그러다 보니 부모님들에게 '게임'이라는 게 마치 사회악처럼 받아들여진 것 같아요. 그냥 하나의 문화일 뿐인데 아이의 잘못을 게임으로 다 돌리는 거예요.

게임에 대한 사회의 부정적 인식이 게임 산업 자체에 미치는 영향도 꽤 클 것 같은데요.

부모세대들이 흔히 하는 말이 "우리 아이가 게임을 하더니 폭력적으로 변했죠. 이게 다 폭력적인 게임 때문이에요."라고 이야기하는데 누군가 돈 때문에 나쁜 짓을 하면 돈이 나쁜 건가요? 이건 잘못된 책임 전가인 거죠. 부모가 반대하니 아이들이 게임 산업 쪽에 꿈을 키우는 게 쉽지도 않고 사회 전반에 깔린 부정적 인식 때문에 좋은 인재들이 게임 산업에 뛰어들려고 하질 않게 될 수 있어요. 높은 임금이나 명예가 있는 것도 아니고 왜 굳이 욕먹으면서 일을 하려고 하겠어요? 게임에 대한 부정적 인식이 아니었다면 게임 산업은 지금과 비교할 수 없을 만큼 커졌을 것이고 게임 시나리오라는 부분이 하나의 직군으로 커질 수도 있었을 거예요. 정말 튼튼한 스토리에 충분한 투자를 해서 시나리오 개발을 하면 더 좋은 게임이 나올 거로 생각해요. 인문학적 상상력이 게임과 접목했을 때 정말 거대한 격변을 일으킬 수도 있지 않을까라는 설레는 상상을 해보기도 하죠. 어떠한 형태가 되었든 스토리가 게임을 좌지우지할 수 있다고 생각하는데 인식 때문인지 사람들이 괄시하는 부분이 분명 있어요.

게임에는 판타지가 빠질 수 없는데요. 사실 순수문학과 장르문학을 바라보는 우리의 눈은 두 가지 시선입니다. 이중 잣대 속에서 장르문학의 가치가 상대적으로 인정받고 있지 못한 것이 사실인데요. 다들 장르문학에서 나온 〈해리 포터〉나 〈트와일라잇〉을 좋아하면서도, 정작 누군가가 그걸 책으로 읽고 있을 때는 전혀 다르게 봅니다. 들고 다니며 책을 볼 때는 순수문학 정도는 봐줘야 하지 않나 하는 그런 이중적인 생각이 존재하는 거죠. 나, 이 정도는 읽는 사람이야 뭐 이런 구별 짓기일 수도 있고요. 그러니까 장르문학을 읽는 건 숨겨야 하는 현실이고.

게임은 문화의 꽃봉오리예요. 그런데 그 기초에 속하는 장르소설에 대해서는 전혀 투자를 하지 않아요. 장르소설에 대한 인색함이 있어요.

우리나라는 이상하게 판타지소설을 저급하다고 생각하는데 사대주의적인 건지, 조앤 롤링이 해리포터 5권을 발매했습니다. 뭐 이런 이야기는 뉴스에 나오잖아요. 그리고 문화산업에 관한 이야기를 하면 〈반지의 제왕〉이나 〈해리 포터〉가 벌어들인 돈에 대해 이야기하죠.

스토리 능력은 재능인가요? 노력인가요?

창작은 노력보다 재능이다! 자신이 쓴 걸로 평가받는 것이기 때문에 아무리 노력해도 결과물이 아니면 그 노력은 인정받지 못하는 거거든요. 노력하면 재능이 점점 커질 수는 있겠죠. 하지만 생각해보세요. 아무나 데려다가 가르쳐도 김연아가 될까요? 프로페셔널이 되는 데는 재능이 필요해요. 재능이 있는 아이들을 재능 없게 만드는 것은 쉽지만 재능 있는 아이를 키워주기는 쉽지 않아요. 재능 있는 아이들을 빨리 발견하고 그 재능을 키워갈 수 있도록 만드는 것이 중요해요. 스토리 능력이 없다고 해서 실망할 것도 없고요. 세상에는 수없는 재능들이 있으니까요.

이문영 작가에게 '스토리'란?

게임에서 스토리는 '향기'라고 생각해요. 기본적으로 좋은 향기가 난다는 건 좋은 재료가 있다는 것을 의미해요. 그 게임에 좋은 재료(스토리)가 있으면 그만큼 좋은 향기가 나요. 그리고 저 개인적으로 이야기라는 것은 '재미있는 것'이죠. 인간들에게 지금까지 경험하지 못한 다른 것을 경험하게 해 주는 것이 이야기인 것 같아요.

게임에서 스토리는 '향기'라고 생각해요. 기본적으로 좋은 향기가 난다는 건 좋은 재료가 있다는 것을 의미해요. 그 게임에 좋은 재료(스토리)가 있으면 그만큼 좋은 향기가 나요.

세계와 끊임없이 불화하는 자, 그들이 시인입니다.

시인 **박후기**

'버티어 나가는 힘'_
시인 **박후기**

당신은 전철에 앉아 있다. 눈앞에는 두 명의 남자가 서 있는데, 한 남자는 소설을 읽고 있고, 다른 한 남자의 손에는 시집이 들려있다. 시를 읽는 남자. 마지막으로 시를 읽어본 적이 언제였던가 하고 떠올려본다. 세계와 끊임없이 불화하는 자가 시인이라면, 그 남자는 시인의 눈을 빌려 세상과 마음으로 투쟁하는 자가 아닐까 짐작해본다. 뒤 후자에 기운 기자를 쓰는 박후기 시인은 자신의 이름을 풀어 설명하며, 후기에는 버티어 나가는 뜻이 있다고 덧붙인다. 자유가 탄압될 때, 가장 민감하게 시대정신이 담긴 글로 항거하는 사람들이 시인이라면, 그들은 곧 버텨내는 사람들일 테고, 그런 관점에서 박후기 시인은 시인이 될 운명을 타고난 것이 아닌가 싶다. 나의 이야기를 누군가 인정하든 인정하지 않든 줄곧 써나간다는 일은 외로운 길일지 모르지만, 그렇기에 끝내 열매를 맺는 일일지도 모른다. "보다 중요한 것은 자신과의 약속, 인내라고 생각하니까요." 우문현답에 성실히 답해준 시인에게 감사한다. 그리고 되물어본다. 나의 이야기를 만들고, 들려주기 위한 과정에서 혹은 인생의 이야기를 써나가는 길 위에서 얼마나 나와의 약속에서 인내하고 있는지를.

박후기 시인에게 스토리란 어떤 것인가요? 시인에게 스토리란 무엇이며, 스토리텔링은 어떤 의미로 존재하는지 궁금합니다.

단순히 사전적 의미를 물어보는 것은 아닐 테지요? 제가 생각하는 스토리는 단순한 이야기라기보다는 말하는 주체와 듣는 객체 사이의 소통에 의미를 두고 싶습니다. 이야기란, 단순히 말하는 행위가 아니기 때문입니다. 물론, 혼잣말도 있긴 하지만 그것을 이야기라고 말하진 않지요. 이야기는 메시지를 전달하는 것을 전제로 합니다. 그러므로 스토리텔링은 언어가 지니고 있는 고유의 얼굴(뜻)이 전혀 다른 표정(의미의 파생)을 짓는 것으로 생각할 수 있습니다. 곧, 없었던 것은 아니지만 전혀 새로운 시각으로 의미를 부여하는 행위라고 보면 될 것 같습니다.

근본적으로 글을 쓰게 하는 그 동기가 과연 무엇인가요?

위의 대답대로라면, '새로운 시각으로 의미 부여하기'가 답이 될 수 있습니다만, 꼭 그런 것만도 아닌 것 같습니다. 동기 부여와 의미 부여는 같게 들리지만, 같은 말은 아니지요. 동기란 모티프(Motif), 즉 예술작품에 있어 창작의 동기가 되는 중심 제재나 생각을 말하는 것이고, 의미란 이 동기를 가지고 작가의 의도를 이입하는 것을 말합니다. 이야기를 쓰게 하는 동기는 일종의 욕망입니다. 생각을 드러내고 싶을 때, 저는 시인이기에 말보다는 작품으로 그 욕망을 실현합니다. 다만, 모든 예술 행위가 그런 것은 아니지만, 시 쓰기에 있어 고도의 정치한 구조가 필요할 때도 있습니다.

욕망을 글로 풀어낸다면, 그 욕망을 꿈틀꿈틀 종이 위에 새겨진 언어로 바꿀 때, 영감을 주는 사물, 장소, 사람이 있을 텐데요.

영감을 주는 사물이나 장소는 몇 군데 있는데, 이러한 사물이나 장소에 따라 어떤 느낌을 받는다는 것은 아마도 오랜 기간 길들여진 본인만의 습관에 기인한다고 생각됩니다. 왜냐하면, 모든 이들이 같은 장소에서 똑같은 감정을 느끼진 않기 때문입니다. 물론, 종교의식이라든가 장례식장과 같이 엄숙을 요구하는 장소에서의 느낌은 비슷할 순 있겠으나 그것은 어느 정도 강제된 것이기에 느낌이 같다고 볼 순 없는 것이지요. 저의 경우, 장소보다는 음악과 영화, 사진 등에서 영감을 많이 얻는 편입니다.

Being a poet. 현실은 시와 다르죠. 시인이 된다는 것은 어떤 것을 의미하나요?

시인이 되고 싶다고요? 우선 시인은 직업이 될 수 없다는 것을 말씀드리고 싶습니다. 문학 행위를 통해 생활이 가능한 경제적인 여건을 충족할 수 있는 사람들은 극히 일부분이라는 걸 아셔야 합니다. 그렇다고 문단 현실을 장황하게 말하진 않겠습니다. 다만, 시는 모든 예술의 가장 근본이라는 것을 아셨으면 합니다. 그러니까, 굳이 시를 쓰지 않아도 가령 소설이나 음악, 드라마 작가, 영화감독이나 심지어 그림을 그리는 화가라 할지라도 시를 아는 것과 모르는 것의 차이는 클 수밖에 없다고 생각합니다.

수많은 글로 이루어지는 창작에 있어 시의 중요성을 다른 대다수의 인터뷰이들도 강조하셨습니다. 같은 질문을 다르게 연거푸 묻고 있습니다만, 시인이 되는 방법은 구체적으로 어떠한 것들이 있을까요?

시인이 되는 방법은, 우리나라에 국한해서 말씀드리겠습니다. 가장 먼저 일간지에서 매년 시행하고 있는 신춘문예 제도를 통해 등단하는 것입니다. 그다음엔 각처에서 발행되고 있는 문예지를 통해서 등단하는 방법이 있습니다. 그런데 이 문예지도 각양각색이라서 문단에서 그 권위를 인정받고 있는 몇몇 문예지에 작품을 발표하는 것이 이후의 문단 활동에 도움이 된다고 보면 됩니다.

결국엔 그것을 뛰어넘겠다는 생각을 가져야 합니다.

시인이 가져야 할 자질이나 역량은 무엇인가요?

시인이 가져야 할 자질이나 역량을 말로 표현한다는 건 문제가 있다고 봅니다. 굳이 문예창작과나 국문과를 나오지 않아도 시를 쓸 수 있고요.

많이 배운 것, 소위 말하는 스펙과도 전혀 상관없는 것이 시 쓰기입니다. 많이 읽고 많이 생각하고 많이 쓰는 것이 가장 중요한 것 같습니다. 모든 예술은 모방으로부터 출발한다고 하잖아요. 작품을 통해 선험자들의 경험과 창작 의도를 생각해보고, 결국엔 그것을 뛰어넘겠다는 생각을 가져야 합니다.

뛰어넘겠다는 생각이라. 왜 저는 혼자 험준한 히말라야를 오르는 산악인이 떠오를까요. 결국엔 그것을 뛰어넘겠다는 생각. 되뇔수록 멋진 말이네요. 적당히 적절히 감동을 주고자 하는 것에서 벗어나 도전하는 그런 정신을 뜻하는 듯합니다. 그렇다면 그런 시를 알게 되고, 글을 쓴다는 것은 재능과 노력 중 어디에 더 가까울까요?

단순히 스토리를 만드는 것을 넘어 모든 장르의 예술을 놓고 볼 때도 유효한 질문이며, 실제로 많은 사람이 이 부분을 궁금해 합니다. 조금 다른 비유를 하고 싶은데요, 예전에 일 때문에 장수하시는 어른들을 만날 기회가 종종 있었습니다. 그런데 그분들에 관해 쓴 제 글을 읽은 독자들이 무얼 가장 많이 묻느냐 하면, 도대체 장수하는 노인들은 뭘 드셨기에 그렇게 건강하게 오래 사느냐는 것이었어요. 사실, 그분들은 우리가 생각하는 것처럼 산삼, 녹용 등 몸에 좋은 보약만 드시지 않아요. 오히려 보약 구경도 못한 분들이 많습니다. 예술가들의 타고 난 재능, 그것은 인정합니다. 하지만 그것은 극히 일부분이고요, 끊임없는 노력과

호기심과 체험, 그리고 그것을 자기의 방식으로 실현하고자 하는 의지
가 관건이라고 봐요. 간혹 천재성을 가진 예술가들이 등장하긴 합니다
만, 그것은 어쩔 수 없는 것이고요. 자기가 천재가 아니라고 생각한다
면, 부단히 노력하는 길밖에는 없지요. 여기에서 노력이라 함은, 단순한
학습만을 말하는 것은 아닙니다. 강의는 모르겠지만, 창작하는데 석·
박사 학위가 꼭 필요하다고 말할 수는 없어요.

　무엇을 먹었기에 오래 사는가. 무엇을 했기에 예뻐졌는가. 무엇을 사고팔
았기에 돈을 벌었는가. 우리는 오래 멋지게 풍족하게 살기 위해 그 무엇에
천착하는 수많은 질문을 품고 삽니다. 결과만 놓고 보고, 내가 믿는 선을 이
루기 위한 절대적인 무엇이 있을 거라 믿는 것이겠죠. 어느 글에서 읽으니
아버지를 잃고 나서 시를 쓰기 시작하셨다고 하는데, 다른 분들보다 시가 좀
더 작가님에겐 특별한 존재일 것 같습니다.

　아버지를 잃고 나서 시를 쓴 것은 아닙니다. 훨씬 그 이전이었고요.
다만, 아버님의 죽음이 제 시심(詩心)을 흔들어 놓은 건 사실입니다. 시
를 통해서 분명 심리적인 치유를 합니다. 시를 쓸 때의 지난한 과정도
어찌 보면 치유를 위한 일종의 명현 반응이라고도 볼 수 있습니다. 모든
예술가는 지독히 자기중심적일 수밖에 없지요. 또 그래야 하고요. 자기
만의 세계를 구축한다는 일이 말처럼 쉬운 것은 아니어서, 많은 사람이
중도에 포기하거나 자해 혹은 극단적으로 생을 마감하는 경우도 적지

않지요. 자기 합리화는 물론 자기 치유를 넘어야 비로소 보편성을 획득한 예술 작품이 나오는 것이라고 생각합니다. 제게 시는 특별합니다. 누구나 다 그러하듯이, 제 자신이 특별한 존재이니까요. 알고 계시겠지만, 그런 자존감 없이 예술성을 지켜나가기가 쉽지 않으니까요.

자기 합리화는 물론 자기 치유를 넘어야 비로소 보편성을 획득한 예술 작품이 나오는 것이라고 생각합니다.

시는 굉장히 함축적인 언어로 풀어내는 스토리입니다. 스토리를 가지는 다른 형태의 작품들과의 가장 큰 차이점은 무엇이라 보십니까?

시, 함축적인 스토리 맞습니다. 함축적이라고 해서 모든 것이 생략되어지는 것은 아니고요. 생략한다기보다는 이야기를 숨긴다는 표현이 적절할 것 같습니다. 소설이나 대본과 달리 시는 텍스트가 보여주는 의미와 의미 사이의 행간, 즉 여백을 살려줌으로써 더욱 큰 울림을 주는 것이지요. 일례로, 큰 드럼통에 물을 가득 채웠을 때와 비었을 때, 어느 것이 더 큰 울림을 줄까요? 단순히 소리로써만 비교한 것은 아니며, 소설보다 시가 우위에 있다고 말씀드리는 것도 아닙니다. 시의 특징에 대한 생각을 말씀드렸을 뿐입니다. 어느 장르든, 독자가 스스로 생각할 틈을 줘야 합니다. 굳이 예술 작품을 교과서적으로 설명할 필요는 없다고 봅니다. 시 역시 시인의 손을 떠난 것은 독자의 것이며 울림이나 감동은 독자의 몫으로 남게 되는 것이지요.

시인을 접하는 독자들은 상대적으로 다른 장르보다 적다고 생각됩니다. 이런 점은 어떻게 보십니까?

시인을 접하는 독자들이 적은 건 사실이나, 그렇다고 시를 접하는 독자가 타 장르보다 적은 건 아니라고 생각합니다. 단순히 책의 판매량에 근거한다면 맞는 말일 수는 있을 겁니다. 시에 있어서만큼은 생산자가 소비자가 되는 시대인 건 분명합니다. 종이의 위기나 문학의 위기 때문은 아닐 겁니다. 우리 사회가 언제 위기 아닌 적이 있었던가요? 솔직히 위기를 팔고 다닌다는 의심도 지울 수 없고요. 무엇보다 시가 어려워지고 있어요. 식상한 시보다는 낯선 시가 더욱 매력적인 건 분명한데, 시를 쓰는 시인도 읽어내기 어려운 부분이 적지 않은 거지요. 먹고 살기도 어려운데 시까지 어렵게 읽어야 하겠느냐는 우스갯소리도 들립니다. 대중과의 소통을 무시한 예술 작품은 오래가지 못해요. 그렇다고 판에 박힌 소리가 좋다는 말은 아니고요. 앞서 말씀드렸듯이 예술은 작가와 대중과의 소통입니다. 표현 방식에 있어서 조금 앞서 갈 순 있겠지만, 그것이 소통을 무시해도 된다는 것으로 받아들여선 곤란하다고 생각합니다.

쓰고 지우고 또 쓰고 지우고 생각하는 과정

함축적인 언어의 영감은 어디서 얻으시나요?

함축적인 언어의 영감을 따로 얻는다기보다는, 부단히 사고(思考)하고 쓰는 과정으로서의 시 쓰기에 관해서 말씀드리고 싶습니다. 어느 날 갑자기, 그 모든 예술 작품이 생겨나는 건 아니지요. 쓰고 지우고 또 쓰고 지우고 생각하는 과정 속에서 작품이 나온다고 말씀드리고 싶습니다. 물론 저의 경우입니다만. 저는 시를 쓸 때, 쓰는 일보다 지우는 일을 더욱 신경 써서 하는 편입니다.

다른 장르와 달리 시에는 '시적 허용'이라는, 문법이나 문맥을 지키지 않아도 표현성으로 인정되는 부분이 있는데요. 그 부분이 매우 흥미롭습니다. 시인으로서 생각하시는 '시적 허용'의 범위는 어디까지인가요?

'시적 허용'이라는 말은 흔히 '시적 자유'라고도 불리지요. 특별히 어떤 룰을 정해 놓고 시적 자유를 말하지는 않습니다. 시가 함축적이다 보니, 어떤 리듬감이나 시의 맛을 살리기 위해 문법에 위배되는 표현들이 허용되긴 합니다. 하지만 이것은 어디까지나 시의 기본을 익힌 이후에나 써야 합니다. 가장 기본이 되는 맞춤법이라든가 문장 등을 파괴하지 않는 범위 안에서 이루어져야 한다는 것이 제 생각입니다. 모국어로 시를 쓰는 이상, 이러한 것이 시 쓰기의 기본이 되어야 하겠지요. 문법 파괴 형태의 시는 그러한 기본을 숙지한 후에 해도 늦지 않습니다.

시라는 장르에서 서사가 가지는 의미는 무엇인가요?

고대 그리스의 시인 호머의 '일리아드'와 '오디세이'로부터 근대에 이르기까지 시는 주로 서사의 형태를 취했습니다. 그러나 현대시에 있어서 서사는 크게 중요하게 여겨지는 건 아닌 것 같습니다. 시의 시대라고 불린 80년대엔 서사시가 나름 선전을 하기도 했지요. 이것은 오늘의 주제인 스토리와도 결부가 된 것인데, 역사적 사건이나 이야기를 시로 옮길 때 함축만 가지고서는 전달에 무리가 따랐던 것이지요. 그래서 일정한 목적과 스토리를 가진 시가 얼마간 등장했었고, 한때는 여럿이서 일정한 주제를 놓고 이어 쓰는 공동창작이 시도되기도 했고요. 엄밀히 말하자면, 너무 목적성을 앞세웠기에 시로써 가치는 그다지 크진 않았던 것 같습니다. 하지만 무언가 전달한다는 의미에서는 소설이나 산문보다는 훨씬 효과가 컸지요.

쓰고 지우고 하면서 감정을 덜어내고 하는 과정들을 통해 명징한 표현들이 살아나게 되겠지요. 시를 통해서 가장 표현하시고 싶은 감정은 무엇인가요?

시를 통해서 표현하고 싶은 감정은 그때그때 조금씩 다릅니다. 앞서 말씀드린 모티프, 즉 그 시를 쓰게 된 동기가 무엇인가에 따라 다르게 나타난다고 볼 수 있습니다. 시를 쓰는 감정은 시인의 감정이 개입되기도 하겠지만, 동시에 그 시의 언어가 지닌 감정이기도 합니다. 조금 더 깊게 말하자면, 어떤 언어가 지니고 있는 고유의 상징이 있습니다. 가령, 어머니는 대지 혹은 달, 아버지는 태양, 강은 생사의 경계와 같은 상징들 말이지요. 그러한 상징들은 학습 이전에 우리 몸에 배어있는 것들이지요. 융의 말을 빌리자면 집단 무의식과도 같은 것입니다. 그것들을 어떻게 조합하느냐에 따라 감정이 달라지기도 하는데, 그것은 시인의 감정 이전에 이미 우리 유전자 속에 들어가 있는 감정인 것이지요.

유전자에 들어있는 집단 무의식이라. 그럴 수도 있겠네요. 저는 어떤 자연물과의 대면에서 나오는 원초적이고 근원적인 감정들이 떠오릅니다. 강을 이야기하셨는데, 강은 바다와는 또 다른 느낌이지요. 일렁이는 물결을 보며 강둑에 서서 비릿한 내음을 맡게 되면, 사람은 아주 본능적으로 생과 죽음에 대해 생각하고, 만일 여기에 빠진다면 같은 생각들을 해보잖아요. 높은 곳에 올라갔을 때 무서운 줄 알면서도 꼭 아래를 한번 보고, 또 떨어지면 죽겠지라고 읊조릴 때 느껴지는 원초적인 불안과 공포. 저는 이런 감정들을 이렇게 말로 줄줄 풀어 표현하는데, 시인들은 작품 하나로 감정을 깔끔하게 표현하시니 얼마나 대단한가 싶습니다. 그래도 그 시가 절대 뚝딱 나오는 것이 아닐 테니까요. 작업 시간은 얼마나 걸리세요? 한 편의 시가 나오기까지의 과정이 궁금합니다.

뻔한 답입니다만, 시 한 편 쓰는 시간이 일정한 건 아닙니다. 어떤 시는 한 시간에 한 편이 써 지기도 하고, 또 어떤 시는 두세 달이 걸리기도

합니다. 다만, 저의 경우엔 처음 시작할 때의 여건이 창작 시간을 결정
짓는 중요한 잣대가 되는 것 같습니다. 어떤 실마리를 잡았을 때 집중할
수 있는 여건 말이지요. 시간이 많다고 결코 많은 시가 써지는 건 아니
더라고요. 문제는 집중할 수 있는 분위기와 그에 대한 습관 내지는 훈련
여부인 것 같습니다.

시는 시인의 손을 떠나며 독자의 시로 재해석되고 재창조됩니다. 의도한
대로 해석되지 않을 수도 있지요.
시인의 의도와 다르게 독자들이 시를 해석해도 전혀 기분 나쁘지 않습
니다. 그것은 당연한 것이고요. 앞서 말씀드렸듯이 시인의 손을 떠난 시
는 더 이상 시인의 것이 아니지요. 그것을 읽고 향유하는 자의 것입니다.

내가 표현하고자 하는 것과 독자가 받아들이는 것의 간극이 있을 텐데요.
내가 표현하고자 하는 것과 그것을 받아들이는 독자의 입장이 상충될
수 있지요. 그건 자연스러운 겁니다. 어떤 때는 제가 미처 생각하지 못
한 것을 보는 독자들도 있으니까요. 식상하지 않으면서도, 어렵고 현학
적인 표현을 많이 쓰지 않으면서도 그 차이를 줄이려 노력합니다. 하지
만 그러한 노력 역시 부질없는 것이란 걸 잘 알고 있습니다. 이를테면,
짝사랑하는 마음이 상대에게 올바로 전해지지 않는 것과 다르지 않습
니다.

다른 서사류(소설, 시나리오 등)에서 주인공이 가상의 인물인 것과 달리 시는 자신의 이야기를 1인칭으로 쓰는 경우도 많습니다. 혹시 시를 쓸 때 다른 장르처럼 제 3자의 감정이나 상황을 쓰기도 하나요?

주로 시적 화자가 1인칭인 경우가 많지요. 분명한 것은 시적 화자와 시인은 별개라는 것입니다. 어떤 식으로든 시인의 영향을 받고 또 개입이 되겠지만, 그 모든 시가 시인의 경험에서 나온 것이라고 생각하면 오해입니다. 흔하지 않습니다만, 시적 화자가 제3자의 입장이나 감정에서 비롯된 시는 저도 몇 편 가지고 있습니다. 아래 덧붙이는 「아르바이트 소녀」 같은 작품이지요.

나는 아르바이트 소녀,
24시 편의점에서
열아홉 살 밤낮을 살지요

하루가 스물다섯 시간이면 좋겠지만
굳이 앞날을 계산할 필요는 없어요
이미 바코드로 찍혀 있는,
바꿀 수 없는 앞날인 걸요

어느 날 갑자기 사라졌다

봄이 되면 다시 나타나는

광장의 팬지처럼,

나는 아무도 없는 집에 가서

옷만 갈아입고 나오지요

화장만 고치고 나오지요

애인도 아르바이트를 하는데요,

우린 컵라면 같은 연애를 하지요

가슴에 뜨거운 물만 부으면

삼 분이면 끝나거든요

가끔은 내가

아르바이트를 하러 이 세상에 온 것 같아요

엄마 아빠도 힘들게

엄마 아빠라는 아르바이트를 하고 있는지 몰라요

죽음조차 아르바이트생을 구하네요

아, 아르바이트는

죽을 때까지만 하고 싶어요

－「아르바이트 소녀」, 박후기

가장 애착이 가는 시를 하나 여쭤보고 싶습니다.

물론 제 시 중에서 고르라는 말씀일 텐데, 가장 애착이 가는 시라기보다 기억에 남는 시라는 표현이 좋을 것 같네요. 첫 시집 『종이는 나무의 유전자를 갖고 있다』에 수록된 시 중에서 「옆집에 사는 앨리스」라는 작품입니다. 스모키의 노래 「Living Next Door To Alice」에서 제목을 따온 것인데, 기지촌에서 자란 제 사춘기의 모습을 그린 것이지요. 나름 스토리가 있습니다.

1
교복을 입지 않아도 된다고 했다
단추 같은 동정(童貞)을 떼어 버렸다

2
교련 선생한테 따귀를 맞은 날엔
집에 가지 않았다
첫눈이 내렸고
미군부대 정문 앞에서 여자 친구를 기다렸지만
그 애는 오지 않았다
바람 불고, 앨리스가 지나갔다

3

Room for Rent!

빈 방이 있었지만

경호는 지하방에서 먹고 잤다

보일러실 파이프라인을 따라

고개를 숙이고 걸어가면

술에 취한 경호가

연탄불처럼 벌겋게 달아오른 얼굴로

문을 열어주곤 했다

4

나는 지하방에서 기타를 퉁겼고

앨리스는 담배를 피우며

베개 대신 두툼한 팝송대백과를 베고 누웠다

앨리스의 아버지는 헬리콥터 조종사였다

경호는 앨리스 아버지의 항공잠바를 훔쳐 입고

새벽마다 신문을 돌리기도 했다

눈이 그칠 것 같지 않던 겨울이었고,

5

술이 떨어질 것 같으면 나는

부대 앞 가게가 문을 닫기 전에

소주 두어 병 더 사다 놓고

쥐포처럼

납작하게 엎드려 잠이 들곤 했다

-「옆집에 사는 앨리스」, 박후기

닮고 싶은 시와 닮고 싶은 시인은 분명히 다른 말입니다만, 시인이 품고 있는 시 혹은 시인은 누구인지 궁금합니다.

닮고 싶은 시는 김종삼 시인의 일련의 작품들입니다. 이 분의 작품은 시의 전범이지요. 말을 아끼면서 백 마디 말보다 몇 마디 시어로 더 큰 울림을 주는 시들을 쓰셨던 분입니다. 저는, 시는 설명하지 않는 것이란 생각이 있는데, 김종삼 시인의 시를 보면서 느낀 것이지요. 닮고 싶은 시인은 없습니다. 저를 닮고 싶다는 후배가 한둘 있었는데, 말리고 싶습니다. 시는 닮아도 상관없습니다만, 사람은 자기 자신으로 서 있어야지요. 시는 극복할 수 있지만, 사람 성정은 한 번 굳어지면 극복하기 힘들거든요.

시는 닮아도 상관없습니다만, 사람은 자기 자신 으로 서 있어야지요.

시가 가지는 매력은 무엇이라고 보십니까?

시의 매력은 울림이라고 생각해요. 분량의 다소와 상관없이, 길이의 장단과 관련 없이 시는 어떤 울림이 있어야 한다고 생각해요. 단 한 줄의 시가 열 줄의 시보다 울림이 작다고는 말 못해요. 울림이라는 것이 여러 가지 문학적인 기교나 수사만을 의미하는 것은 아닙니다. 그 모든 것들이 어느 대목에선가 읽는 이의 마음에 파문을 일으켜야 한다는 것이지요. 잔잔하든 거대한 물결이든지 간에, 가슴을 울리는 파문 그것은 예술이 가진 가장 큰 덕목이라고 생각합니다.

어느 대목에선가 읽는 이의 마음에 파문을 일으켜야 한다는 것이지요.

등단 전, 최종심에서 자주 떨어져 '후기'라는 필명을 사용하신다고 다른 인터뷰에서 대답하셨는데, 그런 과정 속에서의 생각들이 궁금합니다.

오랜 시간 시인이 되기를 갈망했고, 등단 문턱에서 좌절한 적도 많았습니다. 기분이 좋을 리는 없겠지만, 제 작품이 부족했다는 뜻으로 받아들이곤 했습니다. 말씀하신 대로 제 이름이 뒤 후(後)자에 기운 기(氣)자를 씁니다. 후기(後氣) 사전적 의미로는 '버티어 나가는 힘'이라는 뜻이 있습니다. 주변에서는 재미있게 '에필로그'라고 부르기도 합니다. 시인이 된 지 오랜 시간이 지났지만, 저는 지금도 언제까지나 시인이기를 꿈꾸고 있습니다. 시를 꿈꾸지 않는 시인은 시인일 수 없습니다. 타인이 인정해주는 시인도 중요하지만, 보다 중요한 것은 자신과의 약속 혹은 인내라고 생각하니까요.

후기(後氣) 사전적 의미로는 '버티어 나가는 힘'

'시인은 최소한 이래야 한다'는 부분이 있을까요? 시인이 가져야 할 소명 이랄까요.

시인의 소명 같은 게 어디 있겠어요. 각자 개인의 마음에 따라 다를 수밖에 없는 것이지요. 대개 시인들의 성격이 조금 남다릅니다. 그들만의 세계에선 보통 사람들이 이해할 수 없는 일들도 종종 일어나곤 하지요. 어떤 식으로든 예술적 아우라가 드러날 때, 그때가 시인이라는 생각을 저는 갖고 있습니다. 차분하고 말 잘 듣는 회사원은 시를 쓸 수 없어요. 세계와 끊임없이 불화하는 자, 그들이 시인입니다. 흔히 시인을 잠수함 속의 토끼에 비유하곤 하지요. 잠수함 속의 공기가 희박해질 때를 알기 위해 잠수함에 탑승시킨 토끼처럼, 시인들은 자유가 억압받는 상황이 오면 가장 먼저 민감하게 반응하지요.

세계와 끊임없이 불화하는 자, 그들이 시인입니다.

우리나라 시 문화에 대해 어떻게 생각하시는지요. 시 문화라고 표현하니 좀 애매하긴 하나 요즘은 트위터를 통해 짧은 글을 시구처럼 만들어내는 사람들이 많아졌거든요. 싸구려 감상이 감성으로 포장되어 떠돌아다니기도 합니다.

우리나라의 시 문화라는 표현이 구체적이진 않지만, 아마도 어떤 분위기를 말씀하시는 것 같습니다. 아마도 우리나라처럼 시에 대한 열정이 많은 나라도 드물 겁니다. SNS 시대를 맞아 자칭타칭 시인이 10만 명 가까이 된다는 말도 들었습니다만, 시인이 많은 것이 나쁘다는 게 아니라, 문제는 시인의 숫자만큼이나 일정한 함량을 가진 시가 비례하지 않는다는 것이지요. 자기 자신만을 위한 시라면 문제가 없겠지만, 사유 없는 단순한 감정의 공유는 지양되어야 한다고 봅니다. 요즘엔 감정의 과잉생산이 심한 것 같습니다.

박후시 시인에게 스토리란 무엇인가요.

저에게 스토리란, 삶 그 자체입니다. 모든 이야기는 내가 태어나기 이전부터 존재해왔고, 그것은 문자로든 구전으로든 내게 전해지고 있는 것이지요. 그러니까, 나의 이야기는 내가 태어날 때부터 죽을 때까지만이 주요 스토리가 아니라는 얘깁니다. 집단으로서의 나, 개체로서의 나는 어떤 식으로든 이 세계를 구성하고 있는 거대한 스토리의 한 장(章)을 구성하고 있는 것이지요. 특히 예술을 하는 예술가라면 자신의 이야기가 절대 살아있을 때에만 국한되지 않는다는 것을 알아야 합니다. 당대에 이름을 떨치거나 그렇지 않거나 예술 작품이 화폐보다 오래 남는 건 사실입니다. 경제적인 이유가 결부되더라도 명심해야 할 부분이지요.

저에게 스토리란, 삶 그 자체입니다.

스토리에 중독되다

그 말글을 숨기고 살면 그건 그냥 컴퓨터 속에 있는 단지 텍스트에 불과한 거죠. 그래서 정말 많은 사람에게 보여주는 게 중요해요.

MBC 아카데미 작가 **노철균**

8천 개의 펜_
MBC아카데미 작가 **노철균**

글을 평생 직업으로 삼고자 하는 꿈을 가진 사람들을 가르치는 사람은 어떤 사람일까 궁금했다. 노철균 작가는 일 년에 세 번은 꼭 여행을 떠난다고 했다. 그는 여행을 떠나서 새로운 것을 보고 관찰하며 자신을 채운다. 이 채움을 작가들에게 쏟아내고, 비워지면 다시 또 떠나는 것이다. 그런데 신기하다. 이 사람 거의 매일 여행을 떠나는 사람 같다. 전철을 타면 이어폰을 귀에 꽂고 '나는 당신을 듣고 있지 않아요'라고 몸으로 이야기하며 귀로 주변을 듣는단다. 사실 매 일상에서 이런 관심을 쏟으려면 정말로 사람과 이야기가 좋지 않으면 쉽사리 행하기 어려운 일이 아닐 수 없다. 그렇다고 모든 관심사가 밖으로만 쏠려 있느냐 그건 또 아니다. 때로 자신의 말을 녹음해서 다시 들어본다는데, 그건 그 속에서 진심이 담긴 말들을 찾기 위해서라고 했다. 만일 우리가 하는 말의 진심의 농도를 측정해 볼 수 있다면 어떨까. TV 프로그램의 분당 시청률을 재듯이, 내가 하는 모든 말의 진심의 깊이를 분 단위로 오르내리는 그래프를 그려볼 수 있다면 우리의 그래프는 어떤 모습을 띠게 될지 궁금하지 않은가. 노철균의 그래프는 어쩜 이럴까 싶을 만큼 짙은 호흡으로 나아갔다. 아, 참. 이 작가 펜 홀릭이라는데 그 동안 모은 펜이 8천 자루에 이른단다. 8백 자루가 아니라 8천 자루.

어떻게 이 일을 시작하게 되셨나요?

사실 저는 다른 사람들과 약력이 조금 달라요. 제일 처음, 고3 때 방송사에서 작가를 해 볼 생각이 없냐는 연락이 왔어요. 그때 꾸준히 듣고 있던 별밤에서 갑자기 작가가 필요한데 해 줄 수 있냐고. 우리 때는 인터넷도 PC 통신도 없을 때라 방송사에 사연을 보내는 게 엽서나 편지가 유일한 수단이었어요. 제가 거의 일주일에 두세 번 엽서로 사연을 많이 보냈거든요. 그걸 한 5년에서 7년을 해서 연락을 했기 때문에 제 이름도 기억하고 그랬던 거죠. 근데 사실 전 작가가 될 생각을 전혀 못했어요. 대학 갈 생각도 전혀 안 했고, 졸업하면 미국으로 건너가서 여행할 생각을 했어요. 계획도 다 세우고 돈도 준비해 놓았는데 3개월만 해달라고 해서, 졸업하자마자 1월부터 3월까지 작가생활을 했어요.

아... 엽서로 보내는 사연이라. 저도 한때는 라디오를 끼고 살았는데요. 주로 어떤 일을 하셨었나요?

주로 선곡하는 일과 그날 방송의 오프닝과 클로징 쓰는 일을 했어요. 아, 상담해주는 코너가 하나 있었어요. 주로 "난 대학갈 건데, 무슨 과 갈 건데 어떻게 하면 좋아요?" 라는 거였고 이런 질문들이 오면 한 번에 모아서 상담을 해주는 코너였는데, 이것도 담당했죠.

선곡, 오프닝, 클로징은 프로그램에서 매우 중요한 것 같은데 막내 작가가 맡나요?

원래 막내 작가가 오프닝, 클로징을 해요. 왜냐면 오프닝은 보통 길어야 1분, 클로징은 1분에서 1분 30초라서 짧은데 나머지 대본은 10분, 15분이라서 길거든요. 그리고 선곡은 그날 첫 곡, 왜냐면 오프닝을 내가 쓰니까. 클로징도 마찬가지로 내가 쓰기 때문에 거기에 어울리는 선곡을 내가 했어요.

그렇군요. 그 후에 어떤 일을 또 하셨나요? 계획하셨던 그 3개월 여행은 다녀오신 건가요? 궁금한데요.

원래는 3개월만 하고 바로 여행을 가려고 했는데, 여기에 빠진 거죠. 라디오를 원래 좋아하기도 했지만, 일하는 게 너무 좋은 거예요. 그래서 계속 작가를 하다가 그 해 10월에 그만두었어요.

그 좋아하던 작가를 그만두게 된 특별한 이유가 있는지 궁금합니다.

그만둔 이유가 10월 13일인가... 그날이 금요일인데, 꽃바구니랑 함께 편지가 하나 왔어요. 뭐라고 왔냐면, 자기가 자살을 하려고 차 안에서 준비하고 있었는데, 당신 프로그램의 오프닝을 듣고 다시 살 생각을 했다는 내용이었어요. 그래서 감사의 뜻으로 꽃바구니를 보낸 거라 하더라고요. 스탭들은 칭찬하고 다 박수를 치는데, 전 덜덜덜 떨렸어요. 왜냐면 내 글이 누군가를 살렸다면, 내가 생각 없이 쓴 글 때문에 누군가를 죽였을 수가 있겠구나 싶었죠. 함부로 글을 쓰면 안 되겠다는 생각이 들어서 그날 그만두었어요. 그때의 오프닝을 아직도 기억해요. 그 오프닝이 무슨 내용이었냐면 내 얘기를 쓴 건데, 가끔 나의 최선이 남의 최선 앞에서 초라해질 때가 있다며 오늘이 그런 날인 거 같다고 썼었죠. 왜 가끔 그렇잖아요. 죽어라고 노력해도 안 될 때.

　세상에나. 오프닝으로 자살하려던 사람을 살리셨다니. 엄청난 일을 하셨네요. 그분은 두고 두고 평생 잊지 못할 오프닝 멘트로 기억하고 있겠죠. 사람을 살린 작가시네요. 그런데 역설적으로 그래서 그 짧은 말이 한 사람을 좌지우지할 수도 있기에 그 무거움에 작가를 그만두셨다는 건데요. 그것도 참 드라마틱하네요. 그리고 나서는 어떻게 하셨어요?

　그렇게 해서 그만두고, 대학시험 준비를 해서 대학을 갔어요. 학과는 집안이 대대로 가르치는 집안이라 사대를 가야 한대서, 집에서 바라는 대로 국어교육과를 갔죠. 그런데 부작용이 생겼어요. 여자들이 너무 많은 거예요. 전 남중, 남고를 나왔고 집안에서 여자라고는 엄마밖에 없어서, 여자애들하고 어떻게 지내야 할지 너무 몰랐던 거죠. 그래서 결국 1년 만에 군대에 갔어요. 선생이 되는 건 좋은데, 동기들 간에 적응을 못했어요. 그리고 군대 제대할 때쯤 다시 고민을 했어요. 복학을 할 건가 아니면 아예 새로운 길을 갈 것인가. 그래서 그때 지금 활동하고 있는 모 시인의 집을 찾아갔어요. 연고가 있는 건 아니었고, 그저 출판사에 전화해서 주소만 알아내서 무작정 찾아갔던 거죠. 그러고 나서 그 시인의 집에서 한 4개월 정도 머무르면서 먹고 자고를 했어요. 일은 한 건 아니고, 그냥 저 너무 힘들어서 그러니까 몇 달만 지내게 해달라고 했죠. 그런데 4개월 차 정도 되었을 때 시인이 부르시더라고요. 무엇 때문에 이렇게 힘들어 하냐고 묻기에, 사실 난 이러이러한 경력으로 이러이러하게 살았는데, 내가 2년이라는 세월을 너무 허송한 것 같다고 토로했어요. 그랬더니 뭐하고 싶냐고 묻더라고요. 전 세상을 바꿔보고 싶다고 하니, 니가 바꾸면 될 거 아니냐고 반박하시더라고요. 그 질문에 난 능력이 없다 난 초라했고 돈도 많지 않고 특출나게 무엇을 잘하는 것도 아니라고 대답했죠. 그러니까 이분 껄껄 웃더니 한 마디를 해주시더라고요. "네가 세상을 바꿀 수 없다면, 바꿀 수 있는 사람을 만들어라"

"네가 세상을 바꿀 수 없다면, 바꿀 수 있는 사람을 만들어라"

거기서 순간 번쩍했죠. 그래서 제 결론을 내렸어요. 내가 좋아하는 방송, 내가 하고 싶어 하는 작가, 내가 하고 싶어 하는 교육. 이 세 가지를 다 하면 되는 거 아닌가? 내가 세상을 한 번 바꿀 수 있다면, 10명을 가르치면 10가지가 바뀔 것이고, 100명을 가르치면 100가지가 바뀌는 것이라는 식으로 생각을 바꾸게 되었죠. 그렇게 해서 일단은 방송을 하고,

그다음에 작가를 하고 마지막으로 교육을 하자고 마음먹게 되었죠. 그래서 라디오와 TV 쪽에서 작가를 하다가 96년에 아카데미에 와서 교육을 시작하게 되었어요.

멋진 말입니다. 세상을 바꿀 수 없다면, 바꿀 수 있는 사람을 만들어라. 그런데 충분히 세상을 바꿀 수 있으셨을 것 같은데요. 무작정 무연고의 시인을 찾아가서 받아달라 이야기할 수 있다는 것이. 드라마 속 이야기 같기도 하고요. 그만큼 간절히 고민하셨다는 반증같이 들립니다. 예전엔 대학생들이 무작정 무전여행을 떠나 불쑥불쑥 아무 집에나 들어가 "밥 좀 주세요" 해서 밥도 얻어먹고, 잠도 자고 했다는데, 인심 좋았던 그때 일들은 지금은 참 상상하기 어려운 이야기들이거든요. 지금 그러면 주거침입으로 신고받죠. 아무튼 나를 받아달라. 무작정 찾아갔는데 받아주신 시인님도 멋지고, 작가님도 대단하세요. 어쨌든 결국 스승님 뜻대로 세상을 바꿀 인재들을 많이 배출해내셨을 텐데, 현재 활동하고 계시는 작가분들은 어떤 분들이 있으신가요?

제일 유명한 작가는 〈응답하라 1997〉의 이우정 작가가 제일 유명하죠. 〈1박 2일〉이랑 〈남자의 자격〉도 했었고요.

작가님 대표작도 궁금합니다.

현재 사람들이 기억할만한 게 별밤 밖에 없네요. 나머지 프로그램은 다 없어졌고요. 그다음에 TV는 〈KBS스페셜〉이 있어요. 그리고 지금은 없어진 HBS라는 방송사가 있어요. 그때 뮤직119라는 방송이 있는데, 그거 했었죠.

아마 요즘 친구들은 '별이 빛나는 밤에'를 잘 모르는 친구들도 있을 거예요. 눈물이 나네요. 제가 아카데미에 대해 취재하러 온 것은 아닙니다만, 아카데미에 대해 좀 여쭐게요. 현재 아카데미에 오는 수강생은 몇 명이고 강의료는 얼마 정도인지 궁금해서요.

현재 1년에 아카데미로 오는 수강생이 구성 작가는 220명 정도 되고 드라마 작가는 250명 정도 돼요. 모두 그냥 한번 배워보려는 게 아닌 직업으로서 작가를 꿈꾸는 친구들이에요. 100% 모두 현장으로 나갈 친구들이죠. 그래서 저희는 이론은 없고 전부 실무예요. 그리고 비용은 구성 작가는 1년에 375만 원, 드라마 작가는 120만 원이에요. 가격차이가 크게 나는 이유는, 드라마 작가는 1주일에 3시간 수업하고 구성 작가는 1주일에 30시간을 하기 때문이죠. 그리고 가격차이가 나는 또 다른 이유는 구성 작가는 수업받고 바로 실무에 투입해야 하고, 드라마 작가는 본인이 대본을 써서 당선이 되기까지 기다리는 시간도 있기 때문이고요. 그래서 구성 작가들은 수업을 들으면 바로 실무 투입까지 보장을 해줘요. 예를 들면 "이러이러한 곳에서 사람을 뽑고 있는데 네가 가보겠니?"라고 물어보고 간다고 하면 서류를 보내고 면접을 보는 등 기회를 제공해 주는 거예요.

전업으로 글 쓰고 싶어 하는 친구들이 아카데미를 필수로 꼽던데, 배우고 나서 바로 현장으로 연결될 수 있다는 것이 참 좋네요. 그런데 참 한편으로 글 쓰는 직업은 배고프다는 말을 많이들 합니다. 그 고민으로 아카데미를 나오고도 여전히 더 깊은 고민에 빠진 친구들도 종종 보거든요. 작가들 연봉 시원하게 여쭤 봐도 될까요.

음, 그건 이렇게 보면 될 거 같아요. TV를 기준으로 1편당 가장 낮은 금액이 30만 원이에요. 〈동물의 왕국〉은 번역료만 필요하므로 가장 낮게 책정되죠. 이 〈동물의 왕국〉이 일주일에 5번 나가면 150만 원. 한 편당 가장 비싼 게 아까 말했던 〈1박 2일〉인데, 한 편당 보통 수백만 원 정도를 받아요.

글을 쓰면 모두 배고플 것 같은데. 인기 있는 프로그램은 또 그렇지도 않단 말이죠. 능력대로 실력 만큼에 상응하는 대가가 분명 차이 나게 존재하는데, 문화 예술 해서 모두가 배고프다는 것은 한편으로는 종종 빠지기 쉬운 오류 같아요. 그렇다면 작가의 평균 연봉을 일반 기업과 비교하면 어떻게 볼 수 있을까요.

작가의 평균 급여는 중소기업 정도 돼요. 우선 아예 초임인 작가들은 월급으로 따지면 ±140만 원이고, 5년차가 되면 보통 ±300만 원, 10년차는 ±450~500만 원 정도를 받아서 다른 중소기업이랑 비슷한 정도예요. 그런데 작가는 보통 월급보다는 주급으로 받아요. 그리고 메인 작가 외에도 보통 잘나가는 13년차 서브 작가는 주급을 150만 원~200만 원 정도 받고요. 또 하나 작가의 연봉에 영향을 미치는 게 있다면 제작비와 PD의 의지예요. 예를 들면 〈동물농장〉이라는 프로그램의 경우 올해 들어간 작가와 작년에 들어간 작가의 초임 작가료가 달라요. 그때그때 1회당 제작비가 다르기 때문에 거기서 줄 수 있는 돈이 다른 거죠. 또한 제작비 안에서 PD가 사용할 수 있는 돈이 있어요. 그 돈에 대한 피디의 의지에 따라 작가들에게 주는 돈이 다른 거죠.

아하. 시원하고 간결하게 설명해주셔서 감사합니다. 어떤 사람들은 아카데미에 꼭 가야만 작가가 될 수 있는지에 의문이 들 수가 있거든요. 글을 배우고 쓰고 배우지 않고 쓰는 것의 결과물을 보실 텐데, 많이 다른가요?

그렇죠. 왜냐하면 여기 강의 나온 사람들이 대부분 20년차 이상 사람들이거든요. 그 사람들이 20년 동안의 노하우를 풀어주는 것이니까, 다르긴 다르죠. 그리고 글을 배우지 않으면 자신이 쓴 게 맞는지 안 맞는지 몰라요. 근데 아카데미에 들어오게 되면 자신이 쓴 것이 맞는지 안 맞는지 알게 되고 몇 점짜리인지 알게 되니까 편하죠. 단점은 비싸다는 거. 사실 전 세계 어느 나라를 가도, 작가를 가르치면서 돈을 받는 나라는 우리나라밖에 못 봤어요. 우리보다 못사는 나라에서도 국가나 방송사에서 돈을 투자해서 조합을 결성하고, 그 조합에서 무료로 가르쳐요. 대신 그 아이가 작가 생활을 하고 나서는, 자기 작가료의 일부를 떼서 조합의 발전기금을 내는 거죠. 유럽은 다 그렇게 하고, 호주나 뉴질랜드, 미국도 그렇게 해요. 특히 미국에는 작가 조합이 있어요. 우리나라에서는 세금을 내고 이른바 고용보험이 되는 것만 노조가 되는데, 미국은 작가 노조가 있어요. 그 노조가 물론 자신들의 이익도 대변하지만, 좋은 건 예를 들어 한 작가가 작가 생활을 할 수 없는 상황이라면, 그 조합의 펀드를 가지고 그 작가한테 생활비를 지급해요. 그러고 나서 작가가 다시 돌아와서 작가 생활을 하면 그 돈을 갚는 거죠. 지금의 생협과 비슷한 거죠. 우리나라는 현재 작가 협회라는 게 있어서, 협회에서 저작권과 작가료만 관여해요,

작가가 되기 위해 돈을 내고 배우는 나라가 우리나라가 유일하다니. 작가 조합을 통한 배움의 시스템은 우리도 눈여겨봐야겠네요. 문득 든 생각인데요. 만약에 아카데미에 들어왔는데, 아무리 해도 글을 정말 재밌게 못 쓰면 어떻게 해요? 정말 아무리, 아무리해도 글을 못 쓰면 어쩌나. 아... 어쩌나. 아카데미를 가야 하나 한때 고민했던 제가 잠시 제 걱정을 한 겁니다.

그러면 면접에서 탈락을 시키죠. 면접에서 글쓰기를 시키거든요. 본인이 지나가는 초등학교 1학년 유치원생을 보면, 이 아이는 성격이 어떻겠다 보이잖아요. 마찬가지예요. 만나서 얘기를 해보고 글을 써보면 어디가 강하고 어디가 약하다는 게 보여요. 지금 배출한 학생만 6천 명이 넘고 면접 본 사람만 15,000명이 돼요. 그러니까 대충 어떤 사람인지

안다는 거죠. 문제는 100% 맞지 않다는 거예요. 누군가는 오차범위 안에 올 사람일 텐데 그 사람에게 상처가 될 수 있죠. 그래서 확신이 들기 전에는 말을 안 해요, 저 같은 경우는 일반인은 3개월 과정인데, 3개월 동안 내내 지켜보고 생각하고 꼭 필요한 사람한테만 얘기해요. 내가 잘 못 볼 수도 있고 짧은 기간 본 거라 틀릴 수도 있겠지만, 내 생각은 이렇다. 이건 단 하나의 의견이고 넌 이 의견을 듣고 받아들이거나 받아들이지 않을 권리가 있다고 얘기해요.

3개월이 아주 묘하게 중요한 시기네요. 외국에서는 교과 과정에 Creative Writing과 같은 과목이 있어서 글로 생각을 표현하는 훈련을 한다고 하는데, 우리가 하는 논술과는 또 달리, 에세이와 같은 글이 사실은 그 사람의 캐릭터를 제일 잘 보여주는 글이잖아요. 그런 글을 쓰는 연습을 할 곳이 너무나 적은 현실입니다. 이를테면, 피천득님의 '인연'을 읽으면, 저는 그 글만 보아도 인형 안고 웃음 짓고 계신 모습이 떠올라요. 봄날에 얼굴에 떨어지는 벚꽃 같은 섬세함, 따뜻함 같은 거요. 천재 작가라고 보아도 무방하겠죠. 간혹가다 천재에 범접할만한 재능이 엿보이는 그런 사람들이 오기도 하나요?

없어요. 천재는 다 광고로 가는 거 같아요. 스토리텔링에서 크리에이티브가 가장 높은 쪽이 시나리오랑 카피라이터니까. 사실 요새는 별로 경계가 없어요. 구성 작가를 하다가 광고로 가기도 하고, 드라마 작가 하기도 하고, 구성 작가 하다가 영화 시나리오, 감독하시는 분들도 있고.

크로스오버를 많이 하죠. 광고 감독이 뮤직비디오 감독을 하고, 뮤직비디오 감독이 드라마 감독을 하기도 하는 세상이니까.

천재이야기를 하다 바보 질문 하나 드릴게요. 궁금해지는데요. 스토리를 쓰는 건 재능인가요, 아니면 노력인가요?

둘 다 필요해요. 굳이 비율로 따지자면 재능이 4, 노력이 6 정도가 되죠. 그런데 그 재능이 꼭 4만 계속 있는 게 아니라 노력에 따라서 재능의 숫자가 늘어나기도 하고 줄어들기도 한다고 생각해요. 재능도 선천적인 재능이 있고 후천적이 재능이 있는데, 선천적인 재능은 못 따라가요. 그런데 후천적으로 길러지는 재능이라는 게 있어요. 그건 이 사람이 얼마나 노력하고 또 그 노력이 얼마나 합리적인지 아닌지에 따라서 그 숫자가 점점 늘어날 수가 있어요.

그런데 후천적으로 길러지는 재능이라는 게 있어요.

후천적으로 감성이나 창의력도 길러질 수 있나요?

네, 후천적으로 가능해요. 그리고 창의력도 창의력이 있는 사람이 있고 창의력을 발휘하는 사람이 있고, 창의력을 발휘하지 못하는 사람이 있어요. 그런데 그게 두 가지로 갈라져요. 그 창의력을 끄집어낼 수 있는 사람을 만나느냐 아니냐 혹은 만났음에도 자신이 끌어낼 의지가 있느냐 없느냐에 달려있죠.

그 창의력을 자신이 끌어낼 의지가 있느냐 없느냐에 달려있죠.

말씀하신 부분이 얼마나 네가 간절하냐, 얼마나 큰 열망이 있느냐 이런 문제 같습니다. 창의력이 끌어내져서 그게 눈에 보이는 결과물로 나오려면 누가 보든 안보든 계속 칼을 갈아야 하니까요. 사실 부지런해야 창의성도 나오는 것 같습니다. 머리로라도 바삐 혼자 부지런해야. 글을 많이 쓰시는 편인가요?

초기에는 다작을 하는 편이었는데, 지금은 생각을 많이 하고 한 번에 뱉어내는 스타일에 한 번에 풀고 대부분 거의 수정을 안 해요. 그런데 이렇게 한 번에 풀어내는 것도 정말 노력이 필요해요. 그래서 이제 막 글을 쓰기 시작한 친구들은 다작이 제일 중요해요. 쉽게 말하면 엄마한테 용돈을 거짓말을 해서 타내야 하는데, 처음에 엄마한테 돈을 탈 때는 여러 가지 방법을 다 써보잖아요. 사준 거 잃어버렸다, 내 친구들도 다 갖고 있어서 나도 사야 한다 등등. 그러다가 엄마한테 돈을 많이 타보면, 엄마를 꼬시는 방법을 터득하게 되잖아요. 엄마가 뭐에 약한지 알게 되고요. 그게 시청자와 작가의 관계와 비슷해요. 처음 작가해본 사람은 무엇을 어떻게 어떤 방법으로 풀어 내야 하는지 몰라요. 그러니까

이것도 써보고 저것도 써보면서 터득하는 게 제일 좋죠. 또 선배들에게 보여주면서 "이거 써봤는데 어때요?"라고 물어보고 다니는 과정을 거치면서 감을 잡게 되죠. 아 이 부분에서는 이런 얘기를 하고, 이 패널이 나오면 저런 얘기를 하고 중간에 무슨 얘기로 웃기고. 이런 스토리의 얼개가 그려지는 거죠.

"이거 써봤는데 어때요?"라고 물어보고 다니는 과정을 거치면서 감을 잡게 되죠.

그런데 글을 쓰고 누구에게 보여준다는 행위는 무척이나 큰 용기가 필요한 일이거든요. 얘가 이걸 어떻게 생각할지, 아 이상한데 내 앞이라고 포장하는 거 아냐 하는 생각부터 그냥 발가벗겨지는 거 같아서 말이죠. 글 쓰고 싶은데 혼자만의 공간에 블로그든 에버노트든 꽉 잠가두고 일기 쓰듯 혼자 쓰고 혼자 보는 사람들도 많을 거거든요. 동굴 속에서 혼자만 쓰고 남에게 보여주기 싫어하는 작가를 지망하는 친구가 있다면, 이 동굴 속 친구에게 어떻게 조언을 해주면 좋을까요?

지금 인터뷰하시면서 아시겠지만, 이 사람은 이런 식으로 물어봐야겠다, 아 저런 이야기 나왔으니 다음에는 이 이야기를 물어봐야겠다를 생각하잖아요. 글도 마찬가지예요. 내가 이렇게 썼는데 상대방의 반응이 각각 다를 거예요. 그 반응을 보고 다음에 어떻게 써야 할지가 정리가 되는 게 우리의 '말'글인데. 그 말글을 숨기고 살면 그건 그냥 컴퓨터 속에 있는 단지 텍스트에 불과한 거죠. 그래서 정말 많은 사람에게 보여주는 게 중요해요.

> 그 말글을 숨기고 살면 그건 그냥 컴퓨터 속에 있는 단지 텍스트에 불과한 거죠. 그래서 정말 많은 사람에게 보여주는 게 중요해요.

아카데미에 여러 작가지망생이 올 텐데요. 이 사람을 받아야겠다, 안 되겠다는 걸 어떤 면을 보고 결정하세요?

직관이죠. 말을 배열하는 순서나 주로 사용하는 단어나 말을 할 때 쳐다보거나 생각하지 않았던 걸 생각할 때의 시선처리나... 이런 것들을 보면서 이 사람은 이렇게 이야기를 할 것이라고 하는 거죠. 왜냐면 우리는 상대방이 어떻게 말하는지를 금방금방 기억하고 그다음에 무슨 이야기가 나올지 예측을 해야 대본을 쓸 수 있는 거예요. 아니면 대본이 필요 없죠.

면접을 보실 때 이 친구는 재능이 있겠다 없겠다, 가능성이 있다 보이는 공통적인, 기본적인 소양이 뭘까요?

기본적인 소양은 감각이에요. 이 감각에는 세 가지가 들어가요. 하나는 인지하는 능력. 인지발달이론에 나오는... 저게 창문이면 창문 사이에 보이는 저 건너에 있는 사물을 보고 이게 무엇인지 어떤 형태인지 그리고 이게 무엇을 의미하는지 봐야 하는 게 인지하는 것. 인지를 갖고 그 다음에 응용하는 능력... 저걸 어떻게 풀 것인가 어디다 쓸 것인가. 세 번째가 표현. 그 세 가지가 모여져서 감각이 되는 거죠.

각각의 능력을 키울 수 있는 방법도 다르겠네요?

저는 인지능력을 기르기 위해서는 음악을 들으라고 해요. 왜냐면 음악에는 다 들어있어요. 모든 게 들어있어요. 가사, 춤, 음악, 악기, 호흡, 스토리 마지막에 사연이 들어있어요. 어른들이 제일 편하게 쓰는 말이 관찰을 많이 해보라고 하는데, 오히려 그러면 지쳐요. 우리가 365일 24시간 내내 관찰할 수는 없거든요. 그러고 나서 관찰하려면 돈 들어요.

그렇다면 응용하는 능력은 어떻게 키울 수 있을까요.

응용하는 능력은 수학이 제일 좋아요. 우리가 알고 있는 함수, 수열 이런 게 모두 생각을 만드는 거거든요. 옛날에 유명한 철학자는 수학자인 거고, 수학자는 물리학자인 거고, 물리학자는 희곡 작가였잖아요. 마찬가지로 모든 생각의 틀은 수학에서 나와요. 공식화가 되어 있죠. 상대방을 꼬시는 말도 사실은 논리적이어야 꼬시는 거죠. 단어 한두 개 가지고 안돼요. 논리적이라는 얘기는 기승전결이 있다는 얘기고 x=y라는 함수가 있을 것이고 그 함수 관계 안에 또 다른 함수가 있는 거죠. 그게 익숙하지 않으면 말을 못해요. 오바마 연설, 케네디 연설이 유명하잖아요. 그 연설을 모두 수학공식으로 푸는 사람들이 있어요. 그게 바로 월스트리트에서 하는 증권분석가들 있잖아요. 그분들은 그걸 다 수학으로 풀어요. 이 사람이 단어를 어떨 때 사용하고 강세를 어떨 때 두고 그것이 다 공식이 되는 거죠. 그래서 수학을 잘하는 친구들에게 논리나 논술을 가르치면 정말 잘해요. 수학적인 것으로 풀어주면 돼요. 쉽게 이야기를 하면 시나 수필을 쓰는 사람들은 수학이 아니에요. 그건 감성 글쓰기라고 해서, 마음속에 일단 담아서 숙성을 시키고 우려내서 그다음에 향기를 품는 게 시라면, 방송 글은 그런 게 아니죠. 모든 방송에는 인트로가 있고, 순서가 있어요. 정확하게 분량이 정해져 있어요. 거기서 사용해야 할 단어, 논리, 분위기라는 게 정해져 있어요. 사회과학 연구방법중에 논리 실증주의, 비논리 실증주의가 있거든요. 그중에 비논리 실증주의에서 기계론적 관점 뭐 이런 말이 있는데 그거예요. 그걸 연구방법론으로 하면 돼요. 분석의 틀이 수학에서 하는 거고.

작가님 이야기로 돌아가서요. 직접 글을 쓰게 된 동기가 있으세요?

저는 세상에 대해 하고 싶은 말이 많은 거죠. 또 하나는 궁금한 게 너무 많고요. 이 두 가지를 충족할 수 있는 직업을 찾다 보니 스토리텔링을 하게 된 거죠. 어떤 사람은 철학적으로 풀어서 철학자가 된 사람도 있고, 음악이나 미술로 푸는 사람도 있겠지만 저는 이걸 이야기로 풀고 싶은 거죠.

글을 쓴다는 것이 스토리를 만들어내는 스토리텔링이라고 본다면, 가장 중요한 게 뭘까요.

우선, 스토리텔링에서 가장 좋은 건 사실성을 추구하는 거죠. 물론 예능처럼 허구를 추구하기도 하지만 기본적으로 보는 사람이나 듣는 사람은 스토리를 사실이라고 믿어야 하잖아요. 예를 들면 성시경이 "잘 자요~"하면 그 "잘 자"라는 말이 마치 진심으로 느껴져야 하는 거죠. 마찬가지로 그런 리얼리티를 어느 정도 카피를 하느냐, 그리고 그것을 본인 스스로 어떻게 감수를 할 수 있느냐에 초점을 맞추어야 하죠. 저 같은 경우는, 지하철에서 음악을 틀지 않은 채 이어폰만을 끼고 사람들 옆에 서 있어요. 그러면 사람들은 내가 음악을 듣고 있는 줄 알고 편하게 서로 이야기를 나누어요. 그 사람들의 이야기를 잘 들으면 그 안에 플롯도 있고 말투도 있고 캐릭터, 스토리도 있어요. 그런 걸 녹음을 하거나 핸드폰으로 적어서 저장해 놓는 거죠.

호오. 손가락으로 네모 만들어서 몰래 지켜보면, 그냥 그게 하나 단막극의 한 씬도 되겠어요. 의도한 건 아닌데 저도 카페나 공공장소에서 사람들 대화를 듣거나 관찰하는 걸 좋아하거든요. '저 커플은 대체 왜 싸우나. 그래서 어쨌다는 건가.' 제 지인들은 제발 좀 다른 테이블에 신경 끄고 여기에 집중하라 난리인데 어쩔 수가 없는 것 같아요. 어디 멀리 관광 안가도 사람 구경, 그 사람들이 하는 대화 청취만으로도 재밌어요. 아 은밀하게 위대한 엿듣기네요. 그런데 말씀을 듣다 보니, 그 스토리 채집의 과정에서 보면 사실성을 굉장히 중요시 여기시는 것 같은데요.

사람들이 인생에서 잠을 자는 시간을 모두 합하면 약 1년 정도이고 TV를 보거나 라디오를 듣는 시간은 약 4~5년이래요. 그렇다면 방송이 잠을 자는 것보다 더 중요하다면, 제대로 해야겠죠. 그 안에 메시지를 담으려면 메시지가 있어야 하고, 치유를 하려면 치유가 되어야 하고 아니면 그것도 없으면 단순 오락거리라도 되어야 해요. 그런데 사람들이 점점 보는 게 발달하고 카메라를 항상 휴대하고 다니면서 기록을 하기 시작한 거죠. 그러면서 점점 발달한 게 버라이어티쇼도 리얼 버라이어티쇼가 되어야 하고 오디션도 리얼 오디션이 되어야 했어요. 점점 사실성에 근접한 것을 사람들이 받아들이기 시작한 거죠. 그런 점에서 되도록이면 나만큼은 최소한 리얼리티를 보여줄 필요가 있지 않겠냐 생각을 했죠. 예전 같은 경우 라디오에서 상담하는 코너에 부모와 갈등이 있는 청소년의 상담이 들어오면 대부분 "엄마랑 잘 얘기해 보세요." 뭐 이렇게 얘기를 해요. 그런데 저는 되도록 그렇게 말 안 해요. 오히려 "엄마가 도움이 안 될 거예요. 효도를 포기하더라도 당신의 생각을 엄마에게 설명하는 것이 더 나을 것이에요."라고 대답을 했죠. 왜냐하면 어차피 그 사연의 주인공은 그렇게 할 거니까. 결국 그 친구는 어떻게 해야 하는지 방법을 요청하는 것이 아니라, 나 이렇게 결정했으니 동의해 달라는 얘기인 거죠. 그쪽도 똑같은 이야기를 해주길 바라는 거죠. 거기에 대고 엄마와 얘기하라는 어른의 이야기를 들어봐요 하면 그 방송은 더 이상 안 보죠.

어떤 시청자의 니즈를 파악하는 것이 더 먼저네요.

그렇죠. 쉽게 얘기하면 인셉션하고 똑같아요. 왜냐하면 상대방이 원하는 걸 해줄 수밖에 없는 거거든요. 그렇지 않으면 그 미디어는 도태가 될 수밖에 없죠. 아침마당 코너 중 하나가 가족이 나와서 우는 코너가 있어요. 근데 안 울면 어떡해요? 그러면 그걸 보고 같이 울고 싶었고, 아, 내 감정과 똑같구나 생각이 들어야 하는데 그럴 순 없는 거잖아요. 그래서 그 유명한 설화 중의 하나가 '하늘아래 새로운 것은 없다.' 스토리텔링은 결국 그 시기에 그 TV 앞에 그 라디오 앞에 앉아있는 사람들한테 욕구를 풀어주고 니즈를 풀어주는 것이죠.

사실성도 사실성이지만, 현실적이세요. 리얼 버라이어티 말씀하시니까 문득 든 생각인데요. 방송에서 의도하지 않은 상황인데, 오히려 좋은 반응을 얻는 경우도 있잖아요. 그런데 그것조차 의도한 것일 수 있지 않나 하는 생각이 갑자기 들어서요.

방송용으로 말할까요? 사실대로 말할까요? 하하. 먼저 방송용으로 말하자면, 그렇게 의도하지 못했다고 생각하는 게 맞아요. 쉽게 이야기하면 편집의 마법 중 하나죠. 예를 들어 VJ가 애를 따라가다가 저쪽으로 가야 한다면, 그럼 VJ가 이야기 하는 거예요. 카메라 든 상태에서.. "어 저쪽에 칠면조 있네?" 그러면 사람이 쳐다볼 거 아니에요. 그리고 그쪽으로 가요. 그러면서 VJ가 얘기한 부분을 삭제하면, 그냥 아이가 칠면조를 보고 가게를 안 가고 달려간 게 되는 거죠. 그런 것이 작가나 피디의 의도인 거죠.

구성 작가가 되려면 그런 상황까지도 예측하고 가능성을 열어두어야겠네요. '아빠 어디가'를 만드는 MBC 예능국 권석 PD는 최근 '관찰 예능'이라고 표현하더라고요. 각본이 거의 없이 시청자, 출연자, 심지어 연출자도 1분 후를 알 수 없게 리얼리티를 찍어보려 했다고요. 그리고 상황을 미리 꿰뚫어보는 어떤 그런 혜안. 사전에 준비를 그것도 많이 해야 탁탁 맞아떨어지게 잡아낼 수 있겠어요.

그래서 사전에 답사를 가는 이유가, 그 지역에 무엇이 있고 그 아이의 입장에서 카메라를 들고 가보면 어떤 게 보이고 어떤 게 나올지 알기 때문이죠. 우리는 〈1박 2일〉과 같은 다른 방송은 어른들이 하니까 우리를 속일 수 있을 거라고 생각을 해요. 그러나 동물이나 아이를 보면, 우리를 속이지 않을 거라는 기대가 생기고 이미 그렇게 마춰가 된 상태기 때문에, 애들이 어떤 행동을 하더라도 "요즘 애들이 우리가 시킨다고 하나?"라고 생각하고 넘어가 버리는 거죠. 그게 이른바 함정인 거죠. 또한 동물도 먹이가 있고 암컷 수컷이 있기 때문에 충분히 의도한 대로 통제가 가능해요.

예능 작가나 드라마 작가 등 작가들이 갖춰야 할 공통적으로 필요한 소양이 지금 말씀 중에 나오고 있는데요.

제가 생각하기에 방송 구성 작가는 광고랑 비슷해요. 광고는 마케팅으로 보면 고객의 니즈를 파악해야 하는 것인데, 우리도 마찬가지예요. 우리가 〈아빠, 어디가?〉를 봤을 때는 애들의 돌발 행동이라든가 의외행동, 귀여운 행동이 나와야 하잖아요. 그걸 의도해야 한다는 거죠.

작가님은 사실성을 중요하게 여기시는데, 어떻게 보면 이런 건 트릭이잖아요?

그런 걸 페이크(fake)라고 해요. 혹시 미국, 유럽, 일본하고 한국하고 다른 점이 뭔지 아나요? 미국이나 유럽, 일본 같은 경우에는 보통 한 프로그램을 찍기 위해서 최소 6주에서 8주를 써요. 이른바 사전제작을 하는 거죠. 그러나 우리는 길어야 2주에서 3주예요. 〈1박 2일〉 같은 경우에는 3주에 2개를 찍어내요. 그럼 3주에 뭔가 벌어져야 하잖아요. 예를 들어 〈인간극장〉이라는 프로그램이 있잖아요. 거의 4개월에서 6개월

촬영을 해서 3부작 혹은 4, 5부작을 내요. 그런데 주인공 할머니가 할아버지를 그리워하면서 산소를 가야 하는데, 이 할머니가 6개월 동안 산소를 안 갈 수도 있는 거잖아요. 그럼 어떡해요? 그때 할머니를 꼬시는 거죠. "산소 안가세요? 할머니 할아버지 산소에 이상한 거 있던데~ 벌초할 때 안 됐나?" 이런 식으로 얘기해서 할머니를 유도할 수밖에 없는 거죠. 그런 걸 속임수라고 얘기를 하면 방송에서 할 수 있는 건 아무것도 없어요.

그렇죠. 방송에 나타나는 스토리는 우리가 사는 현실과 모니터 속의 현실이 씨줄 날줄 잘 짜인 스토리죠. 이 시점에서 스토리와 스토리텔링을 정의 내려주실 수 있을까요. 궁금해서요.

저는 정의를 못 내리겠어요. 아직 정립이 안 되었거든요. 방송한 지는 23년, 가르친 지는 17년이 되었는데, 정의 내리기에는 그 범위가 너무 방대하다고 생각해요. 저는 매년 수업 첫 시간에 "너의 작품을 쓰기 전에 너희 엄마 아빠의 사랑이야기를 써봐라, 그리고 한 10권 정도 되는 책을 만들어서 주변 사람들에게 선물하고 너희 애들한테 들려준다고 생각해라. 너희 할머니 할아버지는, 즉 엄마·아빠는 이런 사랑을 했고 이런 꿈을 꿨고 이런 인생을 살고 있다고 소설을 써봐라. 그걸 쓸 자신이 없으면 아예 쓰질 말아라."라고 이야기해요. 이렇게 스토리에는 굉장히 다양한 부분이 있는데. 이것은 무엇은 무엇이다라고 공리처럼 해버리면 그 부분만 해당이 되잖아요. 무슨 얘기를 해도 전부 다 설명이 안 되죠.

그러게 보통 사람들이 어떤 스토리를 만든다고 하면, 아무것도 없는 데에서 거대한 걸 만들려니 꼭 막혀버리는데, 엄마 아빠의 사랑이야기를 써봐라. 탁 와 닿는데요! 예전에 '내 삶의 글쓰기'란 책에서 읽은 적이 있거든요. 거기에서도 자신의 이야기를 먼저 써보라고 하고요. 아주 구체적으로는 기억의 지도를 그리라고 하더라고요. 내가 어렸을 때 살았던 동네라든지 아주 구체적인 지도를 그려보라는 거죠. 어렸을 때 읽은 곰돌이 푸 동화의 첫 장에 보면, 크리스토퍼의 집부터 꿀이 있는 장소까지 이야기가 벌어지는 곳을 보여주는 지도 삽화가 그려져 있었는데요. 책을 다 읽고 나서도 그 지도를 따라 스토리를 반추하곤 했거든요. 아, 이 길로 이렇게 가서 이랬겠지 하면서요. 공간만 제대로 파악해도 공간이 품고 있는 기억 속에서 실제에 바탕을 둔 재미난 연애 이야기 하나씩은 충분히 나오겠다 싶었죠.

영감을 받는 물건이나 스토리를 쓸 때 도움이 되는 사물이 있으세요?
저에게 영감을 주는 사물은 펜이에요. 펜 홀릭이에요. 펜 갖고 있는 게 한 8천 자루 돼요. 그 펜으로 쓰면 슬픈 날 잘 써진다든지, 정해놓고 쓰는 거죠. 대본이 한 줄도 안 써지는 날이 있어요. 그럴 때 나 혼자 정해 놓는 거죠. 이 펜으로는 쓰면 슬퍼질 걸 쓰는 거야, 이 펜은 기쁜 마음, 감사하는 마음인 거야. 글이 안 써질 때 그 펜으로는 기쁜 글만,

그 펜으로는 슬픈 글만 쓰는 그런 펜이 있어요.

글이 안 써질 때 그 펜으로는 기쁜 글만, 그 펜으로는 슬픈 글만 쓰는 그런 펜이 있어요.

글을 쓰는데 영감을 주는 게 또 다른 어떤 것들이 있나요?

영화요. 전 토요일이나 일요일에 스케줄이 없으면 하루 종일 영화관에 살아요. 그렇다고 딱히 어떤 특정 영화가 영감을 준다든가 그런 건 없어요. 그냥 사람들이 많이 보는 건 다 봐요. 또 극장 영화도 보고 집에다가 조금 비싼 TV를 사놓고 옛날 영화도 많이 봐요. 사실 TV나 라디오와는 다르게 영화는 내가 챙겨보지 않으면 못 봐요. 그래서 가는 거고요, 또 영상 중에 가장 많이 발달하고 가장 오랫동안 사용한 영상문화가 영화잖아요. 수업 때 플롯 얘기가 나올 때면, 대부분 고전소설이나 고전 영화를 인용하죠. 그래서 코드를 잡는데 영화가 가장 좋아요.

고전에서 영감을 얻는 분야가 또 다른 예술 분야에서는 패션인 것 같아요. 매 시즌 새로운 표현을 해야 하는 디자이너들이 가장 큰 영감을 얻는 곳이 영화인데, 거기서도 어떤 시대상이 드러나는 고전영화더라고요. 스토리를 만듦에 있어 표현력을 키우기 위해서 영화감상 이외에 무엇을 해 볼 수 있을까요?

표현력의 제일 좋은 방법은 시를 보고 암송하는 거예요. 왜냐하면 암송하는 시의 개수에 따라 내가 쓰는 단어가 달라지거든요. 내가 본 영화의 대사를 내가 다 기억을 하듯이, 내가 기억하는 대사에 따라 내가 쓰는 단어가 달라지죠. 어떤 사람은 사전을 외우는 사람도 있어요. 국어사전 하나를 다 외우는 사람이 있고요, 영어랑 똑같아요. 영어 단어 많이 외우면 영어 잘하는 것처럼요. 그리고 이외수의 〈감성사전〉이라는 게 있어요. 그게 뭐냐면 우리가 알고 있는 게 커피면 커피를 설명하지 않고 커피에 대한 감성적인 부분만 설명하고 있는 거죠. 예를 들면 햇살이라는 단어에 대해 '간지럽히기도 하고 색깔을 만들기도 하는 마법사' 뭐 이렇게 쓰여 있어요. 어떤 분들은 그렇게 해서 국어사전을 보고 자신만의 사전을 만드는 사람도 있어요.

저는 '마음 사전'이라는 책을 본 적이 있는데요. 김소연 시인만의 시각에서 마음의 낱말들을 풀어낸 책인데 참 좋더라고요. 이를테면, 유리라는 낱말에 대해서는 '차단되고 싶으면서도 완전하게는 차단되기 싫은 마음'이라고 표현했는데, 얼마나 사물을 지긋이 오래도록 바라보아야 이런 표현이 나올 수 있을까 감탄했었습니다. 이런 마음의 눈을 키워놓고 차곡차곡 채워놓는 것이 꼭 필요하겠네요.

왠지 음악도 색다르게 들으실 것 같아요.

음악을 편식하지는 않아요. 여러 장르를 듣는데, 보통 어떻게 하냐 하면, 하루는 드럼만 들어요. 같은 음악을 드럼 비트만 들어요 다른 건 안 들으려고 하고. 그다음에는 베이스만 들어요. 아 베이스는 저렇게 진행이 되는구나, 그래서 이 곡이 슬픈 곡이구나. 그다음에는 음을 안 듣고 가사만 들어요. 집중하면 그렇게 할 수 있어요. 그리고 조각조각이 다 이해가 되면, 한꺼번에 한번 들어보면 아 작사가가 무슨 의도로 썼고 작곡가가 무슨 의도로 썼고 가수가 이런 기분으로 불렀겠다라는 게 보이는 거죠.

그런데요. 흔히들 이야기하는 Writer's block이라고 하는 거요. 딱 막혀서 갑자기 글이 안 써질 때도 있잖아요. 그런 정체를 계속해서 타파해나가는 팁이 있으세요?

살면 살수록 그런 팁이 생기는 거죠. 집 앞의 정원에 벚꽃이 피었어요. 벚꽃에 어울리는 원피스가 있고 튤립에 어울리는 원피스가 있을 거 아니에요. 그런데 젊을 때는 막연히 그럴 거라고 생각하는데, 나이가 들면 올봄에 벚꽃이 피니까 누구랑 벚꽃이 보이는 찻집에서 마셔야지. 라고 구체적이게 돼요. 마찬가지로 글을 쓸 때도 필요에 따라서 하나씩 늘어나면서 구체적이게 되는 거죠. 글이 안 써져서 펜을 많이 만들고, 똑같은 글만 써져서 여행을 가고. 인터넷 게임에서 아이템 쓰는 거랑 같아요. 안 그럼 난 거기서 총 맞아 죽거나 도태되거나 아니면 내가 나를 속이면서 똑같은 글을 쓰면서 난 최고라고 생각을 할 테니까.

또 하나만 더 말씀해주세요. 묻고 또 묻는데 자꾸 말씀해주시니 감사할 따름입니다.

저 같은 경우는 쓰는 방법의 하나가, 1년에 여행을 세 번 가요. 여행을 가서 제일 먼저 하는 건 그 나라의 박물관에 가요. 그래서 이틀이든 삼일이든 처박혀서 봐요. 그러면 내가 생각지도 못했던 영상이나 냄새나 음향이 들리잖아요. 그러면 그날 쓴 대본이 달라져요. 내가 그동안 이걸 안 썼구나, 이런 부분이 있었구나. 지난 1월에 이집트에 갔거든요. 이집트 신전을 5개를 갔는데 신전에 그려진 벽화를 다 봤어요. 한 개도 안 빼놓고. 거기서 표현된 모든 것들이 내가 지금까지 생각했던 것보다 더 많은 거예요. 그 안에 슬픔도 여러 가지 슬픔이 있는데, 모든 감정과 표정이 다 새겨져 있는 거예요. 나한테는 그게 교과서죠. 그리고 그것을 보고 좋아하거나 무덤덤하거나 싫어하거나 짜증 내는 사람들의 표정도 모두 나한테는 교과서예요.

인터뷰하며 느낀 건데 말씀을 참 잘하세요. 말을 잘하는 게 글을 잘 쓰는 것과 관련 있을까요?

네, 맞아요. 말을 많이 하는 사람이 글을 잘 써요. 글을 많이 쓰면. 만연체를 쓰는 사람의 특징이 뭐냐면 말이 많아요. 저는 기본적으로 글을 쓰려고 하는 사람들은 말을 잘 해야 한다고 생각해요. 말을 잘하기 위해서는 두 가지를 해야 해요. 하나는 자기가 했던 말을 일주일 동안 녹음을 해볼 필요가 있어요. 그리고 들어볼 필요가 있어요. 그러면 내가 내 본심이 아니었구나, 저건 거짓말이었구나 사실이었구나를 알게 되죠. 그러면 그다음에 이야기할 때는 달라져요. 두 번째는 뭐냐면 불가에서 말하는 묵언 수행이에요. 말을 하지 않고 말을 하는 방법이에요. 왜 그런 적 없어요? 정말 좋아하는 친구를 몇 년 만에 만나면 말하지 않아도 그 옆에 있기만 해도 좋지 않나요? 정말 힘들 때 엄마 냄새만 맡아도 좋잖아요. 그런 게 우린 대화고 말이라고 생각하거든요. 그래서 우리는 방송을 할 때 아무 소리도 안 나는 그 지직거리는 소리만 나도 그 부분에 분명히 메시지도 담을 수 있고 의미를 줄 수도 있다고 생각해요. 그래서 묵언을 꼭 해보라고 권하고 싶어요. 하루도 좋고 열흘도 좋아요. 전 자주 해요. 왜냐면 내가 말을 해서 상처를 줄 수 있다면, 말하지 않고 생각을 해보는 것도 되게 중요해요.

그 말씀이 참 와 닿습니다. 시간이 흐를수록 마음에도 없는 말을 너무 자주 하고 산다는 생각이 들거든요. 내가 했던 말을 녹음해서 다시 들어보면, 그 말을 타자화해서 다시 들어볼 수 있다는 건데, 낯설게 보면서 나라는 사람에게서 나오는 스토리에서 시청률 재듯 진심이 가장 크게 묻어나는 순간을 그래프처럼 그려볼 수도 있겠네요. 대체 누구와 말할 때, 어떤 내용에서 혹은 어떤 맥락에서 진심의 농도가 달라지는지. 두 번째 방법인 말 안 하고 말하기도 종종 해보면서 말로부터 때론 글로부터 모든 것들로부터 떠난 순간을 경험해보는 것도 꼭 해봐야 할 일이네요.

노철균에게 스토리란?

생각해본 적이 없는데. 지금 즉흥적으로 설명하자면 스토리란 제 삶이에요. 솔직히 전화 오면 귀찮잖아요. 모르면 사람이고요. 돈도 안 받을 거고요. 니가 밥을 사줘야 한다고 얼버무리고, 또 회사에서 눈치 보일 거 아니에요. 그럼에도 불구하고 오라고 했고, 그렇게 썩 까칠하지 않게 오라고 했잖아요. 그 이유가 바로 스토리라는 거죠. 왜냐면 어차피 나의 도움이 필요한 사람은 내가 도움을 드리면 본인도 언젠가 나중에 누군가에게 도움을 주는 사람이 될 거고, 그럴 때 지금까지 살면서 도움을 받던 사람들이 더 많았다면 도움을 주면서 살 거고 도움받은 사람이 없었다면 본인 혼자 살 테고. 그러면 나는 내 방송을 보는 사람들에게 했던 말이 거짓말이 아니라는 것을 증명하기 위해서는, 하나의 스토리를 만들어야 하죠. 그 스토리 중 하나가 찾아오는 사람한테 그나마 좀 친절하게 대해주고 따뜻하게 대해주는 게, 오히려 오늘 하루 중에 두 시간 반 정도의 시간 중에 내가 할 수 있는 스토리인 거죠. 그게 기억이 남든, 혹은 아예 전해지지 않든. 내 방송을 보는 사람들에게 거짓말을 하지 않으려면 나를 찾아오는 사람들에게 잘해주는 것이 내 2시간 동안 내가 할 수 있는 스토리죠.

그럼 스토리에 대해 사전적 정의가 아닌 작가님 스스로 생각하시는 바가
있다면?

멋있는 말을 하나 갖고 있어요. 스토리는 삶이다. 인생을 살아보면,
이제 우리가 다시 보지 않을 거지만 밥을 같이 먹었던 거 이야기를 나누
었던 것도 삶의 일부분이고, 다음에 다시 어디서 만나면 그것도 삶의 일
부분이고 스토리인 거죠.

스토리는 삶이다.

스토리에 중독되다

나는 기발한 것과 재능은 좀 다르다고 생각해요.
그 기발한 걸 지금 사회상에 맞게 만들어내는 게
재능인 것 같아요. 스토리텔러의 재능이 뭐겠어요.

PD **황경선**

하고 싶은 딱 한마디_
PD 황경선

등에 식은땀 한줄기가 흘렀다. 그녀는 상대방을 사뭇 긴장시키는 눈빛과 목소리를 가지고 있었다. 어떤 질문에도 한 치의 망설임 없이 대답했고, 핀트가 나간 질문에는 고개를 가우뚱하기도 했다. 사실 그녀는 스토리를 만들어내는 작가는 아니다. 작가들이 써낸 스토리를 판별하는 감별사라고 표현하면 어떨까. 그러나 누구보다도 이야기에 중독되어 있는 사람이다. 그래서 그녀에게는 '글을 쓰는 방법'에 대해 묻는 것이 아니라 '좋은 글을 보는 방법'에 대해서 묻는 것이 옳았다. 어쩌면 글을 쓰고자 하는 모두에게 그녀의 이야기는 어떤 작가의 이야기보다 더 흥미로울지도 모른다. 어쨌든 스토리는 팔려야 하고, 누군가의 가슴에 꽂혀 파문을 만들어내야만 하니까. 황경선 PD는 괜찮은 스토리를 찾기 위해 모든 것에 귀를 기울이고 있었다. 나를 보는 눈 속에 소설을 읽고, 신문을 읽고, 읽고 또 읽는 그녀의 눈이 겹쳐 떠올랐다. 신문기사 속에 나온 '딜쿠샤 스토리'와 같은 작은 기사는 눈여겨 읽기도 힘든 소재인데, 그걸 흘려보내지 않고 알아보는 눈이 역시 다른 눈이겠지. "나에 대해 제대로 알기. 그리고 하고 싶은 딱 한마디를 가지고 '이건 누구에 관한 어떤 이야기다' 한 마디 피칭으로도 성공해야 그건 제대로 된 이야기." 너무도 명확하고 깔끔한 두 명제만 봐도 황경선이라는 사람에 대해 나도 한 마디 정도로는 말할 수 있을 것 같다. 한 시간을 예고했던 인터뷰는 2시간을 조금 넘겨서 말끔하게 끝이 났다. 우리의 이다지도 깔끔했던 두 시간의 이야기.

지금까지 인터뷰해온 분들은 스토리를 만들어내는 분들이었습니다. 그런데 이제는 스토리를 판다는 문제를 놓고 이야기를 해 보고자 하는데요. 스토리를 판다는 문제에 있어서 질문 드려 보고자 합니다. 우리나라에는 스토리를 전문적으로 판매하는 에이전시가 존재하나요?

그런 에이전시는 없어요. 우리나라에. 자, 출판사는 출판권을 가져요. 작가와 출판하기로 계약을 맺어요. 그러면 작가가 나머지 권리를 가지고 있겠죠. 그걸 누가 영화로 만들고 싶으면 출판사로 연락하거나 작가에게 연락하겠죠? 그럼 출판사가 그 권리를 대행해주는 경우가 있고, 예를 들면 기획 출판도서가 많잖아요. 그런 건 출판사 기획부에서 기획해서 만들겠죠? 그럼 그것에 대한 판권은 출판사에 있고요. 그렇게 되면 그걸로 누가 영화화하고 싶다 그러면 그냥 출판사랑 연락하면 돼요. 즉, 원작에 대한 권리를 다루는 에이전시는 국내에 없어요.

왜 국내에는 원작을 다루는 에이전시가 활성화되지 못했을까요.

최근 들어 활성화된 거지. 예전에는 전혀 없었어요. 최근에 문화콘텐츠라는 말이 생기고 한국콘텐츠진흥원이 생긴 2000년 이후에나 원소스 멀티유즈의 용어가 사용된 거지 그전엔 그런 용어 자체가 없었어요.

그렇군요. 굳이 말을 만들어서 OSMP(one source multi planning)이라고 생각해본다면요. 기획 단계에서부터 하나의 원작이 어떤 식으로 기획될지에 대해서 미리 계획이 되고 일이 시작된다면 훨씬 부가가치가 높은 작품이 만들어질 수 있나 하는 생각을 해 볼 수 있는데요.

스토리 마케터가 국내에 얼마나 있는지 잘 모르겠어요. 이건 서로 간에 니즈가 있어야 하는 거예요. 예를 들어 우리나라에서 가장 캐릭터 비즈니스를 성공적으로 한 게 뽀로로잖아요. 아주 좋은 케이스죠. 그런 경우에는 개발부터 참여한 사람이 마케팅까지 주도한 거니까요. 근데 그런 케이스가 많지는 않아요. 원작만 가지고 비즈니스를 하는 건 쉽지가 않아요. 그건 시장에 니즈가 필요하거든요. 무엇인가를 해서 경제적인 가치창출을 하는 게 목적인데 그런 건 내가 출판을 하거나 애니메이션을 제작하거나 아무튼 뭔가 한쪽은 해야지, 에이전시 일만으로는 크게 필요성이 있지 않아요. 우리나라에는 예전엔 에이전시가 필요가 없었어요. 브로커라고 했죠. 좋지 않은 의미로 쓴 거예요. 에이전시라는 게 굉장히 전문적인 직업이거든요? 중간에서 양쪽의 니즈를 파악하고 연결시켜주면서 자신의 비즈니스를 창출하는 건데 우리나라에서는 인식이 '우리가 알아서 하면 될 걸 왜 중간에 끼냐?' 이런 거죠.

브로커가 사실 부정적인 의미로 사용되지만, 브로커가 에이전트라고 한다면 그게 나쁜 개념이 절대 아닌데요. 프로모터도 사실은 같은 맥락에서 이해해볼 수 있고요. 왜 이런 에이전시 혹은 에이전트에 대한 인식이 안 좋게 퍼진 것인지요.

왜냐면 전화하면 알아요. 건너건너 다 알아요. 미국에는 변호사가 많아요. 엔터테인먼트 변호사가 많고 에이전시도 많아요. 우리는 에이전시는 없고 매니지먼트 회사만 있어요. 시장이 복잡해지고 산업이 커지면 에이전시가 필요해지겠죠. 농담 삼아 이제는 에이전시가 필요할 때라고 이야기하죠.

드라마도 공중파 이외에 케이블 채널이 많아지고 매니지먼트 회사도 점점 많아지고 외주제작사도 많아지면서 시장이 복잡해지니까 점점 에이전시의 필요성이 부각되고 있는 거군요.
결국 모든 직업군은 시장의 요구에 의해 만들어지는 거죠.

현재 영화 제작을 목적으로 한 소설이 생겨나고 웹툰이 영화화된다든가 하는 콘텐츠의 융합이 많이 일어나고 있는데요. 이런 시장의 변화에 대해서는 어떻게 생각하세요?
아무리 영화 제작을 목적으로 한 소설이라 해도 결국 출판이 근간이 되는 건 변함이 없어요. 왜 콘텐츠의 융합이 일어난다고 생각해요? 몇 가지 이유가 있겠지만 소설로 먼저 나오면 사전에 평가를 받을 수 있는 가능성이 있고 작가 입장에서는 시나리오로 쓰는 것보다 스토리 자체로 만들어 놓으면 그걸 드라마로 만들거나 영화로 만들거나 하는 건데 결국은 출판이고 소설이죠. 일본의 예로 앤티노벨이 있는데 만화를 작업하기 이전에 스토리를 먼저 소설형식으로 출판하는 거죠. 적은 자본으로 시장에서 먼저 검증받을 수 있다는 장점이 있어요. 장르적 결합을 목적으로 하더라도 소설의 스토리적 완성도나 특징을 갖춰야 해요.

아무리 영화제작을 목적으로 한 소설이라 해도 결국 출판물이기 때문에 그 자체로 완성도를 가져야 해요.

출판이 첫 번째 아웃풋이군요. 원작이 중요하다 중요하다 하는 것이 바로 이런 문제인데요. 사실 국내 원작 시장을 살려보려는 움직임은 예전부터 있어 왔습니다. 원작이 힘을 받으려면, 사실은 출판이 살아야 하는데, 일본에 비교하자면 원작 시장이 국내가 많이 탄탄하지 못한 것이 사실입니다. 만일 내가 스토리가 있어서 출판사에 갔는데 출판물로 별로다. 그럼 어떻게 하죠?

혼자 해야죠. 그렇죠. 그럼 혼자 써요. 자, 써서 출판사 가져갔더니 출판물에 안 맞대요. 그래서 그걸 가지고 영화사에 찾아갔어요. 뭐라고 하겠어요?

흠...

시나리오로 써와라. 라고 하겠죠.

PD님이 작업한 소설 베르나르 베르베르 '개미'를 원작으로 한 애니메이션에 대해 이야기를 해볼까 합니다. 이 작품을 애니메이션화 하게 된 계기는 무엇인가요?

베르나르베르베르가 "만약 '개미'를 애니메이션으로 만든다면 '원더풀데이즈'의 김문생 감독이 이 영화를 만들어주면 좋겠어." 라고 한 거죠. 우리도 이 원작을 영화로 하면 좋겠다 싶으니까 OK 하자. 뭐 이렇게 된 거죠.

원작이 있어서 작업시간이 덜 걸리나요?

원작이 있는데도 시나리오 쓰는 데만 5년이 넘게 걸렸어요. 여러 팀이 거쳐 갔고 이걸 그래픽화 하는 데는 최소 3년 정도가 걸리고. 2015년 예정으로 작업 중이에요.

이 작품 말고 작업하신 작품이 있으신가요?

예전에 원더풀 데이즈를 했었고, 스타벅스를 작업 중이에요.

스타벅스라면?

스타가 되고 싶은 곤충들 'star bugs'

피디라는 직업이 구체적으로 어떤 일을 하는 건가요?

저는 기획, 마케팅과 파이낸싱을 주로 많이 하고 예를 들면 지금 드라마 프로젝트를 4개 정도 하고 있어요.

동시에 여러 가지를 하시는군요.

네. 왜냐면 그중에 반 이상은 엎어질 수 있으니까... 반 엎어지면 되게 성공률이 높은 거예요.

대표작에 애니메이션이 많은데요.

내가 애니메이터가 아니기 때문이에요. 제가 광고회사에서 오래 일했고 하다 보니까 여러 분야에서 많이 찾아와요. 이 업계에 있다 보니까 나한테 오면 되게 좋은 스토리 원작이나 기획에 대해 알고 있다고 생각해요. 그래서 이런 거 어때요? 하고 가져오는 경우도 있고. 그럼 그걸 영화로 하면 좋겠다 애니메이션으로 하면 좋겠다고 의견을 주고 때로는 그걸 다른 영화사로 보내거나 하죠.

그 평가 기준은 무엇인지요.

예를 들면 개미를 실사로 한다고 생각해봐요. 실사는 안 되겠죠? 애니메이션으로 해야겠죠? 뭐 이런 거죠. 굉장히 단순해요. 예를 들어 스토리를 가져왔는데 이야기가 너무 복잡해요. 그럼 영화로 못해요. 그럼 그걸 가지치기해서 영화로 하든가 아님 디테일을 살리려면 드라마로 가던가. 그럼 그걸 50부작으로 할 건지 16부작으로 할 건지 뭐 그런 걸 정하는 거죠.

광고 일인 AE 일을 하시다 어떻게 PD를 하게 되었는지 궁금합니다.

제가 영문학을 전공했거든요. 그리고 광고회사 들어가서 외국광고주 일을 많이 했는데 AE를 하다가 카피라이터를 하면 어떨까라고 생각했어요. TV 광고 제작팀과 일을 많이 했는데 막상 해보니까 카피라이터는 못하겠더라고요. 나는 아이디어를 내고 그걸 분석하고 프레젠테이션은 잘하는데 카피는 한 문장에 완성도 있게 끝을 내야 하잖아요. 근데 그건 못하겠더라고요. 광고 카피라이터는 '은, 는, 이, 가, 도' 이런 것도 고치고 이러는데 그걸 못 견디겠더라고요. 그냥 그 컨셉에 맞게 쓰면 되지라고 말을 하지만 끝까지 가서 디테일을 보려고 하니까 '그건 전문가가 하라고 그래.'라고 말이 나오는 거죠. 내가 그걸 하는 전문가는 아니더라고요.

수많은 스토리를 보면서 대중에게 크게 어필하는 스토리가 뭔지 보이시겠어요.

난 솔직히 대중에게 잘 먹히는 스토리가 뭔진 모르겠어요. 흥행이 된 영화에 공감이 가야 하는데 그게 안 돼요. 전 호불호가 심해요. 예를 들면 공포영화는 안 봐요. 근데 '링' 같은 경우는 한국에 출판을 했는데 그걸 계약할 때, 모시던 출판사 대표가 이런 책을 누가 보냐고 했어요. 그냥 내가 리어카에 끌고 나가서라도 팔 테니 일단 한국에서 출판이라도 하자고 했죠.

그런 확신은 어디에서 오는지요.

그게 한국에서는 보지 못했던 어떤 것이 있었고, 일본에서는 이미 400만 부 이상 팔린 거였는데 내가 워낙에 판타지를 좋아해요. 그리고 표현이 굉장히 비주얼적이었어요. 읽으면서 장면이 확실하게 그려지는 거예요. 그래서 원래는 영화로 만들고 싶었거든요. 맡기고 싶은 감독도 있었고... 하지만, 영화는 이미 다른 곳에서 하기로 했다고 하니까, 저는 책이라도 출판해야지 했던 거죠.

그렇다면 스토리에서 가장 중요한 것은 무엇일까요?

나만 스토리라고 하면 안 되잖아요. 누가 봐도 스토리여야 하는 거잖아요. 작가가 말하는 이야기와 독자가 읽고 느끼는 게 맞아야 한다는 거죠.

작가가 말하는 이야기와 독자가 읽고 느끼는 게 맞아야 한다는 거죠.

전달력과 공감이 중요한 것 같습니다. 그 방법을 우리는 스토리텔링이라고 표현하는 것 같은데요. 스토리텔링은 무엇일까요?

그 스토리를 어떻게 말할 것인가. 기사의 육하원칙이 있든 스토리에도 원칙이 있어요. 즉, 짧게 이야기하면 기승전결로 나타나야 한다는 것인데, 사람들이 가끔 저에게 와서 '나에게 기가 막힌 스토리가 있다.' 라고 이야기하는 사람들이 있는데 알고 보면 스토리가 아니라 아이템, 혹은 에피소드인 경우가 많아요.

뜨끔하네요. 아마 마음속에 이런 것 하나 가지고 있지 않은 사람은 없을 거예요. 뭐가 됐든 우리는 각자 인생과 하는 일에 있어 어떤 그럴싸한 아이템 한가지씩은 품고 사니까요. 그걸 밖으로 드러내서 결과물로 보여주느냐 아니냐의 차이이겠지만요. 그럼 그런 아이템과 스토리의 가장 큰 차이점은 뭘까요.

구조와 완성도가 있어야 해요. 길이는 중요하지 않아요. 기승전결, 이야기 구조가 있어야 하죠. 주인공과 주변인물 간의 갈등과 해소 과정이 있어야 하는 거고. 그래서 장르소설들의 경우 영화나 애니메이션이 되기 쉬운 거예요. 장르소설에는 명확한 스토리 구조가 있잖아요. 예를 들면 로맨스 소설이 가진 특징, 반복되는 구조가 있는 거죠.

좋은 스토리를 뽑아내기 위해서 어떤 일을 하시는지 궁금합니다.

소설을 많이 봐요. 제가 히가시노 게이코 작가를 정말 좋아하는데,

그분의 책 중에서 '나미야 잡화점의 기적'이라는 책을 최근에 읽었어요. 얼마 전, 기사를 읽은 것이 있는데 우리나라에 딜쿠샤라는 서대문구에 지어진 집이 있다는 거예요. 1920년대 지어진 서양식 가옥인데 여기 왠지 이야기가 있을 것 같은 거예요. 그래서 그곳에 대한 자료를 쭉 모아요. 그 집을 지은 사람의 스토리, 그 집에 산 사람의 스토리, 그 집에 대한 역사를 생각해 보는 거예요. 근데 자료가 많지는 않아요. 그러던 와중에 히가시노 게이코 작가의 책을 본 거지. 이 책 내용이, 40년 전에 있던 잡화점인데 지금은 폐가가 되어버린 집인데 여기에 숨어들어온 도둑들이 그 집에 살았던 사람들과 편지로 연결되는 이야긴데, 딜쿠샤를 배경으로 이런 이야기를 쓸 수 있겠다는 생각을 하는 거죠.

무수히 읽고 보고 하면서 남들이 그냥 지나치는데 호기심을 가지고, 이건 왜 이러지? 저건 왜 그랬지? 하면서 스토리를 찾아내시는 선구안을 가지셨군요. 그런 좋은 스토리가 생각나면 직접 창작을 하고 싶진 않으세요?

내가 작가면 내가 썼겠죠. 근데 나는 이걸 잘 쓸 사람이 누구지? 그걸 찾는 거죠. 기획자들은 스토리에 대한 아이템 연구를 끊임없이 해요. 영화 프로듀서들도 대부분 만나면 이런 얘기 할 거예요. 스토리 이야기.

책을 얼마나 읽으세요?

글쎄, 왕성하게 읽을 때는 2년 만에 집 앞 대여점에 있는 걸 다 본 적도 있어요. 만화. 워낙 만화를 좋아해요. 책의 종류는 별로 가리지 않는 편이에요. 또 제가 좋아하는 게 신화. 신화를 좋아하고 인문학, 책을 많이 읽어요. 소설은 가장 늦게 읽기 시작한 장르예요. 소설 읽기 시작한 것은 15년 정도밖에 안 됐어요. 미스터리, 로맨스, 역사소설을 좋아해요.

주로 스토리에 대한 영감은 어디서 얻으세요?

그건 대중없어요. 신문기사나 인문학 책 같은 걸 읽으면 보이는 인용구, 아니면 여행기에서도 얻고. 굳이 따지자면 제일 많이 얻는 건 신문기사인 것 같아요. 제가 인터넷 서핑을 많이 하는데 만약 집이 궁금하면 집에 관한 거만 서핑을 해요. 그런 식으로 자료들을 많이 모아. 계속 스크랩을 하다보면 10년이 지나서 사용되기도 해요.

굳이 따지자면 제일 많이 얻는 건 신문기사인 것 같아요.

크게 공감합니다. 예전 어떤 기사에서 한 감독이 자신은 사회면의 작게 난 토막기사를 읽다가도 '대체 왜 이 사람은 이런 선택을 했을까'에서 출발해 하나의 큰 스토리를 만들어 영화를 찍는다고 하는 것을 본 기억이 있습니다. 저도 신문을 오래 읽어왔는데, 그 속에 온갖 이야기의 기승전결이 다 들어가 있거든요. 희한한 소재가 사람 사는 얘기가 제일 많이 나오는 건 신문에 다 있어요. 한때는 신문사에서 제일 첫 면이 너무 우울하니, 첫 면에 사회면의 미담기사를 크게 실어 호평받던 그런 시절도 있었는데, 결국 다시 돌아오더라고요. 어쨌든 신문을 보시다가 문득 이거다 싶어서 그렇게 사용된 이야기가 있나요?

지금 기획중인 것도 97년에 신문기사 스크랩해놓은 거거든요. 1921년 상해 임시정부가 만들어진 초기에 히로히토 당시 왕세자가 유럽 순방을 떠나요. 그때 홍콩에서 영웅단이라고 하는 임시정부의 자위조직이 히로히토 왕세자를 납치할 계획을 세워요. 그런데 사전 발각으로 계획이 취소되는데 그 일이 97년 중국 역사 잡지에 났어요. 일본 교토통신이 인용 기사를 낸 걸 우리나라 신문에서 기사를 썼어요. 그게 '상해 임정 히로히토 납치미수' 라는 제목기사에 그 작전이 '암호명 겨울진달래!' 라고 났는데 일단 그 '암호명 겨울진달래'에 꽂혔고 거기 참여한 19~23살 젊은이들에게 또 꽂혔죠. 그리고 감동 깊게 본 영화 중에 '새벽의 7인' 이라고 있는데, 체코의 젊은이들이 히틀러의 오른팔이 방문하자 암살계획을 세웠다가 결국 발각돼서 다 죽는 영화로 1970년대에 본 잊히지 않는 영화였거든요. 97년에 겨울진달래 기사를 보고 이 이야기를 우리나라의 젊은이들에 대입시켜서 해보고 싶었던 거죠.

프로듀서가 되고 싶다면 어떻게 시작할 수 있을까요.

정해진 루트는 없어요. 해외는 프로듀서를 나이 들어서 해요. 감독을 하거나, 세일즈를 하거나, 마케팅을 하거나, 다른 일을 하면서 이 업과 연관을 지어요. 시장과 관련된 일을 하는 거예요. 외국은 프로듀서들의 전직이 변호사나 금융 쪽에서 일한 사람들도 많아요. 영화나 드라마 쪽으로 세일즈, 마케팅을 하면 시장을 보고 작품을 많이 보게 되면서 노하우가 생겨서 프로듀서를 하는 경우가 많은데 우리나라의 경우 기획이나 제작부를 많이 하죠. 여러 장단점이 있겠죠. 장점은 시대의 트렌드를 빨리 읽을 수는 있겠지만 넓게 네트워킹하기 쉽지 않다는 단점이 있죠.

프로듀서가 되기 위해 필요한 재능이 있나요?

끈기. 제일 필요한 재능은 끈기인 것 같아요. 그리고 이렇게 말하기 뭐하지만 성품이 좋아야 해요. 마음씨가 착하고 좋은 게 아니라 한번 쥐면 끝까지 물고 가야 한다는 거죠. 그리고 놓을 때는 확실하게 놓을 줄도 알아야 해요. 그리고 기본적으로 내가 다 못해요. 절대 나 혼자 할 수 없어요. 너무나 많은 다른 분야의 사람을 만나야 해요. 작가, 투자자, 배급사, 세일즈, 제작부 막내까지 누구 하나 필요하지 않은 사람이 없어요.

자기 취향에 따라 스토리를 판단하다 보면 객관성을 잃을 수도 있지 않나요?

글쎄... 객관적인 콘텐츠라는 게 있나요? 객관적인 콘텐츠라는 건 흥행 공식에 맞게 흥행하는 영화를 만들어보자는 것일 텐데... 그렇다고 그게 흥행할까요? 아이템으로 1차 판단을 할 수 있겠지요. '괜찮겠다, 써 보자' 그러다가 완성도 있게 나오기도 하고 아니기도 하고... 기획한 다고 꼭 성공한다는 보장도 없고... 여러 사람의 의견이 꼭 맞는 것 같지도 않고... 저는 만들어서 내놓기 전엔 모른다고 봐요. 그래서 누군가의 고집이 필요해요. 그것은 개개인의 취향과 관련이 있는 것 같아요. 예를 들어, 저는 아무리 공포영화가 히트하고 유행이어도 나는 절대 못 만든 다고 공개적으로 이야기해요. 왜? 내가 보지도 않고 좋아하지도 않으니까. 전 세계적으로 가장 적은 자본으로 만들어서 흥행확률이 높은 게 공포영화예요. 공포영화는 어느 나라에서나 수요가 있어요. 그런데 나는 그게 아무리 돈을 많이 번다 해도 안 만들어요, 아니 못 만들어요. 보지도 않는데 어떻게 만드냐고요. 그리고 만들고 싶지가 않은걸요. 내가 가진 흥미도 중요해요. 그냥 그 시간에 제가 좋아하고 공감하고자 하는 것을 할래요.

스토리를 보시면 글을 써온 사람이 재능이 있는지 바로 판단할 수 있는 기준이 있을까요?

이런 건 알아요. 이 글이 조금 더 발전되면 좋은 프로젝트가 될 것 같다, 아니면 이건 버려야겠다. 그런데 아주 잘 아는 친구들 아니면, 이런 이야기를 해 주기가 쉽지 않아요. 감정을 건드릴 수도 있고 혹시 표절문제에 휘말릴 수 있고, 어쨌든 내 기준으로 보는 거니까...

스토리를 만드는 사람들은 재능일까요? 노력일까요?

두 가지가 다 있죠. 기본적으로 글을 쓰는 것은 노력이 없으면 쓸 수 없다고 생각해요. 스토리텔러가 가진 재능이 뭐라고 생각해요?

기발한 이야기를 생각해 내는 것? 자기 생각을 논리적으로 잘 설명해 내는 것?

그 스토리가 기발하다는 걸 어떻게 증명해요? 10년 전에는 황당했는데 지금은 괜찮을 수도 있어요. 지금 들어선 괜찮은데 1년 지나서는 식상한 이야기가 될 수도 있어요. 기발하다는 건 사실 그 당시 사회상이나 인식에서 벗어난 걸 기발하다고 하잖아요. 나는 기발한 것과 재능은 좀 다르다고 생각해요. 그 기발한 걸 지금 사회상에 맞게 만들어 내는 게 재능인 것 같아요. 스토리텔러의 재능이 뭐겠어요. 스토리 텔러는 별거 아닌 이야기를 듣는 사람이 재밌게 들을 수 있게 하는 사람 아니겠어요? 그리고 황당한 이야기를 진짜 그럴싸하게 만들어 내는 거 아니에요? 그리고 100번 들은 이야기를 새로운 이야기처럼 들리게 만들어 내는 게 스토리텔러 아닐까요?

나는 기발한 것과 재능은 좀 다르다고 생각해요. 그 기발한 걸 지금 사회상에 맞게 만들어 내는 게 재능인 것 같아요. 스토리텔러의 재능이 뭐겠어요.

요즘 취업준비생들이 자기소개서 쓸 줄을 몰라서 헤매는 친구들이 많아요. 자기소개서가 결국 자신을 스토리텔링하는 과정이잖아요.

왜 할 줄 몰라서 헤매냐는 거예요. 요즘 자기소개서 쓰는 방법 책 같은 걸 보는데 그거대로 쓰면 써지냐는 거죠. 상대방을 감동시키든 웃게 만들든 상대방에게 영향을 끼쳐야 스토리잖아요. 내가 아무리 백날 이야기를 하고 있어도 아무도 안 듣고 있으면 그건 스토리의 가치를 잃는 거잖아요. 가장 중요한 것은 밖에 있는 정보를 끌어다가 조합하는 게 아니라 자신 안에 있는 것을 끄집어내는 거예요. 자기소개서는 어디서 태어나서 뭘 했고, 봉사활동을 얼마나 했고, 그런 걸 쓰라고 나와 있으나 그렇게 쓰지 말았으면 좋겠어요.

모두가 귀 기울이게 써야 한다는 말은 결국, 어떤 물리적인 정보의 조합이나 결합이 아니라, 화학적인 결합 혹은 조화가 일어나야 제대로 된 이야기라는 말씀으로 해석할 수 있겠습니다. 그럼 어떤 걸 써야 할까요?

그냥 자신이 하고 싶은 딱 한마디를 가지고 쓰는 거죠. 그 한마디를 가지고 이야기를 만들어 내는 거예요.

그냥 자신이 하고 싶은 딱 한마디를 가지고 쓰는 거죠. 그 한마디를 가지고 이야기를 만들어 내는 거예요.

일단 스토리라고 하는 건 아무리 길어도 한마디로 '무엇에 관한 이야기인가' 라고 정의할 수 있어야 하는 것 같아요. 결국 지금 이게 영화가 됐든 소설이 됐든 뭐를 위한 스토리든 이게 스토리라고 말할 때는 무엇에 관한 이야기다라고 작가가 한마디로 말할 수 있어야 해요. 그러니까 누구에 관한 이야기인가가 확실해야 하는 것 같아요.

'무엇에 대해 이야기하고 있는가.'
그렇죠. 자기소개서가 뭐예요. 내가 누굽니다잖아요. 요즘 친구들이 자기소개서를 못 쓰는 이유는 자기를 모르기 때문이에요. 다른 것보다 나 자신을 아는 게 훨씬 중요해요.

다른 것보다 나 자신을 아는 게 훨씬 중요해요.

소제목을 달아라, 양식에 맞춰 써라가 중요한 게 아니라 자신이 누군가를 아는 것이 훨씬 중요하다는 말씀이네요.
수없이 말하지만 결국 중요한 것은 내가 누구라고 말할 수 있어야 그걸 잘 쓰든 못쓰든 웃기게 쓰든 공포스럽게 쓰든 할 거 아니에요. 친구들이 자기소개서를 잘 쓰려고 첨삭도 받고 그러잖아요. 사람들은 그 진심을 글을 봐서는 모를 거로 생각하지만 다 알아요. 글 한 줄을 봐도 무슨 생각을 하며 썼는지 알아요. 자기소개서가 안 써져서 짜증 나는 상태로 글을 쓰면 분명히 글에 그게 다 나타난다는 거죠.

피디님에게 스토리란 무엇인가요?

저에게 스토리는 사람의 삶인 것 같아요. 아무것도 아닌 것처럼 지나가면 아무것도 아니에요. 근데 놀랍고 신비하다고 생각하고 들여다보면 새로운 세계가 있어요. 스토리는 항상 숨어있어요. 안 보고 지나치면 그냥 지나가는 거예요. 누군가는 보지도 못한 기사를 누군가는 중요하다고 생각하고 별걸 다 찾아보고 들여다보는 것처럼 결국 스토리는 '아주 작은 틈 안의 새로운 세계'인 거죠. 일상은 그런 것들이 촘촘히 있는데 우리는 모르고 지나가는 것 같아요. 근데 관심을 가지고 그 틈을 들여다보면 다른 세계가 있는 거예요.

결국 스토리는 '아주 작은 틈 안의 새로운 세계'인 거죠.

스토리텔링은 사실 따로 있지 않다고 생각해요. 삶의 작은 틈을 확대시키고 늘리는 거죠. 그것을 어떻게 새롭게 만들어 내고 재구성해서 다시 삶에 집어넣어 다른 사람들과 공감대를 불러일으키느냐예요. 그냥 끄집어내기만 해도 안 되고, 그냥 만들어낸다고 영향을 미치지도 못해요. 자기 인생을 더 풍요롭게 만들기 위해서는 모든 사람에게 스토리텔링이 필요해요. 내가 스토리텔러가 되면 내 삶이 풍요로워져요. 인생은 자기 스토리를 써가는 거잖아요. 스토리텔링이라는 건 그냥 인문학의 기본, 사람이 사는 것의 기본인 거예요.

스토리에 중독되다

닫는 말

　모든 인터뷰가 끝이 났다. 인터뷰 녹취를 10초 간격으로 되풀이해 받아 적는 고통의 시간도 지나갔다. 인터뷰 일정을 잡고, 인터뷰이를 만나 두 시간 동안 집중해서 묻고 대화하고, '왜'와 '어떻게'를 짚어가는 일련의 과정은 녹록지 않았다. 동시다발적으로 진행되는 인터뷰를 소화해 나간 그 2주일은 뭐랄까. 태풍을 온몸으로 받아내는 것 같았달까. 그래도 아프지 않았다. 몸은 분명 무척이나 지쳤는데도, 마음속에서는 일종의 희열을 품은 소용돌이가 같은 속도로 몰아치는 것을 느꼈기 때문이다. 동기부여가 되는 말들을 들을 때마다 당장에라도 무엇인가를 써야겠다는 생각이 솟구쳤다. 내가 해야 할 일은 인터뷰 정리인데, 밀쳐두고 갑자기 내 스토리를 쓰고 싶다는 충동을 꾹꾹 누르는 일은 태풍의 또 다른 끝자락이었다. 이제는 진짜로 이 책을 마무리할 일만 남았다. 인터뷰이들은 서로가 서로를 잘 알지 못한다. 그런데 인터뷰를 정리하며, 어디서 본 말들이 자꾸 나오는 거다. 이 사람이 한 말이 결국, 다른 사람이 한 말이고, 그 말이 또 저 사람이 한 말이더란 거다. 그 방법들이 전혀 새롭지가 않아서 또 깜짝깜짝 놀랐다. 스토리를 잘 만드는 방법은 이미 나와 있음에도 실행에 옮기지 않았던 것뿐이었다. 근성, 끈기, 열정 이런 관념어들은 더욱 보편적으로 그 노력과 방법을 설명하기 위한 단어일 뿐, 자세히 보면 이미 그 관념어들이 작가들에게는 하나의 습관으로 체화되어 있음을 알 수 있었다. 뭘 하려고 하는 게 아니라 이미 스토리 창작을 위한 생활 속에서 살고 있는 현장을 살짝 훔쳐보면 이렇다.

"저는 개봉영화는 무조건 매주 한편씩 봐요. (이재익)"

"대학교 때 일주일 용돈이 5만 원이었는데요. 무조건 3만 원은 CD를 사고 보는 거죠.. 나머지 만 오천 원으로 일주일을 버티는 거죠. (배순탁)"

"책이나 만화책을 예를 들면, 1~2년 안에 집 앞의 대여점에 있는 걸 다 본다고 생각하면 돼요. (황경선)"

"저 같은 경우는 일기를 아주 오래전부터 써왔어요. 가끔 주기, 월기가 되기도 했지만. (박채원)"

"스타벅스든 어디든 카페에 가서 주변에서 무슨 이야기를 나누는지 엿
듣기도 하고, 백화점에 가서 어떤 선글라스를 오래 집어보나 유심히 관찰하
고, 마트에 가서 어떤 샴푸를 더 오래 보나... (윤병룡)"

"하루에 20~30곡씩 해서 100페이지 이상 되는 공책이 3~4권 정도 되니
까 우리나라에서 아는 웬만한 팝송은 다 알겠더라고요. 다하는데 3~4개월
정도 걸렸어요. (이대화)"

"쓰고 지우고 또 쓰고 지우는 과정... (박후기)"

"하나의 작품을 완성하기 위해 30~40권이 넘는 책을 보는데 그 책을 다
옮겨놓을 수 없으니 서재에서 작업을 주로 하게 되더라고요. (이문영)"

"전 토요일이나 일요일에 스케줄이 없으면 하루 종일 영화관에서 살아요...
1년에 여행을 세 번 가요. (노철균)"

"작가 교육원에 다니면서 끊임없이 습작을 했고, 그러면서 이 길이 내 길
이라는 생각을 하게 됐습니다. (황조윤)"

Writer's block에서 서성이는 당신을 위한 일곱 가지 팁.

희한한 것이 흔히 말하는 writer's block은 글을 쓰기도 전에 찾아온다. 글을 쓰다가 막히는 것만 블락이 아니라는 말이다. 하물며 스토리를 만들어내는 일은 오죽할까. 우리가 대하는 대부분의 스토리들은 매끈한 얼굴을 가진 완성품이기 때문에 우리는 스토리의 진짜 민낯을 본 적이 없다. 제일 궁금한 건 사실 그 민낯에 조금씩 화장이 입혀지며 어떻게 변해가는지의 그 메이킹 스토리일지도 모른다. 스토리가 나오기까지의 힘든 과정을 본 적이 없기 때문에 더 궁금한 부분이다. 일곱 가지 팁이라 했지만, "여길 이렇게 칠하면 음영이 눈이 훨씬 커 보이는 효과를 가져옵니다."와 같은 테크닉을 알리고자 함이 아니다. "우선은 운동과 영양 있는 식사로 피부 자체의 힘과 좋은 결을 찾아봅시다." 와 같은 기본기에 관해 설득력 있게 전달하고 싶어 정리해보았다. 뻔한 말이지만, 기본 바탕이 좋아야 좋은 것이 나오는데, 그 기본은 하루 이틀 해서 되는 문제가 아니라, 나와 싸워가며 꾸준히 일정 시간에 걸쳐 쌓아야만 탄탄해지는 그 무엇이기 때문이다. 건강한 피부에서 발하는 글로우가 얼마나 아름다운지 알고 있는 당신이라면, 일곱 가지 단계가 무엇을 의미하는지 충분히 이해하리라 믿는다.

Tip 하나. 의미 찾기

요새 무슨 이야기에 관해 쓰고 있는가? 무얼 쓰려고 구상 중인가?

그런데 이를 묻기에 앞서, 대체 당신은 그렇다면 왜 쓰는가? '스토리' 를 만들게 하는 강력한 '나의' 동기는 무엇이란 말인가. 그것을 알아야 만 쓸 수 있다. 열 명의 멘토들은 스토리가 자신에게 있어 '하나의 역사 이고, 사물의 역사인 동시에, 삶이고, 또 아주 작은 틈 안의 작은 세계이 자, 공감'이라고 표현했다. 그리고 한 겹 더 들여다보면, 인간에 대한 몹시도 깊은 애착이 스토리를 쓰는 동기 중의 하나였다. 스토리를 만들 어내면서, 내가 누구인지를 재확인하고, 다른 사람들에게 기쁨과 슬픔 과 살아있다는 느낌을 전달하며, 독자들의 감동에서 다시 글을 쓰는 동 기를 획득하는 아주 소설한 선순환 구조였다. 스토리를 쓰는 당신이라 면, 자신만의 스토리에 대한 정의와 철학이 필요하다. 글을 쓰기로 시작 하게 된 첫 계기. 그 강렬한 열망을 잊지 말아야 한다. 그 철학은 주기적 으로 찾아올 '꽉 막혀 오도 가도 못하는 상태'를 뚫고 나가는 힘을 줄 것이며, 때때로 종종 스스로 쓴 글을 책망하는 순간에도 작은 위로가 되 어 줄 것이다. 그것은 다시 나아가는 추동력으로 변해, 당신을 더 멀리 높은 곳으로 밀어 올려 주리라.

　– 당신에게 스토리란 무엇인가?
　– 당신이 스토리를, 혹은 글을 쓰기 시작하게 된 첫 계기는?
　– 이야기 혹은 글을 쓰고 싶어서 마음이 터질 것 같았던 느낌을 받았다면, 그 순간은 어떻게 쌓여오다 지금에 와 정체를 드러낸 것인가?

– 내가 쓴 글은 대체 누구를 감동시키기 위함인가?

Tip 둘. 관심 두기, 그리고 관찰하기

'러브마크'. 세계적인 아이디어 컴퍼니로 발돋움한 광고대행사 '사치 앤사치'의 CEO 케빈 로버츠는 소비자의 마음을 사로잡는 브랜드의 중요성을 '러브마크'라는 멋진 한 단어로 요약해냈다. 이제 브랜드의 시대는 끝이 났으며, 소비자들을 사로잡기 위해서는 그들이 그 제품, 서비스, 브랜드를 '사랑' 하게 만들어야 한다는 것이다. 자신이 광고하는 제품을 소비자가 사랑하도록 만들어야 하는 광고장이들은 반대로, 그러기 위해서 자신들이 먼저 소비자와 사랑에 빠져야 한다고 말한다. 쉽게 말해 소비자를 사랑하는 애인으로 간주해 보는 거다. 소비자가 애인이라면, 그와 그녀의 일거수일투족이 얼마나 궁금하겠는가 말이다. 무엇을 먹고, 무엇을 입고, 무슨 생각을 하고, 24시간 머릿속에 두고 떠올려본다. 누군가를 마음에 두기 시작한 순간을 떠올려보라. 관심이 간다. 호기심이 생긴다. 스토리를 위한 작은 아이템이나 에피소드는 큰 것에서 나올 수도 있지만, 우리 주변을 둘러싼 작은 이야기에서 얻기가 훨씬 쉽다. 작은 이야기들이 사방에 널려있다. 널려있는 이야기들의 파편을 하나씩 걷어 모으면 된다. 그리고 상상을 덧입혀보는 거다. 진짜 스토리텔러는 경험해보지 못한 그 이상을 쓰는 사람이 아닐까. 언제나 한계를 넘어서겠다는 마음을 가지고, 눈과 귀를 두기. 관심이라는 단어를 풀어보면,

당길 완에, 마음 심. 마음을 당긴다는 뜻이다. 모든 것에서부터 출발하되, 유독 나의 마음이 가는 그곳에 주의를 기울여보길 권한다. 마음이 가면, 이제 잘 살펴보는 거다. 다시금 뜯어보면서 이 마음을 더 기울일지 말지 고민해보자.

- 카페에 앉아 옆 테이블과 (마음으로) 대화하고 추임새 넣어보기.
- 전철에서 목적지까지 가는 동안 마주 앉은 사람에 대한 짧은 이야기 지어보기.
- 머리에 작은 스토리 안테나를 달고, 신문의 토막기사에 살 붙여보기.
- 간접경험을 통해 끊임없이 소재를 생각하는 '크리에이티브 중심적 습관' 기르기.

Tip 셋. 메모하기

꾹꾹꾹꾹 꾹꾹꾹. 스마트폰이 생기고 나서부터 사람들은 양손 엄지를 눌러가며 메모를 한다. 메모하기 너무 좋은 세상이다. 인터뷰에서도 빠지지 않고 나오던 말이 메모를 하라는 거였다. 메모하면 이하윤님의 메모광이라는 수필이 제일 먼저 떠오르는데 동시에 웃음이 난다. 읽으면서 내 얘기를 쓴 건가 하는 부분이 연신 나오기 때문이다. 나 역시도 그 수필 작가와 마찬가지로 '가령 수건과 비누를 들고 목욕탕을 나서다가 무슨 생각이 머릿속에 떠오르면, 이것을 잊을까 두려워 오직 그 생각하나에 마음이 사로잡히게 되는데' 그 이후에는 그 생각에 여러 작은 생각들이 돋아나고, 발산형 사고가 뻗어 나가다 어느 순간 그 생각 자체를 잊어버린다. 그것도 아주 말끔하게. 예전에는 무언가 생각하던 게 있었다는 찝찝함이라도 있었는데, 요즘은 아주 시원하게 잊어버린다. '바쁜 행보 중 혹은 약간의 취중에 기록한 메모의 글자나 그 개념이 불충분한' 경우, '분명하지 못한 자신의 필적을 응시 숙려해보건만' 화만 난다. 아니, 허망하게 웃음이 난다. 종이로 적어 놓은 글은 흡사 웹사이트 가입 시 자동가입방지용 암호입력 글자 같기도 하다. 당최 뭘 쓴 건가. 메모도 미완성, 인생도 미완성이지만, 그래도 우리는 아름답게 써가야만 한다. 날아가는 생각들을 붙잡아 두고, 바람같이 흩어지는 아이디어를 메모로 잡아두어야만 한다. 또 한 가지, 무엇을 보든, 듣든, 읽든, 그냥 지나치지 말고 관련해서 생각이 떠오를 때는 그 순간마다 메모를 남겨야 한다. 꼬리에 꼬리를 물고 전진하는 내 생각을 함께 기록해두어야만 한다. 그래야 그 기억의 단상을 토대로 긴 글을 꿰어낼 수가 있기 때문이다. 흘러가는 내 삶의 궤적을 그냥 보내기도 아깝지 않은가.

요컨대 내 메모는 내 물심양면의 전진하는 발자취이며, 소멸해 가는 전 생애의 설계도이다.

－ 이하윤 "메모광" 中 －

－ 스마트폰 메모장을 적극 활용하기.

– 스마트폰이 없을 땐, 메모광에 빙의해서 어디에든 끄적이고, 모아두기.

 – 무엇을 보건, 듣건, 읽건, 그냥 지나치지 말고, 그에 관한 '내 생각'을 적고 쌓아놓기.

Tip 넷. 흉내 내기

너무 좋아서 흉내 내고 싶은 것은 인간의 본능이다. 그것도 너무나 사회적인 인간의 한 단면이다. 좋은 것을 따라 해서, 나도 그것을 취득해 내 것으로 만들고, 또 다른 사람이 그러한 나의 것을 좋게 보면 하는 마음에서 우리는 모방을 한다. 스토리를 만드는 일도 마찬가지다. 아무것도 없는 와중에 내 것을 만들 수는 없다. 인터뷰이들을 부단히 꾸준히 따라 해보기를 권했다. 기존의 곡에 새로운 가사를 붙여본다든지. 정말 마음에 드는 작품을 처음부터 끝까지 베껴 써본다든지. 이 부분은 생각하기에 따라 귀찮은 일일 수도 있는데, 끈기 있게 엉덩이를 붙이고 앉아서 따라 쓰다 보면 '아하' 하는 순간이 생길 거다. 그러면서 내 스타일을 찾아 나가야 한다. 그러다 보면, 단순한 스타일을 넘어선 나만의 독창성(originality)까지 나아갈 수 있다. 글에 내가 보이기 시작하고 스토리에 지문(fingerprint)이 찍히는 단계가 시작된다. 미메시스의 거대한 문이 열리는 순간이다. 인터뷰이들이 또 하나 강조했던 부분이 있는데, 그것은 끈기와 근성을 가져야 한다는 것. 스토리를 따라 써보다가도 자리에서 벌떡 일어나 뛰쳐나가고 싶은 순간이 얼마나 많겠는가. 중요한 것만

발췌해서 쓰면 안 되나 싶을 거다. 그런데 하나의 이야기 전체를 끈기를 가지고 써야만 한다. 근성이 있다는 건 결국 그런 것이 아니겠는가. 누구는 엉덩이 떼고 놀러 나갈 시간에 나는 눌어붙어 앉아 계속 쓰는 그런 것.

  - 엉덩이 붙이고 앉아 하나의 이야기 전체를 베껴 써보기.
  - 하나의 스타일을 익힐 때까지, 기존 틀에 나의 단어로 바꿔 써보기.

Tip 다섯. 나에 대해 생각해보기

 이 책의 인터뷰이들이 공통으로 외친 말 중 하나가 바로 남의 이야기를 쓰기 전에 '나에 관해 알아야만 한다'는 것이었다. 공감을 이끌어내기 위해서는 우선 내가 기쁠 때는 언제고, 슬플 땐 언제인지, 왜 그랬는지, 그것이 어떤 심상을 자아냈는지에 관해 알아야만 한다는 것이다. 혼자 있는 시간을 가지면서, 내 깊은 내면을 들여다보는 일이 반드시 스토리 창작에 앞서 전제되어야 한다는 것이다. 이제는 자신만의 창작에 가장 최적화된 장소와 시간을 찾아 나설 때다. 일상적인 시간 리듬 속에 분명히 우리는 나의 창조성이 가장 크게 발현될 수 있는 시간을 알고 있다. 나만 알고 있는 그 시간과 상황은 언제인가. 새벽은 어떠한가. 모두가 고요히 잠든 새벽은 차분하고도 고요한 영감을 일깨우기 좋은 시간이다. 그런 시간에 세상에서 가장 편안한 자세로 책상 앞에 앉아, 음악을 작게 틀어놓고 몰입의 순간을 향해 헤엄쳐 나가보자. 아이디에이션의 핵심인 인큐베이션의 시간. 많이 듣고 보고 읽었다면, 불현듯 그 조각들이 합체되어 하나의 모양으로 툭 떠오르는 순간이 반드시 찾아온다. 영감이 찾아오는 순간과 찰나를 놓치지 말아야 한다. 우리는 특정 선택에 앞서서는 외려 많은 생각과 고민을 하지만, 그 결정 후에 다시 내 행동을 숙고해보는 일에 인색하다. 내가 나를 인터뷰해 보는 것이다. 나는 그때 왜 그런 선택을 했었나? 어떤 마음이었나? 그것이 내게 주었던 의미는? 나의 내면을 들여다보는 작업이 수반된 스토리에는 '진정성(authenticity)에 대한 고민'이 어려 있기 때문에, 한층 다른 혹은 더 깊은 공감을 선사할 가능성이 크다.

- 혼자 생각하며, 내면의 평온, 평정을 느껴보기.
- 나의 창조성이 가장 최적화되어 나타나는 시간대와 장소 찾기.
- 나에게 질문을 던지고 답해보는 '나와의 인터뷰' 시간을 마련해보기.

Tip 여섯. '단 하나'에 관해 쓰기

이런 단어는 쓰면 안 되는데, 흔히 '야마' 잡는다는 말을 한다. 보통 언론사 기자들이 기사를 쓸 때, 야마가 뭐냐는 말들을 많이 하는데, 어떤 논지가 있냐 그게 뭐냐의 의미 정도로 해석할 수 있다. 논지까지는 아니더라도, 하나의 핵심을 관통하는 주제와 소재를 잡고 단 하나에 관해 쓰는 일을 시작해야 한다. 그게 무슨 이야기야? 했을 때 한 문장으로 설명할 수 있다면 이미 그것은 좋은 스토리다. 한 문장으로 설명되지 않으면, 누구든 붙잡고 이야기를 반복하며, 잡아나가면 된다. 말을 하거나 대화를 하다가 문제가 풀리고 해결되는 일들이 적잖이 있잖은가. 아마 대화하는 도중에 정답을 말하고 있을 거다. 여기에서 진짜 '팁'이라고 할 수 있는 것이라면, 첫 문장을 먼저 써보기 정도가 될 수 있겠다. 첫 문장과 끝 문장을 써보기. 첫 문장을 쓰면, 그 문장이 다음 문장을 불러오는 기이한 체험을 할 수도 있다. 자기소개서도 어찌 보면 마찬가지다. 가장 잘 된 자기소개서는 그것을 읽고 났을 때, 그 사람을 당장 만나고 싶어진다면 제일 잘 쓴 자기소개서가 아닐까. 마음이 움직이면, 이미 게임 셋이다. 누구에겐가 어필하고 싶은가. 그렇다면 첫인상에서 상대의 뇌리에 강력한 스틸 컷을 남길 수 있어야 한다. 첫 문장이 뭐 그렇게 중요하냐고? 다음의 글들을 찬찬히 눈으로 읽어보시라.

새침하게 흐른 품이 눈이 올 듯하더니, 눈은 아니 오고 얼다가 만 비가 추적추적 내리는 날이었다.

– 현진건, 운수좋은 날

버스가 산모퉁이를 돌아갈 때 나는 '무진 mujin 10km'이라는 이정비(里程碑)를 보았다.

– 김승옥, 무진기행

통영은 다도해 부근에 있는 조졸한 어항이다.

– 박경리, 김약국의 딸들

엄마를 잃어버린 지 일주일째다.

– 신경숙, 엄마를 부탁해

오빠가 돌아왔다.

– 김영하, 오빠가 돌아왔다

검은 밴이 달려와 약국 앞에 섰다.

– 정유정, 7년의 밤

옛 애인의 결혼식 날, 사람들은 뭘 할까?

– 정이현, 달콤한 나의 도시

Tip 일곱. 마지막, 보여주기

무엇인가 썼겠지. 썼겠지? 그렇다면 이제는 마음껏 부끄러워할 시간이다. 부끄러워한 다음에는 제일 처음에 품었던 생각을 위로 삼아, 다시 고쳐 쓸 때다. 많은 이들이 무엇인가를 써놓고도 이 과정 때문에 세상에 그 스토리를 내놓지 못하고 있다. 인터뷰를 읽어서 알겠지만, 혼자만 쓰고 혼자만 보는 글은 스토리라 불릴 수가 없다. 좋은 스토리를 만들기 위해서는 내가 쓴 글을 보다 많은 사람에게 보이고, 의견을 듣고, 평가를 수렴하여, 더 나은 스토리로 만드는 과정이 요구된다. 물론 그 글을 보여주는 데는 나름의 용기가 필요하다. 어차피 세상에 내놓을 이야기라면, 가까운 내부에서 다듬어져 나가는 편이 훨씬 낫다. 이 책의 서문을 읽어보면, 무릎을 탁 치는 조언이 쏟아져 나오는데, 그 핵심 중의 하나가 바로 이거다. 예술 창작에는 '혼자 하는 상상'이 효과적일 수 있으나, 스토리텔링의 창작은 '함께' 하는 상상의 힘이 큰 동인이라는 것. 꼭 함께 쓰지 않더라도, 내 글이 여기저기 읽히며, 코멘트와 함께 다듬어지는 것도 함께하는 상상력이 아닐까. 내로라하는 그 글을 이제 주변에 내놓으란 말이다. 부끄러움은 잠시 접어두고, 내 노트북에 고이 잠든 텍스트에 생명을 불어넣어, 살아 움직이는 스토리로 거듭날 기회를 주는 것이 마지막에 당신이 해야 할 일이다.

- 부끄러움은 잠시 접어두기.
- 내가 쓴 스토리를 주변에 보여주기.
- 어떤 의견이든 수렴해서, 다시 써보기.

스토리를 만들고, 글을 쓰는 일은 재능일까. 노력일까의 문제를 다시 생각해보면, 정답은 없다. 그렇다면 글을 쓰면서 창의력을 키울 수 있을까. 한 가지 확실한 것은 우리의 삶이 더 깊어질 수 있다는 것이다. 삶을 더 풍요롭게 만들기 위해 우리는 무엇이든 써보아야만 한다.

　글로서 한 인간이 어떻게 더 깊어질 수 있나 혹은 나아질 수 있는지 누가 확인해본 일이 있나 하는 과학적인 궁금증이 생길 수 있다. 2012년 심리학과 저널에 발표된 UCLA 연구진의 흥미로운 논문에서 실마리를 찾아볼 수 있다. 이는 곧 자신의 감정을 글로 쓰는 것이 정서를 치유하는 데 도움이 될 수 있다는 것인데, 여기서 중요하게 등장하는 개념이 바로 affect-labeling이다. Affect-labeling이란 굳이 해석해보자면, 말 그대로 자신의 느낌을 문장으로 적어보는 일인데, 정서에 일정한 표시를 해보는 것으로 생각해 볼 수 있다. 해당 연구에서는 거미에 공포를 느끼는 사람들을 모집해 반복적으로 거미에 노출시킨 뒤, affect-labeling 그룹에서는 이 느낌을 부정적 단어가 들어간 문장으로 적게 했다. 기존에 가진 피험자의 공포감 기준점 측정과 1차 거미노출 실험 후, 일주일 후에 다시 이들을 불러 다른 맥락 속에 드러난 거미에 대해 어떻게 반응하는지를 살펴보았다. 피부 전도 반응 수준을 측정한 결과, affect-labeling 그룹의 경우, 재평가(중립적인 단어 포함 기술), 주의분산(관련 없는 일에 관해 기술), 컨트롤 그룹(아무것도 기술하지 않음)에 비해 효과적으로 각성상태가 완화되는 것으로 확인됐다. 쉽게 말해, 공포를 느끼는 대상에 대해 말로 풀어낼수록 덜 두려워하게 되었다는 점이다. 풉. 거미에 대한 공포를 말로 쓴다고 공포가 줄어든다고? 고작 거미에? 웃어넘길 일이 아니다. 그 거미는 단순한 거미가 아니다. 누군가에게 거미는 헤어진 남자친구일 수도 있고, 어린 시절의 타협하지 못한 문제일 수도 있고, 당장 피하고 싶은 어떤 스트레스를 표상할 수도 있다. 쓴다는 것은 바로 그러한 문제와의 정면대결을 의미한다. 내 감정을 단어로 표현해서 써보고, 하나의 완결된 스토리로 풀어내는 동안에 나의 몸은 새로운 기운을 얻고, 나의 마음은 다시 조화로운 상태(basic home status)로 회귀한다. 내 삶이 보다 조화롭고 풍요로운 순간으로 나아가는 것이다. 대작은 이토록 사소한 개인의 문제에서 시작되어 모습을 드러내고, 내 스토리는 다시 누군가에게 힘을 줄 테니, 그것이 바로 우리가 펜을 들어야만 하는 단 하나의 이유다.

당신도 '나를 잊어버리고 글이 나를 써내려가는 기이한 순간'인 'writer's high'를 경험하길 바라며. 태풍이 간 자리에 봄비가 내린다. 미풍에 내리는 비는 따뜻하다. 이제는 온전히 내리는 비를 맞아도 좋을 시간이다.

감사의 글

열 명의 인터뷰이. 사람과 사람을 건너 건너 일면식도 없는 분들에게 무턱대고 연락을 드렸습니다. 뜻만 보고 흔쾌히 시간을 내어 각자의 스토리를 담은 암묵지를 가감 없이 풀어내주신 한 분 한 분께, 지면을 빌어 삼보일배의 마음으로 다시 한 번 고개 숙여 감사드립니다. 머리를 쥐어뜯으며 원고를 붙잡고 있던 이토록 답답한 나를, 재촉 한 번 없이 기다려주신 가쎄 대표님. 아무 말 없이 사 주시던 저녁으로 믿고 있음을 보여주신 유 교수님. 함께 발로 뛰어준 아름다운 두 청춘 보라와 아린이, 물심양면 전 과정을 도와준 혜영, 윤진, 민철 연구원님, 소아 씨, 나의 가족과 지인들. 고맙습니다. 기다려 주는 마음이 곧 힘이 되었습니다. 그리고도 고마운 몇 가지는, 우리 동네 진짜 작은 찻집과 아이폰에 담긴 내 플레이리스트와 소중한 내 WIZZY 4.0.

스토리에 중독되다

스토리에 중독되다